Gombó i Mister Belvedere

Gombó i Mister Belvedere
és l'obra finalista del premi Sant Jordi 2000,
que convoca Òmnium Cultural
amb la col·laboració de la Fundació
Enciclopèdia Catalana

Òmnium Cultural

Fundació Enciclopèdia Catalana

Joan Agut

Gombó i Mister Belvedere

Finalista del Premi Sant Jordi 2000

Proa *beta* COLUMNA

El jurat del premi Sant Jordi 2000 era constituït per Carme Arnau, Isidor Marí, Joaquim Molas, Ramon Pla i Arxé i Vicenç Villatoro.

Disseny de la coberta: Miquel Puig

Primera edició: febrer del 2001
Segona edició (reimpressió): febrer del 2001

Drets exclusius d'aquesta edició:
ECSA
Diputació, 250
08007 Barcelona
e-mail: proa@grec.com
www.enciclopedia-catalana.com

ISBN: 84-8437-167-0 (ECSA)
ISBN: 84-664-0032-X (Columna)
Dipòsit Legal: B. 4.601-2001
Fotocomposició: Edilínia, S.L.
Impressió: Romanyà/Valls
Verdaguer, 1
Capellades (Barcelona)

Per a Marc, Enric, Clara i Albert,
els meus estimats fills
per ordre d'aparició.

Segons explica Adolfo Bioy Casares, una tarda de 1939, amb Jorge Luis Borges i Silvina Ocampo van planejar fer un conte on el protagonista, un jove literat, troba entre les pertinences d'un escriptor de fama una llarga llista de les coses que cal evitar en literatura. Entre aquestes coses hi ha:

– Novel·les amb herois aparellats. La dificultat de l'autor consisteix en el següent: si aventura una observació sobre un personatge, n'inventarà una de simètrica per a l'altre, abusant de contrastos i lànguides coincidències: *Bouvart et Pécuchet.*
– Parelles de personatges grollerament dissímils: Quixot i Sancho, Sherlock Holmes i Watson.

ADOLFO BIOY CASARES, *Memorias*

1

El Foll

El Llindar

El Foll significa la llibertat, l'espontaneïtat. És innocent i irresponsable, i camina malgrat qualsevol resistència que se li oposi. En els sistemes endevinatoris se sol deixar a part, en representació del consultor. S'identifica amb l'inici del camí i és la imatge del que no s'ha manifestat.

Quan el patró va alçar el cap i va veure aquella mola coberta amb un plàstic regalimant, va tenir la sensació que un dels embalums del port acabava d'entrar a la taverna. Tothom es va girar cap a la porta i els jugadors de cartes van aturar la partida. El plàstic fou sacsejat des de l'interior i llavors van aparèixer l'home i la criatura. El més gran duia un sac de mariner, que sostenia sobre l'espatlla, i amb l'altra mà portava agafat el petit. Aquest últim arrossegava una bossa de drap decorada amb roses vermelles. El petit no era un nen sinó un nan i el gran era més que gran: era enorme.

Van travessar la taverna estirant el plàstic darrer d'ells, sobre les serradures del terra. Es van asseure en una taula del fons i el menut, amb una veueta de canya escardada, va demanar un cacaulat calent per al gegant i un grog per a ell. Quan en Salvador va servir-los les begudes, el nan, que parlava com un mestre d'escola, va preguntar el nom del poble i, quan va saber que eren a Borriana, va explicar que aquell matí el circ Gabrielli s'havia dissolt a Sagunt i que havien caminat tot el dia. En Salvador no va fer cap comentari perquè s'havia quedat embadalit mirant con el gegant es bevia d'una sola tirada el cacaulat bullint. Els forasters van demanar alguna cosa per menjar i la clientela de la cantina va tornar a les seves coses. A fora plovia a bots i barrals.

En sortir de Lisboa es veia a venir que les coses anirien de mal borràs. Griselda, la darrera dona del vell Enrico, feia dos dies que havia desaparegut amb en René, el trapezista, i a més de l'ofensa moral que el fet representava, l'Enrico perdia una de les atraccions principals del circ. És clar que la davallada venia de força temps enrere. Tot va començar a Baiona quan els lleons del vell Popescu, Pol·lux i Marcos, van morir en el transcurs d'una setmana. A Sant Sebastià els germans Cohen es van barallar i l'espectacle dels tiradors de punyals no va tornar a ser el que havia estat perquè l'un es malfiava de l'altre. Amb tot, al llarg de sis mesos el circ Gabrielli havia aixecat el seu envelat als afores d'una trentena de ciutats de segon ordre del nord d'Espanya i havia penetrat a Portugal per Valença de Minho.

Feia un parell d'anys que en Gombó i mister Belvedere actuaven plegats. El contrast de les seves figures predisposava el públic a favor seu, especialment les criatures, que tendien a identificarse amb el nan. Amb el temps havien anat perfilant un espectacle d'humor en el qual el descomunal Gombó feia anar el patufet Belvedere pels aires quan aquest se li entortolligava entre les cames enmig de les seves demostracions de força. El seu era un número mixt, a mig camí entre les proves hercúlies del forçut i les pallassades del nap-buf. A redós de la feina havien fet una gran amistat.

Mister Belvedere tenia la sensació d'haver nascut en un circ. No era ben bé així, però, perquè els seus primers cinc anys va viure amb els seus pares a la torreta del carrer de Bellver, tocant al de Verdi, de Gràcia. El seu nom era Manuel Beltran Espinós i durant molts anys tothom el va anomenar Manu. Venia d'una família de lil·liputencs que, sota la direcció de Jaume Espinós, dit el Milhomes, va formar part de la companyia estable del circ Olímpia –de la ronda de Sant Pau–, durant els anys trenta. Quan l'any 1940 el circ Olímpia va reprendre les activitats, els Milhomes, l'oncle Jaume, el seu pare Lluís i la seva mare Mercè foren represaliats i condemnats al pacte de la gana a causa de les idees comunistes de la família. No va ser fins cinc anys després, a l'acabament de la Segona Guerra Mundial, que els Milhomes no van tornar a la pista, ara amb el nom de Família Belvedere. Els temps que els Milhomes van haver de viure apartats de la professió foren molt durs. Els Beltran-Espinós, molt populars al barri, es van haver d'espavilar fabricant peücs i guants de deixalles de llana que feien amb una vella màquina de tricotar manual i que l'oncle Jaume, el germà de la mare, s'encarregava de vendre a les botigues del carrer Gran.

A partir dels nou anys, en Manu Belvedere es va incorporar al món del circ. A principi dels anys seixanta la família va fer el salt a Europa i els quatre nans van treballar en una dotzena llarga de circs. No havien fet mai un número estel·lar. La seva especialitat consistia a omplir els espais buits entre espectacle i espectacle fent corredisses per la pista i posant-se entremig del públic, vestits d'una manera estrafolària i amb un nas vermell. A Bolonya, l'oncle Jaume va desertar. Ell, que havia estat el més comunista de tots, va començar a tenir dubtes ideològics i va anar abandonant els postulats marxistes a causa de les barbaritats de l'Stalin que s'anaven coneixent a final dels seixanta. En Jaume Belvedere va omplir el buit ideològic per un creixent interès per les qüestions espiritualistes, sobre la base que la utopia de canviar el món solament era possible si l'home canviava interiorment. En Manu, que admirava el seu oncle, va anar seguint l'aventura intel·lectual d'aquest últim i, en certa manera, va fer una evolució semblant. Al costat d'aquest va conèixer autors, Herman Hesse, Tomas Merton, Idries Shah, que es plantejaven preguntes essencials a les quals l'espiritualitat oriental procurava donar respostes. Amb ell es va interessar pel budisme, una religió que apel·lava a la comprensió i no a la fe; l'estrany món del zen el va captivar i va llegir homes com Krishnamurthi, que feien pensar.

A Bolonya, l'any 1973, en Jaume Espinós, havent recuperat el seu nom, va ingressar en una comunitat sufí. Aquell mateix any, a Nàpols, la família Belvedere es va integrar al circ Gabrielli, que acabava de muntar l'Enrico amb diners de la seva dona, la Marcela di Ponte, una hereva de la petita aristocràcia siciliana, i amb gent procedent d'un circ iugoslau que havia desertat en massa per no haver de tornar al paradís socialista de Tito.

En Manu Belvedere i l'oncle Jaume van mantenir una llarga correspondència durant dotze anys. Les inacabables converses entre oncle i nebot es van traslladar al paper i en Manu sempre va reconèixer que en Jaume Espinós havia estat el seu únic i veritable mestre. La mare d'en Manu va morir a la primavera de

1980. Eren a la regió de París i la Mercè Belvedere va haver d'ingressar en el servei d'urgències de l'hospital Hôtel de Dieu de la capital del Sena. Deu dies després moria d'un càncer de fetge, malaltia que, segons els metges, arrossegava des de feia anys, encara que la dona no se n'hagués queixat mai. En Manu tenia quaranta anys, i la mare, seixanta-quatre.

Marcit per la tristesa, el vell Lluís Beltran no es va reincorporar al circ i va tornar a Barcelona. Des de Niça, on en Manu va començar a fer-se dir Mister Belvedere, va saber que el seu pare s'havia venut la torre del carrer de Bellver i que havia ingressat en una residència de pagament per a la gent de l'espectacle. Un any després, mentre actuava a Porto, va rebre un telegrama anunciant-li que el seu pare havia mort. Malgrat les tres cartes que va escriure al director de la residència –segons la capçalera, assistida i sota els auspicis de la Generalitat de Catalunya– no va poder arribar a saber mai què havia passat amb els estalvis del seu pare. A Porto, aquells dies, va conèixer Gombó.

El veritable nom de Gombó era Baltasar Elvas Carneiro. Era un noi de trenta i tants anys que procedia de la regió Tras os Montes, de la població Rio Torto. No havia anat mai a escola. De ben petit ajudava la seva mare a tenir cura de l'hort de la casa, i al corral, amb les gallines i els conills. Als dotze anys ja era corpulent com un home de vint i va començar a fer de picapedrer. Entre els quinze i els disset anys va fer la creixença fins que es va aturar en els dos metres i vint centímetres i un pes de cent trenta quilos. El seu desenvolupament mental no va seguir el mateix ritme del desplegament físic i als divuit anys tenia la innocència i el candor d'un noi de nou anys. En el fons, quan Mister Belvedere va conèixer Gombó, era un infant reclòs en un cos de gegant.

A Porto, el circ Gabrielli es va instal·lar als afores de la ciutat, a l'esplanada de les mosques, prop d'un abocador d'escombraries, al costat del riu Douro, a tocar d'un parc d'atraccions tan nòmada com el circ. La sínia, les muntanyes russes, els cavallets i una barraca de tir al blanc pertanyien a un mateix propietari, un portuguès del sud, que tractava el seu empleat Gombó a baqueta. L'Enrico Gabrielli, que era un reconsagrat sentimental, es va compadir de l'home que havia ajudat a dreçar l'envelat i, potser veient-li uns futurs dots per a l'espectacle, el va contractar, després de tenir-hi una llarga conversa generosament regada amb vinho verde amb l'home de l'Algarve.

En Gombó gairebé no havia conegut el seu pare. L'Álvaro Elvas feia de traginer entre Mirandela i Chaves i, si esqueia, prestava les seves mules als contrabandistes gallecs de Verin que dominaven el pas de Vila Verde de Raía. L'Álvaro era un personatge tan colossal com el fill, amic de l'ampolla i propens a esbatussar-se amb qui fos. Quan Baltasar tenia cinc anys el seu pare va morir d'una ganivetada. El van trobar en el fons d'un cingle, al costat de les tres mules esventrades, amb les butxaques netes i les sàrries dels animals buides. La Marcenda no es va tornar a casar, però en Gombó recordava vagament les nits en què la mare el feia anar a dormir a l'estable perquè la dona havia de rebre furtives visites que desapareixien de matinada. Fora d'aquests moments, que deixaven un regust amarg al nen Baltasar, la Marcenda tractava el seu fill amb tot l'afecte i la dedicació d'una mare jove que vivia a frec de la misèria. Ella també era una dona garrida, alta i forta, amb una pitrera abundosa i una cabellera negra com l'ala d'un corb. Quan Baltasar va complir divuit anys, la Marcenda li va cosir al folre de l'americana la partida de naixement, li va ficar un grapat d'escuts a la butxaca i el va acompanyar fins a l'estrep de l'autocar que el duria a Vila Real. No va tornar a veure la seva mare mai més.

A Coïmbra va treballar de bastaix al mercat central de fruites i verdures. Era capaç de descarregar tot sol un camió de sacs de patates en la meitat de temps en què ho farien dos homes, i a l'hora de rebre la paga acceptava el que li donaven sense comptar els diners, perquè acabats els dits de les mans les seves matemàtiques no anaven més enllà. Era tan obedient i la seva resistència tan considerable que la feina no li faltava mai. Amb d'altres camàlics del mercat, freqüentava les tavernes, però Baltasar preferia la cullera al porró. Sabia per experiència pròpia que l'aspre vi de la terra el sumia en una estranya tristesa, li reblania els músculs i li feia perdre el cap. A les poques setmanes de ser a Coïmbra, els companys de feina el van empènyer fins a un dels prostíbuls de la ciutat baixa i gairebé a empentes el van fer entrar en una cambra on hi havia una dona bruna que li va recordar la seva mare. Tot dient que era bo, va sortir del bordell amb cara de pasqua.

Diumenge era dia de descans. Donya Rosa, la mestressa de la pensió on s'estava, del carrer dos Cavalleiros, l'aviava de bon matí i es passava els dia de festa rodant pels carrers. A més de les traïcions del vi i de la dolçor de les dones, Baltasar va descobrir a Coïmbra la màgia del cinema. Era capaç d'entrar en una sala fosca a la primera sessió i sortir-ne passada la mitjanit, després d'empassar-se dues pel·lícules tres vegades seguides. A l'estiu va topar-se amb les muntanyes russes. Cada dissabte a la nit i cada diumenge, des que obrien les atraccions al matí, se'ls passava a la fira. Don Laurenço de Sousa, el firaire de l'Algarve, es va fixar en aquell colós que reia com un nen i li va proposar que treballés amb ell com a muntador de les atraccions i encarregat de vetllar per l'ordre. L'home, després de mitja hora de conversa, es va trobar que pel preu d'un havia contractat un escarràs per a les feines pesades, un vigilant de l'ordre i un guarda de nit. El destí de Baltasar, que va lligar-lo a don Laurenço durant tres anys, es va decidir per la promesa que podria pujar a les muntanyes russes sempre que volgués.

El nom de Gombó li va posar l'Enrico Gabrielli. La força hercúlia de Baltasar i el seu embalum li van fer pensar en un goril·la enorme, anomenat Gombó, que s'exhibia al Cirque de France quan ell tenia nou anys i glatia per fer-se domador de feres. Al vell Enrico, que tendia a la melangia, li va semblar observar que el forçut Baltasar i el goril·la Gombó tenien moltes coses en comú: la presència i la força, d'una banda, i la docilitat extrema, de l'altra.

Gombó es va integrar al circ Gabrielli i durant els anys que hi va romandre va ser feliç.

–Ara què farem, Bel?

Gombó ho havia dit després d'haver endrapat dues mitges barres de pa, l'una amb fuet i l'altra amb formatge.

–Buscarem un llit calentó amb els llençols nets i demà serà un altre dia, Gombó.

Anava a afegir alguna cosa però es va adonar que la mirada del company s'havia apagat, que l'espurna encesa dels seus ulls s'havia fos. Dos anys de convivència diària li havien ensenyat que un excés d'informació més aviat enterbolia les idees de Gombó i que el forçut comprenia millor les coses si les hi servien d'una manera dosificada, l'una darrera l'altra, sense barrejar-les.

A fora continuava plovent. El xàfec de feia una estona havia cedit davant una pluja densa i regular. El cafè era ple de fum i de gent. Els homes del port ocupaven totes les taules i el taverner no parava de servir cafès amb conyac i cerveses. En un moment o altre la parella havia estat el centre d'atenció dels nouvinguts però la gent de vora mar estava acostumada a veure individus de tota mena i aviat els oblidava. Mister Belvedere havia menjat molt poc. Va consultar el rellotge de butxaca que el seu oncle Jaume li havia donat a Bolonya, i malgrat la foscor exterior, només eren dos quarts de vuit del vespre.

El taverner els va indicar que podien anar a Ca la Lola, una pensió neta del carrer del Molí, paral·lel al passeig del Mar, tres cantonades amunt, a la dreta de la Rambla. Els homes no van tardar a trobar-la. Hi van anar sota el plàstic que havien trobat a l'entrada de Borriana, quan havia començat a ploure. Ca la Lola estava situada en un casalot antic que tenia un pati interior, amb uns baixos que antigament devien haver estat les cavallerisses dels senyors de la casa. L'edifici estava dividit en mitja dotzena de pisos, que donaven al claustre central. Ca la Lola, que mostrava un cartell escrostonat, sota una bombeta apagada, que deia Pensión Flores, ocupava mitja ala dreta de la casa. La Lola, que també es feia dir senyora Flores, era una dona menuda i nerviosa, que duia un davantal gris fosc que gairebé li arribava als peus.

Eren en una habitació de matrimoni –la millor de la casa,

segons la Lola– i no els quedava cap altra cosa a fer que esperar que toquessin les nou, l'hora de sopar.

–Ara què farem, Bel?

En Gombó ho havia preguntat del llit estant, reclinat sobre el capçal, on jeia després d'haver-se desvestit i haver-se quedat en calçotets. Mister Belvedere estava de genolls sobre la cadira i mirava la carpeta dels seus papers, que havia obert sobre la taula. En Belvedere es va girar. Va mirar una estona el seu amic i va decidir atansar-s'hi. Gombó el va ajudar a pujar dalt del llit i el nan es va seure a l'espona.

–Farem un viatge, Gombó.

–No tornarem al circ?

–El circ ja no existeix, Gombó. El vell Enrico va decidir plegar i tothom se n'ha anat cap a casa.

–Nosaltres anirem a casa, Bel?

–No, Gombó, nosaltres no en tenim, de casa. La nostra casa era el circ Gabrielli i ara ja no existeix.

Gombó va deixar caure el mentó sobre el pit i Mr. Belvedere va esperar que l'amic assimilés la informació. Després va afegir:

–El que en realitat farem, Gombó, és un pelegrinatge. Anirem a trobar un home sant, Gombó. Un poeta del qual el doctor Johnson va dir que aclareix els secrets del Camí de la Unitat i revela els misteris del sender de la Veritat Eterna.

En Gombó escoltava atentament. No entenia ben bé el que li deia en Bel, però el to de les paraules de l'amic el reconfortava. Se li va acudir una pregunta:

–Hi esmerçarem gaire temps, Bel?

Mister Belvedere va somriure i la cara de nen envellit se li va il·luminar. Una llum sorgida del seu interior va accentuar la brillantor dels seus ulls verds. Va continuar:

–No ho sé, Gombó. El temps és una estranya dimensió que persegueix les ombres. El camí que hem iniciat, Gombó, pot ser molt llarg o molt curt, segons com es miri. Hi ha homes que hi han esmerçat tota una vida.

Al goliat li va semblar que aquella reflexió de l'amic traspuava un aire de tristesa, per això va dir:

–No temis, Bel, jo et protegiré.

Molt seriós, Mister Belvedere va respondre:

–Ja ho sé, Gombó. Compto amb la teva força.

Ara qui somreia era el colós. Sabia que el petitó el necessitava i l'enorgullia sentir-li-ho dir. Mister Belvedere va afegir:

–El meu oncle Jaume era un home savi. Es feia dir el Milhomes perquè els seus pensaments, posats l'un sobre l'altre, feien una torre enorme més alta que un castell de mil pisos. L'home que anirem a veure era un dels seus mestres, aquell que estava més a prop del seu cor. A la carpeta tinc unes quantes cartes en què m'ho explica; diu que li va revelar: «Quan bufa la brisa de la primavera de l'amor tota branca que no està seca es posa a dansar» i que gràcies a ell va poder dir: «Per fi m'he trobat a mi mateix: en els seus ulls he trobat la Via de Llum».

Per a concloure la conversa –l'hora de sopar era a tocar– Mister Belvedere, com aquell qui comparteix un secret, va puntualitzar:

–Anirem a Konya, Gombó, a l'Anatòlia central, allà per les turquies, al centre del món, on hi havia la ciutat de Troia; l'home que busquem es diu Rûmî, Mawlânâ Djalâl-od-Dim Rûmî.

Va ploure tres dies seguits. Gombó i Mr. Belvedere continuaven vivint a la pensió de la senyora Flores, del carrer del Molí. La Lola, que havia tractat amb tota mena de gent, simpatitzava amb els nous hostes, potser perquè mai no s'havia trobat amb un gegant tan dòcil ni amb un xicarró tan educat i intel·ligent. De fet, la parella li tenia el cor robat. Permetia que el voluminós Gombó es passés tot el matí fent gimnàstica a la galeria coberta dels darreres del pis i que fes anar amunt i avall un vell cubell de rentar la roba ple de pedres i de sorra. Mister Belvedere es quedava a l'habitació fins a l'hora de dinar. Agenollat sobre la cadira, estudiava un parell de vells mapes i escrivia durant hores en un gros llibre de comptabilitat de tapes dures. Havent dinat, Gombó i Mr. Belvedere anaven a la taverna del port.

En Salvador, el patró del local, també els tractava amb una especial deferència. De mica en mica la parella s'havia anat integrant al cafè i la seva dissímil figura no sorprenia ningú. Gombó es passava molt de temps observant els jugadors de cartes; la ràpida successió de les figures sobre la taula i les exclamacions dels jugadors el tenien embadocat. A mitja tarda, en l'estona de calma entre els cafès i les copes d'havent dinat i el vi i les cerveses de la tornada de la feina, en Salvador i Mr. Belvedere conversaven.

El taverner era de Torreblanca i havia anat a parar a Borriana per culpa d'una dona. A Castelló de la Plana va conèixer la Visitació, una casada que venia roba d'home –jerseis, pantalons i camises– pels mercats de la comarca. La dona menava una furgoneta i tota sola muntava i desmuntava la parada i guanyava el sou que un marit tuberculós i borratxo era incapaç de portar a casa. Tenia dues filles, dues nenes espigades de vuit i nou anys, que estaven internades en un col·legi de monges de València. La Visitació només vivia per a elles. Treballava com un escarràs per pagar la mensualitat de les monges i cada diumenge, a les nou del matí, agafava el tren per anar a veure les filles. El marit era un cul de taverna. Havia estat seminarista i mig mestre d'escola fins que l'abúlia i la ginebra li van fer perdre la feina i el respecte de la família.

En Salvador ho va deixar tot per ella. Tenia trenta anys i treballava d'agent d'assegurances. Enamorat de la Visitació i decidit a protegir una dona que no necessitava protecció, va traspassar la cartera de clients a un company de feina i se'n va anar a Borriana, on vivia la seva amada. Durant anys va treballar al port. Tota la seva vida estava pendent de les tardes de dissabte que passava amb la Visitació a casa la Lola del carrer del Molí, quan encara no era la Pensión Flores i la vídua llogava habitacions als amants furtius.

Aquella casa també tenia la seva petita història. Demetri Flores, el marit de la Lola, era tractant de bestiar. S'havia especialitzat en la compra i venda de cavalls i –segons deien–, feia els diners a cabassos. El matrimoni no tenia fills i la Lola es passejava per Borriana com una reina. Però en Demetri estava posseït pel dimoni del joc. Cada nit reunia a casa seva un grup de jugadors i les pessetes, comptades per milers, corrien com l'aigua. En

Demetri solia tenir sort –circulava la brama que feia trampes– i celebrava els seus guanys amb grans riallades. Potser a causa de les suposades patotes o per la humiliació que infligia als perdedors, una matinada van trobar en Demetri als seus corrals amb el cor esberlat d'una punyalada. L'assassí o els assassins no en van tenir prou de matar-lo, sinó que van degollar una dotzena de cavalls, entre ells dues egües andaluses que no tenien preu. A partir d'aquell dia, la vídua Flores, gairebé arruïnada, es va iniciar en l'ofici d'alcavota.

Els amors d'en Salvador i la Visitació es van estroncar per la visita de la mort. Les nenes s'havien convertit en dues poncelles i havien iniciat estudis universitaris a València. El marit, abarrotat d'antibiòtics i d'alcohol, envellia a marxes forçades i a cada primavera semblava que no arribaria a tastar els torrons de Nadal. Però no va ser ell qui va plegar veles, sinó la Visitació, que no havia anat mai a cal metge, qui va caure fulminada amb dos atacs de feridura que en tres dies la van portar al calaix. La desolació d'en Salvador va ser inenarrable; la seva raó de viure se li havia esmunyit d'entre els dits i ell, que gairebé no bevia, va estar dues setmanes embriac com un sopa. En la flor del seu dolor va estar a punt de tirar-se al mar.

El dolor, ni que sigui immens com una muntanya, acaba amansint-se per l'acció del vent, la pluja i els dies. En Salvador, superada la quarantena, com algú a qui han eixalat, es va aferrar a la benedicció de guanyar-se el pa. Va abandonar el port, de fet només s'hi va girar d'esquena, i va comprar al marit de la Visitació la furgoneta i l'estoc de roba d'ella i, seguint la ruta de l'amada absent, va anar a vendre pels mercats. Amb dos anys en va tenir prou. Va veure totes les cares que havia vist la Visitació, va dinar a les mateixes fondes i es va discutir per un racó de mercat amb els mateixos ambulants amb qui ella s'havia disputat. Va riure els acudits del gitano de les orelles de pàmpol com ella havia rigut i no va endurar els mateixos aiguats que la dona enyorada perquè la pluja, com l'aigua del riu, sempre és diferent malgrat que sembli idèntica. Apaivagat de cor, amb la desesperança com a companya inseparable, va tornar al port de Borriana, on va traspassar el bar del vell Cisquet. Feia quinze anys que era taverner i la imatge de la dona bruna que li va menjar el cor l'acompanyava de nit en la solitud de la seva cambra.

–Mai més no he tornat a mirar el mar –va concloure el vell Salvador tot aixecant-se per anar a servir dos galifardeus que demanaven cassalla.

Els sopars de la pensió Flores eren d'allò més animats. Seien a taula nou persones. A part d'en Gombó i Mr. Belvedere, s'hi aplegaven les germanes Aramis, la Lourdes i l'Emília, que, encara que elles no en parlaven, es dedicaven a l'ofici més vell del món; don Rafael Escala i el seu fill Lluís, un home entrada la seixantena i un noi escardalenc d'uns disset anys: eren a Borriana per fer una cura d'aigües sulfuroses al balneari Las Rocas, de l'entrada de la ciutat; en Rafael era carnisser a Sogorb i el seu fill Lluís l'ajudava en la carnisseria, encara que es delia per ser músic de jazz; don Ilario era el més vell de tots, havia estat tinent coronel de l'exèrcit de la República i, separat de la milícia el 39 i castigat amb tres anys de presó, s'havia limitat a resistir durant quaranta anys a base d'impartir classes de matemàtiques en una acadèmia de mala mort, els seus déus eren Alcalà Zamora i Manuel Azaña, encara que el seu profeta indiscutible era Vicente Blasco Ibáñez, de qui continuava rellegint *Los cuatro jinetes del Apocalipsis* en una edició dels anys trenta; n'Eliseu Albiac era un jove mestre una mica quec que la Generalitat Valenciana havia destinat a l'escola pública de Borriana i que, d'amagat de tothom, es feia farts de mirar i remirar revistes de dones despullades; tancava el cercle la senyora Cantí, de Castelló de la Plana, que amagava el seu nom de pila –es deia Bonifàcia– com si fos un mal lleig; era una dona apersonada i una mica homenívola, que escrivia llargs poemes sentimentals i que estava interessada per les qüestions del més enllà.

–A mi, francament, viatjar no me diu res –va afirmar el senyor Rafael–, la volta que vaig anar a París amb la dona me vaig cansar com una somera mora; que voleu que los digui?, no hi ha res com restar a casa sota la figuera...

–M'agradaria molt conèixer París –va dir amb entusiasme l'Emília.

–Si tingués vint anys menys –va replicar el provecte don Ilari– segur que l'hi portava, senyoreta Emília. Jo hi vaig estar de jove, quan era tinent. Hi vaig veure la Joana Baker ...

–Joséphine –va puntualitzar el mestre Eliseu– Es deia Joséphine, no Joana.

–Tant li fa com es deia, jovenet –el vell Ilari sempre tractava amb displicència els joves– el que compte és que ballava com una pantera i, ha, ha, ha –va riure captivat per les imatges de record– amb molt poca robeta, sí senyor, tan poca que no duia res a sota la faldilla de bananes...

–Això sí que ho té París –va tornar a intervenir el carnisser Rafael–. No tenen gaires manies. Hi vaig veure un estriptise fabulós, amb unes xiquetes que estaven per sucar-hi pa.

–Xiquetes, xiquetes –va remugar la senyora Cantí–, París no sols són xiquetes i molins rojos. París és la capital de l'art, amb tots els museus que té, les sales d'exposicions, el Picasso.

–Picasso vivia a la Costa Blava– va tornar a puntualitzar l'Eliseu.

–És igual on vivia. Picasso es va formar a París, allí es va fer famós –va concloure la senyora Cantí.

–Vostès han viatjat molt, veritat? –va dir la Lourdes adreçant-se a Mr. Belvedere. La resta de comensals va girar la vista cap al nan, que seia en una trona de criatura que la Lola havia tret de no se sabia on.

–Força, hem viatjat força, nosaltres. Oi Gombó? –el gegant va fer que sí amb el cap, content que algú el tingués en compte–. Per tot Europa hem estat, oi Gombó? –el forçut va tornar a assentir– i el que viatjarem encara, oi Gombó? –Ara el goliat no va reaccionar, es va quedar mirant les sardines que li restaven al plat.

–Ah sí? –va fer don Ilario–, em creia que el circ s'havia desfet.

–Sí, aquesta vegada viatgem sols. Hem d'anar a fer una visita a un amic que viu molt lluny, a Konya.

–Konya? –va dir la senyora Cantí– I on és això?

–A Turquia –va precisar L'Eliseu.

–A Turquia? Caram, caram, –va comentar el vell Ilario– jo vaig conèixer un turc... –l'home, però, no va acabar la frase. Com que tothom estava pendent de Mr. Belvedere, aquest va afegir:

–Més que no pas un viatge, és un pelegrinatge el que farem, perquè el nostre amic és un mestre espiritual.

–Un mestre espiritual? –va saltar la senyora Cantí com si se li hagués disparat un ressort especialment sensible–. Que interessant!

– Es diu Rûmî –va concloure el petit.

– Rûmî, ha dit? –va exclamar el professor Eliseu.

–Exacte –va remarcar Mr. Belvedere– Mawlânâ Djalal-od-Din Rûmî.

–És curiós –va afegir l'Eliseu amb un lleu somriure de superioritat–, jo em creia que el poeta Rûmî, el gran dervix sufí, havia mort al segle XIII.

–I això que hi té a veure? –va replicar Mr. Belvedere amb un somrís radiant que li va il·luminar el rostre de nen entremaliat.

2

El Mag

PRIMERA ETAPA

El Mag representa aquell qui posseeix tots els atributs per a treure partit de qualsevol situació. Coneixedor de les situacions, les circumstàncies i els esdeveniments, és capaç de traçar el seu propi camí. Sap el valor de la intel·ligència i pot harmonitzar els mitjans amb els fins. Significa, també, canvi, moviment, creativitat, transformació i voluntat.

Van arribar a Peníscola a mig matí. La nit anterior havien dormit en un calabós de la caserna de la Guàrdia Civil de Castelló de la Plana. Atès que no estaven detinguts sinó retinguts, com els va explicar el capità, no els van ficar amb la resta de presos, els van deixar un parell de mantes i ningú no va tancar la porta enreixada de la cel·la. El seu delicte, que tampoc no era delicte, com els va dir el capità de la Guàrdia Civil, havia estat fer un espectacle públic sense el permís corresponent i dedicar-se a la mendicitat. Com que tenien els papers en regla –sengles passaports portuguès i espanyol–, el capità els va anunciar que aquella nit podien dormir a la caserna i que l'endemà al matí un guàrdia els acompanyaria al tren o al cotxe de línia que ells decidissin. Mister Belvedere va optar per Peníscola, una ciutat que havia visitat feia molts anys i de la qual conservava un bon record.

Van esmorzar en un bar del passeig que dóna al mar i van deixar el sac de mariner d'en Gombó, en custòdia, al cafè.

Es van atansar als peus de la ciutat vella. Com una gran nau encarada a la mar, el castell papal es retallava en la transparent blavor del cel i les muralles s'alçaven ran de mar protegint les cases emblanquinades del poble. Van començar a pujar. Gombó, tal com feia sovint, va agafar Mr. Belvedere i se'l va carregar a coll. El menut, sense deixar anar la seva bossa de tela florejada, s'arrapava al coll d'en Gombó. Entretant li parlava.

–Aquesta, Gombó, és una ciutat de poder. Aquí s'hi va refugiar el Papa Luna i hi va viure prop de vint anys. Els últims temps, des que el concili de Constança el va declarar cismàtic i heretge, va viure rodejat d'una cort que l'anava abandonant a poc a poc. El seu papat està caracteritzat per les lluites internes de l'Església i per les pugnes, els enfrontaments i les conspiracions de l'Església i el poder civil, és a dir, els reis dels regnes d'Europa. Martines de

Luna era un home instruït, que havia estudiat Dret a Montpeller. Si hagués regnat en uns temps menys turbulents, segurament hauria estat un bon Papa. Però des que fou elegit Papa a Avinyó, quan només havia rebut els ordes menors de diaca, va estar sempre envoltat de lluites i polèmiques. Va ser amic del rei català Martí l'Humà, que el va ajudar a consolidar-se com a Papa, però els catalans no poden estar gaire agraïts al Papa Luna perquè en el Compromís de Casp els seus homes van sostenir el castellà Ferran d'Antequera com a hereu de la Corona d'Aragó. Els darrers temps, després d'un intent d'enverinament, no dormia a les nits i es passava hores i hores, amb un criat que aguantava una torxa encesa al seu costat, de cara al mar invocant els poders de l'infern per tal de mantenir les engrunes de poder que encara li quedaven. Hi ha gent del poble que afirma que cada dijous Sant, al pic de la mitja nit, el fantasma del Papa Luna ronda pel terrat del castell i pronuncia l'anatema contra Ferran I i els cardenals que el van trair.

Abans de dinar, a l'hora que els jubilats nòrdics es disposaven a prendre el sol a les terrasses del passeig vora mar, en Gombó i Mr. Belvedere van fer el seu número de saltimbanquis, on el colós feia voleiar el nan i l'entomava com si fos una fulla caiguda del cel. Una bona part de l'espectacle consistia en el fet que en Gombó, amb unes malles arrapades a la pell i una samarreta llistada de mariner, manipulava Mr. Belvedere com si fos una pilota i l'alçava amb la mà o el peu mentre el nan, simulant estar esglaiat, xisclava com una criatura, estrafent la veu i cridant *Dio mio, Dio mio, la mia testa* on anirà a parar! La segona part del número consistia en una prova de força. Mr. Belvedere convidava mitja dotzena d'espectadors a estirar una corda que en Gombó s'havia lligat al coll amb l'intent de moure el colós. Com que l'esforç dels homes no tenia cap efecte i Gombó continuava plantat sobre les seves cames sense moure's ni un pèl, Mr. Belvedere anava invitant altres homes perquè se sumessin a la cua dels que tibaven la corda. Així, l'un darrere l'altre, Gombó aguantava una fila de fins a dotze homes, amb la sorpresa final, quan semblava que Gombó començava a cedir, de fer-los córrer darrere el gegant, que estirava la corda i els arrossegava com si fossin una rècula de ninots de palla.

A l'entrada del vespre van fer una segona actuació i no els va molestar ningú. A Peníscola, la Guàrdia Civil i la Policia municipal tenien altres coses en què ocupar-se. Acabada la funció, mentre seien al pedrís que separava el passeig de la platja, van conèixer en Tom. En Tom era un jove de Mali que venia unes estranyes talles de fusta, antropomòrfiques, amb els caps acabats en punxa, insòlitament hermafrodites, que esculpia ell mateix. El negre els va explicar que feia més d'un any que pujava lentament costa amunt, malvivint de la venda de les escultures. També els va dir, mostrant-los les cicatrius que tenia sota les orelles, que procedia d'una casa de notables i que tenia un oncle que era Bokonó a Porto Novo, és a dir, un fetiller especialitzat en les arts endevinatòries del Fa. Mister Belvedere, que havia quedat seduït per la raresa de les talles, es mirava les figures amb certa aprensió, com si fossin ídols d'una religió secreta. En Tom es va adonar de la mirada del menut i, com aquell que assenyala un aspecte irrellevant de les escultures, li va dir que al seu país eren utensilis màgics per a oferir en sacrifici a les deïtats del vodú.

En Tom els va proposar de compartir la casa. Vivia, juntament amb uns companys que no va especificar, en una planta baixa a la zona del port, en un vell magatzem de mercaderies reconvertit en una mena de dormitori col·lectiu, amb una petita eixida on hi havia un vell safareig i una comuna. Quan hi van arribar, a la porta de la casa, una dona jove amb una faldilla fins als peus i un tipus rabassut que duia una anella a l'orella es disposaven a coure a la brasa una cistella de sardines en una braser d'aram i unes graelles de filferro improvisades. En un racó hi havia una pila de matalassos i un munt de mantes sense plegar. Ajaguts en una mena de màrfega, s'hi estaven dos nois rossos un dels quals, girat de cara a la porta, tocava amb una harmònica un aire melangiós com de cançó de bressol, mentre l'altre dormia.

Asseguts entorn d'una caixa de peix girada que feia de taula, la noia i els sis homes van menjar les sardines. Mister Belvedere, per a contribuir al sopar col·lectiu, va anar a comprar quatre barres de pa i el noi ros, que feia una estona dormia, es va presentar amb una galleda de tomàquets madurs que, un cop partits, va ruixar amb oli i un grapat de sal. Els comensals es passaven de mà en mà una garrafa de vi negre, aspre com un fregall. En Gombó va menjar i va beure molt. Mister Belvedere va intentar dissuadir-lo però es va compadir del colós, que feia dies que portava gana i set retardades. El noi de l'harmònica, animat pel vi, va tocar unes danses populars del seu país d'Islàndia, una illa perduda al capdamunt del mapa d'Europa, tal com va poder comprovar després Mr. Belvedere. L'altre xicot era prim i delicat com una senyoreta, amb unes pestanyes rosses que no paraven d'anar amunt i avall. L'home de l'anella era pescador, del sud de la península, que, dia sí dia no, s'embarcava als llums que anaven a pescar peix blau. La noia del vestit llarg semblava una noia de casa bona escapada de les xarxes de la família, era l'única que parlava català del grup i es mirava en Gombó captivada pels seus braços de ferro i el beatífic somriure del tità.

Havent sopat, els joves rossos se'n van anar a fer un tomb agafats de la mà. El Pedro, el pescador, es va ajeure sobre un matalàs i al cap d'uns instants ja dormia. Llavors en Tom va treure d'una bossa de drap les petxines del Fa. Eren dues rastelleres de vuit petxines cadascuna, travessades amb dos cordills, blanques i que corresponien a un mol·lusc desconegut per Mr. Belvedere. En Tom va explicar al nan que després d'invocar el vodú del Fa el fetiller feia la tirada, les petxines podien caure de panxa enlaire o girades cap a terra i l'art del Bokonó consistia a saber llegir i interpretar la figura de setze cares. Va advertir que ell solament n'era un aprenent, un servidor petit del Fa, va precisar, i que per fer la consulta de l'oracle calia que la persona interessada estigués disposada a oferir un petit sacrifici, en espècie o en diners. Mister Belvedere li va oferir uns vells prismàtics de teatre que havia trobat abandonats feia mesos en un seient del circ. El petit va pensar que el destí dels prismàtics era d'anar rodant d'una persona a l'altra.

Gombó i la noia van marxar. Mister Belvedere va veure con la noia l'agafava de la mà i va sentir una fiblada de tendresa per l'amic, que segurament contemplaria la lluna amb l'alè de la dona escalfant-li l'orella. Anava a advertir-li que no trigués, però un no sé què de maternal que traspuava de la mirada de la noia li'n va fer desistir. Entretant Tom havia desplegat davant seu una petita estora i dipositava tres figures marcant un triangle. Les escultures eren gairebé iguals a les que venia al passeig marítim, però aquestes duien una cinta lligada al coll. La de la cúspide del triangle era blanca, la de la base, a la seva dreta, era vermella i la de l'esquerra, verda. En Tom va explicar que simbolitzaven les divinitats de l'aire, del foc i de l'aigua. Del fons del sac va treure una petita ampolla –«és aiguardent de palma», va aclarir– i en va beure un glopet. Va fer una segona glopada però en lloc d'empassar-se-la, va escopir el licor sobre les figures. Llavors es va quedar uns instants amb els ulls tancats. Va xerrotejar una salmòdia en un idioma desconegut i va fer la tirada. Tom va precisar que era la primera tirada i que corresponia al passat. Una de les fileres presentava cinc petxines de panxa enlaire i tres que mostraven el dors; en l'altra, solament dues petxines mostraven la seva part còncava. Segons en Tom Mr. Belvedere havia nascut amb una protecció especial. Un home savi l'havia custodiat com un pare que salvaguarda el fill de tot mal. Heu travessat –va dir– boscos encesos sense cremar-vos i el mar sempre ha estat el vostre amic. De petit –va prosseguir l'aprenent de Bokonó– un ocell del paradís va refilar en les vostres orelles i el seu cant està dintre vostre i us parla amb la veu del vent. Veig el vostre pare, la vostra mare i el vostre germà gran que seuen a la vostra taula i que us miren com, de cop i volta, creixeu i creixeu fins a convertir-vos en un jove cepat i fort que els mostra les mans amples i lluminoses.

A la segona tirada, en Tom va parlar del present. Va dir que continuava veient el jove alt i fort que agafava per la mà un nen petit. No era un nan, va precisar, sinó una criatura petita que té mandra de créixer. «Us veig –va dir– damunt d'un vaixell solcant els mars de l'infern però una estrella us guia i us durà on les aigües són clares i els vents suaus.» «També us veig –va afegir– pujant i baixant muntanyes, resseguint el rastre d'una serp sagrada. I com descabdellen el capoll de seda dels dies i de les nits.

Algú us espera darrera la porta d'un castell. L'home somriu mentre els amics imiten el moviment del sol i de les estrelles. Veig el vostre rostre solcat de llàgrimes.»

«La pròxima tirada és la del futur –va advertir en Tom–. Hi ha qui renuncia a mirar-lo perquè no sempre és bo saber el que passarà. Si voleu, sou a temps de retirar-vos» –va concloure el jove fetiller. Mister Belvedere va fer un gest amb la mà perquè continués i en Tom va fer la darrera tirada.

Totes les peces, menys dues, van quedar de panxa enlaire. Tom va somriure d'una manera imperceptible com si s'hagués saludat a ell mateix i va dir:

«El cel i la terra s'uneixen a l'horitzó. L'aigua i el foc es mantenen separats perquè l'home acompleixi el seu destí. La vostra estrella, Mr. Belvedere, us guiarà encara que els dies siguin foscos i les nits intransitables. L'au que amaga el vostre cor fendirà l'aire i els set sols que guarden el secret de l'univers giraran entorn del vostre cap i us coronaran de llum. En el vostre destí no hi ha màcula. Sereu com un gegant, petitó, i arribareu tan alt que la distància que us separarà de la terra us farà feredat. Sou un home afortunat però quan arribareu dalt de tot us adonareu que un home sol no és ningú i tornareu enrere perquè ningú no celebra un festí per a ell sol, perquè els déus mateixos cerquen la companyia dels homes. Us veig a la porta del castell i copso el moment misteriós en què dubteu si val la pena travessar-la. Tindreu la gran oportunitat d'escollir vós mateix a quina banda quedar-vos.»

La nit va ser molt llarga. La finíssima oïda de Mister Belvedere va registrar el retorn de Tom, que havia sortit «a donar una ullada a la lluna»; la vinguda dels dos islandesos, però va haver de passar molta estona abans que Gombó i la noia –es deia Isabel– no es reincorporessin al magatzem. Si s'havia de guiar per les campanades que arribaven somortes, devien comparèixer passats quarts de quatre de la matinada. Malgrat que Mr. Belvedere havia estès un matalàs al seu costat i hi havia deixat una flassada al damunt, Gombó anà a gitar-se al costat de la Isabel, que ho feia en un sac de dormir de color de plata.

A quarts de nou el nan es va despertar. D'antuvi li va semblar que la resta de companys dormia i, procurant no moure gaire fressa, va sortir a la vorera. Un sol esplèndid el va acollir. L'aire era fi i un camió, a la banda del port, descarregava taulons i tanques metàl·liques amb l'escut de la vila. Tres homes hi treballaven; lentament, com si arrosseguessin les restes de son de la nit passada, els homes apilaven els taulons a terra i agrupaven les tanques municipals al costat d'un gran contenidor ple de runa. Mr. Belvedere va observar que un dels homes era negre i això el va fer pensar en les estranyes paraules de Tom. De sobte se li va desvetllar una sospita. Va entrar d'una revolada al magatzem i la mirada li va confirmar que en Tom no hi era. La seva màrfega era buida i el bolic de la manta reposava a un costat del matalàs. Abans d'obrir la bossa Mr. Belvedere va tenir la certesa d'allò que no hi trobaria. En efecte, en Tom s'havia endut el vell porta-documents de pell on Mr. Belvedere guardava els seus papers personals –la partida de naixement i els passaports– i noranta-dues mil pessetes, les darreres que li quedaven de l'últim sou que ell i en Gombó havien cobrat del vell Enrico Gabrielli quan el circ s'havia desfet a Sagunt. Per fortuna, com si en Tom s'hagués compadit de la sort del nan, va trobar els seus documents al costat del mapa d'Europa que el lladre i aprenent de Bokonó havia deixat enrere.

Els primers de sortir del magatzem van ser els nois rossos. Anaven amb eslip de bany i camisa i duien dos barrets de palla. Van saludar Mr. Belvedere, que seia al costat de la porta, sobre una caixa buida de tomàquets, i van entrar al bar de la cantonada, segurament a esmorzar. Al cap d'una estona va aparèixer en Pedro menjant una poma a queixalades. Va convidar el xicarró a fer un cafè i, davant la negativa del nan, va anar tot sol al mateix bar on mitja hora abans havien entrar els dos xicots nòrdics. Cap a les deu va sortir la Isabel. Duia la mateixa faldilla de gitana del dia anterior i una camisa blanca d'home amb les mànigues arremangades. La noia es va asseure a terra, al costat de Mr. Belvedere i li va dir que Gombó era un home molt dolç. Van restar uns instants silenciosos, tots dos entomant el sol del matí.

Mister Belvedere, escollint les paraules més delicades per tal de no ferir la noia, li va explicar que Gombó era un infant que habitava un cos de gegant. Va fer referència al passat del ciclop amic i a l'absència d'afecte que havia patit durant tota la seva infantesa i joventut. Potser per això –va aventurar el nan– l'ànima de Gombó es va negar a créixer, qui sap si tot esperant una vertadera mare que no va tenir mai. L'hi va explicar, també, que el colós era sensible, i elemental com una bestiola casolana, que llepava les mans d'aquells que li feien moixaines i que podia agredir-los si se sentia maltractat. En aquest sentit, va advertir a la noia que Gombó no era una joguina per a divertir-s'hi una estona i poder deixar després abandonada en un racó de camí.

Les paraules de Mr. Belvedere donaven per fet que entre Isabel i Gombó hi havia hagut alguna cosa. Que amb la complicitat de la lluna, damunt la sorra fina, la parella havia fet l'amor i que la noia que seia al seu costat no ho havia acabat d'oblidar del tot. Va pensar que potser la Isabel no era com tantes altres que havia conegut, que s'encapritxaven del la força descomunal de l'amic i que, passada la fantasia del moment, s'oblidaven de les maldestres carícies del company ocasional d'una nit. Quan era més jove, ell mateix havia estat objecte d'aquella dolorosa experiència. De vegades, alguna dona del circ, enduta per la fabulació de l'instant, tenia l'antull de posar-se el nan al llit, amb la secreta il·lusió de consumir un amor incestuós. Però el qui en sortia malparat sempre era ell. Moltes matinades, quan la lletosa llum de l'alba despuntava a l'horitzó, s'havia vist foragitat dels llençols encara calents del cos de la dona, la qual, retornada del caprici sadollat, empenyia el nan ben lluny de la seva consciència diürna. Fou llavors quan la noia parlà d'ella mateixa.

–Els meus pares es van separar quan jo tenia nou anys. No vaig entendre mai el que havia passat entre ells dos perquè a casa no vaig presenciar mai ni discussions ni baralles. Suposo que devien deixar d'estimar-se i van decidir que cadascú seguiria fent la seva vida per separat. Jo m'estimava el pare i la mare i era una nena feliç. La meva germana Noemí tenia tres anys més que jo i es va prendre la separació molt malament. Retreia a la mare no haver fet no sé quines coses i l'acusava d'haver deixat marxar el pare de casa sense haver fet res per evitar-ho. La Noemí estava molt lligada al pare i sentia la seva deserció com un afront personal, com si ella hagués estat la muller i no la mare.

»El pare se'n va anar a viure a Sant Cugat. Vivia en un petit àtic amb una gran terrassa d'una zona acabada d'urbanitzar. Cada dissabte altern ens venia a buscar i la meva germana i jo passàvem el cap de setmana amb ell. Era tanta l'afecció que la Noemí tenia per al pare que jo em sentia com una intrusa. Féssim el que féssim o anéssim on anéssim la Noemí i el pare es comportaven com dos enamorats i a mi em tocava el paper de carrabina. Vaig acabar odiant les anades a Sant Cugat.

»A casa, però, les coses no anaven gaire millor. Poc després de la separació, a la mare li va agafar la fal·lera de sortir i era rara la nit que es quedés a casa. Primer van ser les seves amigues, dones solteres o separades de la Universitat, amb qui s'atipava d'anar a concerts, teatres i cinemes que omplien el seu temps lliure. Després van venir els homes, en Lluís, en Carles, en Joan, amb qui anava a ballar i tornava a quarts de quinze de la matinada. La mare era una dona molt culta. Feia de professora a l'Autònoma i, cada vegada que en tenia ocasió, ens omplia el cap amb les seves teories. Ens parlava com si fóssim adultes i jo tenia la sensació que ens prenia com una prolongació dels seus alumnes. El seu argument principal era que les dones s'havien de valer per elles mateixes. Tots els seus discursos eren variacions sobre el mateix tema. La mare no s'entenia gaire amb l'àvia Marina. De vegades, mare i filla tenien terribles discussions per telèfon. La mare li havia arribat a penjar l'aparell més d'una vegada, deixant l'àvia amb la paraula a la boca a l'altra cap del fil.

»Quan vaig fer catorze anys en Josep Bonet va aparèixer per casa. Era un tipus alt, amb els cabells esclarissats i la pell molt blanca. També era separat, sense fills, i treballava d'enginyer en un càrrec de responsabilitat a la Fecsa, la companyia de la llum. Tenia les mans fines i afuades, els ulls de peix, i sempre feia olor d'aigua de lavanda. A mi no em va agradar mai. La Noemí es passava llargues temporades a casa del pare, que s'havia aparellat amb una noia jove, i la Noemí i la Roser s'entenien d'allò més bé. Jo trobava la noia una mica beneita. El pare, que sempre feia broma, quan es referia a elles en deia sempre «el meu harem».

»En Josep es va instal·lar a casa. Ho va fer d'una manera gradual, venia a sopar i es quedava a dormir, s'hi passava algun cap de setmana, fins que un matí, quan anava cap a l'institut, me'l vaig trobar amb una maleta al portal de l'escala. A partir d'aquell dia en Josep Bonet va prendre possessió del pis, com si fos l'alt comandant d'una força d'ocupació. La seva manera de fer era insidiosa, artera, sempre encoberta sota una forma delicada de parlar i d'actuar. Com si no hi fos, va començar a introduir canvis a casa. Les pintures i els gravats de les parets van ser substituïts per altres gravats i pintures del seu gust, alguns mobles van desaparèixer i la col·lecció de càntirs en miniatura que la mare havia anat aplegant al llarg de vint anys va anar a parar al fons de l'armari de l'habitació dels mals endreços. El punt culminant de la transformació del nostre pis del carrer d'Aribau, el que va confirmar el senyor en el seu reialme, fou quan va reemplaçar l'antiga cadena musical que havia fet instal·lar el pare per una de nova, estereofònica i digitalitzada, i va arraconar tots els discos i compactes i va portar-hi els seus. A partir d'aquell dia, cada vespre, abans de sopar, teníem sessió de música de Luigi Nono, Schönberg, Luciano Berio, György Ligeti, Penderecki i d'altres autors supermoderns als quals atribuïa una saviesa musical de primer ordre, encara que aquella música estigués farcida de clinc-cloncs, nyigo-nyigos i sorolls de torradora de cafè. En el fons era un esnob que tenia encaterinada la mare, amb els seus aires de mosca morta, parlant de filosofia zen, de física quàntica i no sé de quantes coses més. Presumia d'exquisit, del vi en deia vinet i se sabia de memòria les millors anyades i totes les denominacions d'origen; quan parlava de menjar els ulls li brillaven i les galtes se li tenyien de rosa, parlava de les set-centes maneres de cuinar el bacallà, de l'excel·lència de no sé quins formatges i de coses per l'estil. Era insuportable.

»Quan tenia disset anys em va posar les mans a sobre. Va ser un vespre d'estiu. La mare havia sortit amb unes amigues i havia deixat dit que tornaria havent sopat. Mig ajaguda al sofà, m'estava mirant una revista de modes quan vaig sentir que la seva mà em tocava el coll. Va dir que el tenia com el d'una Venus de Botticelli. Que em posés les mans a sobre no em va fer gens de gràcia, però no vaig dir res. El cor se'm va disparar i vaig pensar fins on seria capaç d'arribar. El meu silenci el va animar. Va continuar acariciant-me el coll fins que la seva mà, com una serp blanca de cinc caps, va anar baixant fins a tocar-me un pit. Quan no vaig tenir cap dubte de les seves intencions em vaig alçar d'una revolada, li vaig tirar la revista a la cara i me'n vaig anar de casa.

»L'endemà vaig anar a viure amb l'àvia Marina, la mare de la mare. L'àvia era una vella que els tenia molt ben posats. Provenia d'una de les millors famílies de Barcelona i s'havia casat amb un advocat que havia estat procurador a Corts, diputat provincial i tinent alcalde de la ciutat. Feia més de trenta anys que era vídua però anava pel món creient-se que era la dona del virrei. Vivia en un pis immens del passeig de la Bonanova i tenia cuinera i minyona. M'hi entenia bastant bé, amb l'àvia. Compartíem una certa antipatia envers la mare. L'únic problema era que estava acostumada a manar, els seus desitjos eren ordres, i que era molt missaire. A part d'això, era una dona informada que llegia cada dia el diari, estava abonada al Liceu, li agradaven les novel·les històriques i no es perdia una estrena de teatre. Les coses es van complicar quan vaig començar a sortir amb en Romà.

»L'havia conegut al primer curs de periodisme i era un noi que venia d'un altre món. Per començar vivia al Carmel. El seu avi havia estat un anarquista que en Franco havia fet afusellar l'any 39 i el seu pare era diputat comunista al Parlament de Catalunya. En Romà era un militant d'esquerres dels que deia que no tenia ni Pàtria, ni patró, ni Déu. Tot i que se'n fumia, dels catalanistes, traginava les converses filològiques d'en Fabra i escrivia poesia en català. Teníem vint anys. El món ens semblava una perfecta merda i ens recloíem en el cercle tancat dels col·legues, una colla de pirats i fumetes que feien la guerra a part. L'àvia, com a bona catòlica, estava obsessionada pel sexe. Les seves discrepàncies amb la mare venien del fet que la considerava massa liberal en aquest sentit i el que no va aconseguir fer amb la seva filla –portar-la verge a l'altar– es proposava de fer-ho amb mi. Però jo li vaig sortir carbassa. No feia un any que anàvem junts que en Romà em va deixar prenyada.

»Si no hagués estat per l'acolloniment d'en Romà, hauria tingut la criatura. El vaig veure tan esparverat que no vaig tenir altre remei que parlar amb la mare. Com si es tractés d'una qüestió teòrica, vam examinar tots els pros i contres de la situació i vam arribar a la conclusió que el més raonable era avortar. Jo en vaig quedar una mica tocada. Per primera vegada a la vida m'havia enfrontat amb un problema seriós i el fet d'haver optat per la solució fàcil em rosegava la consciència. Vaig fer una depressió. De comú acord amb la mare no havíem dit res a l'àvia, però aquesta s'ho va ensumar. No em va treure de casa seva, però mai no va tornar a ser com abans. En Romà també va fugir d'estudi. Vam continuar junts una temporada però va trobar una noia basca i de la nit al dia em va deixar. Ho vaig passar molt malament i vaig perdre el curs. Fou llavors que vaig decidir anar-me'n un any a Londres. M'hi vaig estar sis mesos però vaig tornar.

»A Londres vaig aprendre a viure sola. Tenia vint-i-dos anys i el món no em feia por. En comptes d'anar-me'n a casa me'n vaig anar a València, darrere d'uns pantalons. Però la cosa no va funcionar. I aquí em té, treballant d'una a cinc i de vuit a dotze –ahir feia festa– de rentaplats, sis dies a la setmana, al restaurant Bellavista.

A quarts de dotze va aparèixer Gombó. S'havia rentat la cara a la pica de l'eixida i duia la samarreta molla. Els seus ulls traspuaven l'exaltació de la nit anterior i es va quedar mirant la Isabel amb una tendresa de seda, càlida i suau com la mà d'una mare. La noia li va somriure i li va dir amb una veu neta «Bon dia, Gombó» que va fer resplendir el rostre del forçut. Mr. Belvedere assenyalà amb un gest de la mà un lloc a terra invitant l'amic a seure. Llavors li va explicar que en Tom els havia robat.

Gombó, a mesura que anava digerint la informació de l'amic, anava caient en el pou obscur de les coses que no acabava de comprendre. Va sentir l'ombra d'un neguit, com si amagat darrere les estibes de caixes buides de peix del moll el sotgés un enemic disposat a fer-li mal. Però la seva inquietud quedava contrarestada per la serenor que emanava Mr. Belvedere que, tot i informar Gombó, no volia que l'amic s'esverés. La que va reaccionar va ser la Isabel, que va proferir un «fill de puta de negre!», amb ressonàncies racistes impròpies d'una noia que es vestia com una gitana, segons va pensar el nan.

–Què farem ara, Bel? –va dir el gros.

–El que teníem previst, Gombó; res més que el que teníem previst –va remarcar Mr. Belvedere–. No et preocupis.

Tot seguit, adreçant-se a la noia, Mr. Belvedere li va explicar el pelegrinatge que feien cap a Konya, on un savi amic els esperava. Com acabant les paraules que havia dirigit a Gombó, va afegir:

–Treballarem pel camí. Ben pensat, Gombó, els pelegrins són gent que van lleugers d'equipatge i amb la bossa buida. Qui sap si en Tom no ens ha fet un favor.

Aleshores la noia els va fer la proposta. Va extreure de sota la camisa una bossa que duia penjada al coll. Va mostrar a Mr. Belvedere una targeta de crèdit i el passaport. Va argumentar que no els imposaria la seva presència i que els deixaria quan ells ho diguessin. Va afegir que una noia els podria ser útil a l'hora de la recaptació i, com aquell que afegeix un raonament irrefutable, va anunciar que sabia cuinar i rentar la roba. Per a celebrar l'acord, la noia els va convidar a dinar al restaurant Bellavista, on aquell dia deixaria de rentar-hi plats.

3

La Papessa

SEGONA ETAPA

La Papessa representa l'atracció per les coses ocultes. Significa discreció, confiança i meditació. És pacient i tranquil·la. Està en condicions de descobrir els aspectes ocults de les persones i dels esdeveniments. Treballa amb la intuïció, cerca el fons de les coses a través de l'aparença i percep el canvi que presagia el moviment dels astres. És filla del silenci i prefereix les hores nocturnes.

A la primeria de maig van arribar a les envistes de Barcelona. Havien pujat vorejant la costa i s'havien aturat a Amposta, Salou, Vilanova i la Geltrú i Sitges. En aquesta darrera ciutat hi havien passat tres dies. En feia nou que havien sortit de Peníscola i havien viatjat a peu i amb autocar. Quan havien de fer llargues caminades, Gombó es lligava Mr. Belvedere a l'esquena amb un mocador de fer farcells, tal com li havia ensenyat a fer la Isabel, a l'estil de les mares africanes. Mr. Belvedere estava satisfet del comportament de la noia. Tal com aquesta havia afirmat, que ella fes la recaptació mentre ells actuaven augmentava els seus ingressos, ja que la Isabel tenia una gràcia especial per allargar el barret als espectadors, sense deixar mai de somriure i remerciar les monedes educadament. Així mateix, posseïa una intuïció especial per localitzar els llocs més econòmics on menjar i dormir. Si calia, podia estar-se hores sense dir res i no es planyia mai.

Gombó era feliç. Cada nit la noia li donava la mel dels seus llavis i el colós feia cara d'haver-li tocat la rifa. Al tercer dia, en sortir d'Amposta, Mr. Belvedere va parlar amb la noia. El preocupava que el gegant la deixés embarassada però la Isabel, rient, el va tranquil·litzar. Mostrant el seu braç amb el puny tancat, li va dir que Gombó estava massa dotat per a ella i va continuar rient com una bajoca. Tot i que Mr. Belvedere n'havia vist de tots colors, el desassossegava una mica l'amor de la parella. Era una ombra lleu, com un núvol fi, que envaïa un racó del seu cel particular, que li produïa una nosa indefinible. S'havia preguntat si allò no devia ser gelosia; estava segur que no ho era. La seva preocupació anava més enllà del moment present i l'entristia pensar en el dia que Gombó allargaria la mà i la noia ja no hi seria. Aquell dia el sol es colgaria en la mar i es negaria a sortir i esclataria un malson de foscor i de ràbia.

Entretant cada nit, abans d'allitar-se, Mr. Belvedere deixava la parella sola i sortia a fer un cigarret. Buscava un racó entre el mar i les estrelles i recitava els versos de l'amic de Konya que el seu oncle Jaume li havia traduït:

Feliç el moment en què estarem asseguts en el
palau, tu i jo,
amb dues formes i dues cares, però una sola
ànima, tu i jo,
els colors del bosc i les veus dels ocells ens
concediran la immortalitat
en el moment en què entrarem en el
jardí, tu i jo.

Després tornava lentament a la cambra i trobava Gombó dormint de panxa enlaire, feliç i sadollat i la noia feta un bolic en el seu sac de color de plata. Els contemplava un moment i pregava a Déu que no els arrabassés el mantell de la innocència que els cobria.

A Sitges van trobar el pintor d'ànimes. Es deia, o es feia dir, Gelabert i era de Bòsnia, croat de Banja Luka. Havia estat comunista, acèrrim partidari de Tito fins que a la seva mort la guerra civil va sembrar la llavor de la discòrdia entre cristians i musulmans, entre serbis i croats. Havia exercit de mestre d'escola. La seva dona, les seves nores i tres néts havien mort sota les runes de la casa on vivien. A un dels fills li havien tallat el coll als afores de Sarajevo i l'altre havia desaparegut. En un camp de refugiats havia començat a pintar. Ell mateix havia après a fer-se els colors amb terres diluïdes amb aigua i pasta de carbó. Una hèrnia estrangulada el va dur a la sala d'operacions d'un hospital de Milà i mentre gaudia del període de convalescència es va fer fonedís. Sense documents ni diners, va arribar a Niça. Amb el producte del que va anar captant es va comprar una capsa de llapis de colors i un bloc de dibuix i es va dedicar a improvisar retrats per les terrasses dels cafès del vell port i de les avingudes comercials del centre de la ciutat que venia per uns quants francs.

Al cafè Le Provençal de l'avinguda Felix Faure va conèixer un home estrany. Era estranger com ell i procedia de les amèriques. Era un home amb una gran barba i amb els cabells entortolligats com si fes anys que les tisores no els haguessin tocats. L'home es va quedar mirant el dibuix que Gelabert havia fet del seu rostre i, després de donar-li un bitllet de cinquanta francs, li va dir que allò que havia pintat era una merda. Alguna cosa indefinible en la mirada de l'home el va atreure. Tenia encara el bitllet blau a les mans i amb un rampell d'orgull el va tornar allargar cap a l'home. Aquest, però, esclatà en una gran riallada. El va convidar a seure i van parlar d'art. Fou llavors quan l'home li va dir: «Si vols aprendre a pintar, segueix-me.»

Una noia, que tornava de fer les compres, els va dur amb cotxe a un poblet de Saint Martin du Var. Allí van entrar en una casa, a la zona baixa del poble, que era gran i tenia un jardí allargassat i ampla. Al jardí hi havia una caseta en miniatura on jugaven mitja dotzena de criatures, un tancat amb sis cabres i un boc i, al fons, una gran gàbia amb coloms i gallines. Li van donar de sopar. L'home l'havia abandonat al jardí i a taula van seure una bona dotzena de persones, sense comptar els petits. L'home, sense asseure's, els va servir el sopar: arròs integral bullit amb mantega i formatge i amanida. Només ell va prendre cervesa, i després, cafè. L'home no va sopar. A l'hora del cafè es va asseure al cap de la taula i va començar a parlar. En cap moment no li va dir res d'una manera particular, no va ser presentat a ningú i cap de les persones que eren entorn de la taula li va adreçar la paraula.

Quan pensava que tothom s'havia oblidat d'ell, l'home el va fer seguir a un petit despatxet amb una taula plena de papers i un llit al fons. Un lloc que li va fer recordar la fotografia del despatx de Trotski a Mèxic. Van estar parlant més de dues hores seguides. De tota la conversa recordava molt vivament una frase: «Si realment vols pintar has de superar l'autocompassió.» S'hi va estar dos mesos. Ningú no li va parlar mai de pagar un franc i una noia molt jove, també pintora, es va fer càrrec d'ell. Al matí, isolat a les golfes, pintava. Havent dinat dormia la migdiada i abans de l'hora del te, cap a quarts de sis, feinejava a l'hort de prop de la casa entre els enciams, les tomaqueres, les mates de carabassons, les mongeteres, els alls i les cebes. Era una feina agraïda que ningú no li manava que fes. Durant aquells seixanta dies va aprendre moltes coses de pintura, però el més important de tot és que es va reconciliar amb ell mateix. Va deixar de veure's com una víctima. Era perfectament conscient de tot el dolor que havia hagut de suportar, però havia entès que el dit de Déu no l'havia assenyalat particularment a ell. La sort o el destí havien fet que els seus dies coincidissin amb l'esclat de la guerra i la brotada de la por i l'odi. Era un més entre els qui la riuada negra de la sang vessada havia arrossegat llera avall fins a deixar-lo sol amb el record punyent de la família desapareguda en un camp de refugiats on compartia una tenda de campanya amb tres homes i dos nois que tenien el cap ple de sarna. L'enyorança del sol l'havia dut a Niça, on una tarda de primavera esperava trobar la dama del gosset passejant per la Promenade des Anglais o una nit, a la sortida del Negresco, que ensopegaria amb el jugador Fiodor Mikhajlovic amb les butxaques buides i l'ànima esquinçada entre el roig i el negre de la ruleta. Però no hi va trobar cap dels personatges de l'imaginari universal, sinó un home real amb una gran barba que parlava d'art, de poesia i de filosofia i que li havia donat el bàlsam de la seva mirada.

Gelabert va explicar la seva història a Mr. Belvedere un vespre de primavera davant la blanor del mar. Gombó i Isabel passejaven descalços sobre la sorra mentre un grup de gavines seguien el deixant d'un iot que solcava el mirall de les aigües cap al sud. Dues nenes corrien darrere un noiet que tenia un estel suspès en l'aire i d'una cantina propera arribava la sinuosa música d'una troba cubana. El pintor va mostrar les seves obres al nan i Mr. Belvedere va somriure en veure aquelles masses de color que recordaven els rostres estrafets de fantasmes de somni. «La gent és així, amic meu», deia el pintor. «Darrere la bellesa de les cares, s'hi amaga sovint un abisme. El que he constatat és que, malgrat l'estranyesa inicial, la gent que pinto acaba reconeixent-se en el deliri dels colors. És com si cadascun de nosaltres guardés en un lloc secret de la memòria la imatge de la seva pròpia ànima. I ningú no tingués valor per a negar-se a mirar-la tal com és.»

A Barcelona es van allotjar en una pensió clandestina regida per dues germanes dominicanes del carrer dels Carders, tocant a la plaça de Sant Agustí Vell. La primera cosa que la Isabel va fer només d'arribar va ser anar a la perruqueria. Va tornar amb uns dos dits de cabells i un vestit de mitja màniga que li arribava per sota dels genolls. Si no hagués estat per les sabatilles de goma, hauria semblat una noia acabada de sortir d'una de les oficines de la Via Laietana. Des del telèfon públic de la plaça, sota la mirada dels dos companys, la Isabel va fer tres trucades. Va deixar un missatge als contestadors automàtics del seu pare i de la seva mare i va parlar uns minuts amb l'àvia Marina.

Els companys havien decidit que a Barcelona no treballarien. Mr. Belvedere sostenia que les persones de les grans ciutats anaven massa atrafegades i que els qui es quedaven a mirar un espectacle no duien un ral a la butxaca. La seva decisió havia estat fer un parell de dies de vacances i després seguir cap al nord. Girona seria la segona etapa.

A dos quarts de dues la Isabel trucava al pis de la seva àvia. La vella –mal senyal– no va anar a rebre-la a la porta i la minyona, l'esprimatxada Matilde, la va advertir que l'àvia havia tingut dos atacs de cor i que duia un marcapassos. La dona la va rebre al saló de la casa amb una fredor rancorosa que no es va esvair malgrat els dos petons de rigor que àvia i néta van intercanviar.

–Tu creus que està bé el que estàs fent? –li va etzibar la vella sense esperar que la noia s'assegués a la petita butaca que la dona havia disposat davant d'ella. El to de l'àvia era ple de ressentiment, i la veu, cansada, com si hagués estat assajant aquella pregunta acusatòria durant mig matí.

Contra el que esperava l'àvia, la Isabel no va contestar. La noia havia allargat els braços i agafava les mans de la dona amb la mirada acotada, disposada a rebre les recriminacions de l'àvia i sol·licitant amb el seu silenci la indulgència de la dona. En aquella posició la Isabel va escoltar tots els retrets de l'àvia, fins que la vella es va cansar, fins que la seva veu es va anar esllanguint i la fatiga dels vuitanta-dos anys va imposar el seu silenci. Llavors la Isabel va explicar a l'àvia Marina que els darrers mesos havia estat molt enfeinada, que treballava de relacions públiques d'una companyia de dansa que estava fent una *tournée* per tot Europa i que eren camí de França i Itàlia i, potser, Turquia. Va descriure amb paraules molt convincents el grup de nou noies angleses que componien la companyia i va ponderar els avantatges d'una feina que li permetia conèixer món i alhora formar-se com a experta en relacions públiques, una professió que tenia molt de futur en el camp del turisme.

Quan es van asseure a taula les boires del rancor s'havien esvaït. La Maruxa, la vella cuinera de l'àvia, havia fet bacallà amb mel –un dels seus millors plats– i a l'hora de les postres van menjar maduixots amb nata, les postres preferides de la Isabel quan havia viscut a la casa del passeig de la Bonanova. El caliu del dinar i la serenor de la noia van fer que àvia i néta es reconciliessin i, una vegada enllestit l'àpat, les dues dones es van asseure al sofà, agafades de les mans, fins que l'àvia es va adormir.

La Isabel, asseguda a la taula de la seva antiga habitació, durant un parell d'hores es va dedicar a posar en ordre els papers del banc. Va comprovar que les transferències de l'àvia continuaven arribant al seu compte puntualment i es va dir que era gairebé rica. Va pensar en els seus amics Gombó i Bel i va sentir una onada de tendresa per aquells dos estranys personatges els quals estava disposada a ajudar amb la seva presència i, si calia, amb el seu compte corrent. La desassossegava una mica el fet d'haver hagut d'enganyar l'àvia, però es va dir que la pobra vella no hauria entès mai que anés amb uns saltimbanquis de carrer i que hagués donat el seu cor a un gegant de dos metres amb ànima de nen.

Mentre la Isabel era a casa de la seva àvia, Gombó i Mr. Belvedere van pujar a Gràcia. Feia més de trenta anys que Mr. Belvedere no havia tornat a veure els carrers de la seva infantesa. La casa on havia viscut amb els seus pares havia desaparegut i al seu lloc s'alçava un edifici relativament modern de quatre pisos. L'espardenyeria de davant de casa seva s'havia convertit en un taller de reparació de motos i ca l'adroguer de la cantonada del carrer de Verdi era una botiga de mobles d'oficina. Amb tot, continuaven havent-hi els mateixos edificis antics de sempre, alguns amb la cara rentada, però amb la pàtina dels dies i l'alè condensat de generacions que s'havien succeït les unes a les altres. A la plaça del Nord van entrar al forn del vell Andreu. A Mr. Belvedere li hauria agradat comprar un parell de llonguets, d'aquells que la mare li donava per berenar amb dues sardines de llauna, olioses i perfumades, que havia de menjar a poc a poc per a no ennuegar-se. El local era molt diferent del que havia conegut. En comptes del taulell de marbre hi havia una gran vitrina plena de pastes de tota mena, amb tres safates de croissants farcits de xocolata, cabell d'àngel i sobrassada. Van demanar una barra de pa i, quan la noia que els havia servit els tornava el canvi, Mr. Belvedere va preguntar si el forn encara pertanyia al senyor Andreu. La noia va fer que sí amb el cap i va cridar cap a la rebotiga: «Pare, uns senyors et demanen.»

Va aparèixer un desconegut. Era un home calb d'una seixantena d'anys que es va quedar mirant Gombó amb un somriure als llavis i una pregunta als ulls. L'home no havia vist el petit i quan Mr. Belvedere anava a dir: «Perdoni, però ens hem equivocat», l'home es va fixar en el nan i va exclamar:

–Home! Manu, quina alegria!

Mr. Belvedere estava perplex. Alguna cosa d'aquell home li recordava el senyor Andreu però no l'acabava d'identificar. Amb la seva veueta trencada Mr. Belvedere va fer:

–Però vós no sou el senyor Andreu...

–És clar que no, Manu. Sóc l'Andreuet, aquell que et ruixava a la font.

Llavors el va recordar. És clar que sí; l'Andreuet, el fill del senyor Andreu del pa, aquell marrec grassonet que anava amb la colla del carrer de Verntallat. El qui robava trossos de coca de casa seva i els repartia entre els amics. Quan Mr. Belvedere li va recordar la coca, l'Andreuet, que ara era el senyor Andreu del forn, va dir als amics «un moment» i va sortir amb un gran tros de coca ensucrada i en va partir tres talls amples com la seva mà, molsuda i petita però neta com una patena. Gombó es va menjar la coca amb un parell de queixalades i Mr. Belvedere, amb el gust del massapà a la boca, va recordar les hores felices de la seva infantesa i li va venir a la memòria la cançó que li cantava la seva mare, els Tres tambors, de ressonàncies heroiques on el més petit de tots, el Manu de cal Beltran, portava la bandera.

El menut, seguit de Gombó, va recórrer els carrers de quan ell era un nen, una mica més petit que la resta del seus companys. Des de llavors no havia crescut gaire més, almenys externament, perquè el seu creixement havia estat interior. Es va adonar que el món de la seva infància tenia uns límits molt precisos, com una frontera que no havia violat mai. Al nord, la plaça dels Josepets i la Travessera de Dalt marcaven la ratlla de muntanya; a l'oest, el carrer Gran que enllaçava al sud amb el carrer d'Astúries, amb les places del Diamant i de la Virreina com dos enclavaments als límits del territori familiar; i el carrer del Torrent de les Flors traçant a l'est la línia de demarcació que era perillós de traspassar. Era un ampli requadre que tenia com a centre de gravetat la plaça del Nord, amb la font i els quatre fanals els llums dels quals no resistien els rocs de la colla de l'Andreuet, el Sopes i l'Octavi i aquella amazona, la Neus, que era més decidida i audaç que tots els nois junts, la mare de la qual havia estat miliciana de la FAI. Mister Belvedere i Gombó passaven pels carrers a poc a poc, mirant els comerços i els petits obradors com si fossin dos inspectors de taxes. Asseguts en un banc de davant de la parròquia de Sant Josep de Gràcia, els amics van dinar.

Aquell vespre la Isabel es va trobar amb la seva mare en un bar del passeig de Gràcia. Havien quedat a dos quarts però l'Elisa no va arribar fins a les set tocades. Duia una gran cartera de mà i tenia l'aire d'una intel·lectual que s'acosta perillosament a la cinquantena. Com en el cas de l'àvia, la trobada es va iniciar amb un retret, potser més fred i més deseixit que el de la vella: «Ja ets prou gran i suposo que saps el que et fas», va proferir la mare només asseure's i abans de demanar una orxata. La noia va repetir la mateixa història de la tarda. Va haver d'anar més en compte, ampliant alguns detalls com ara el nom de la companyia, la personalitat de la directora i el tipus de dansa que feien. Satisfeta la curiositat de la mare (la Isabel va tenir la sensació que l'Elisa ho hauria encaixat amb la mateixa indiferència si li hagués explicat que feia de puta o que era pilot d'aviació) la noia va restar callada. Una mica picada per la fredor de la mare va estar a punt d'amollar la seva peculiar relació amb Gombó, però se'n va abstenir més per mandra de canviar la primera versió que per altra cosa. Es va informar de les proeses professionals del reietó del carrer d'Aribau i dels últims tripijocs de la seva germana Noemí, que estudiava Dret i que treballava de franc a l'ONG Mans Unides. Segons la seva mare, les relacions amb en Josep Bonet anaven cada dia millor i li va anunciar que feia sis mesos que havien iniciat els tràmits per adoptar un nen de Guatemala i, potser, casar-se. «En Josep vol que tinguem una cosa pròpia», va dir amb una espurna brillant-li als ulls, com si l'adopció d'una criatura fos una assegurança de futur.

La Isabel i la Noemí van sopar en un petit restaurant de la plaça de Sant Just. Mentre les noies parlaven com dues velles amigues que fes anys que no s'haguessin vist (la Isabel es va mantenir ferma en la faula de la companyia de dansa), Mr. Belvedere i Gombó conversaven amb en Joan el mariner. Els companys havien estat sopant al Celler Nou, del carrer de la Princesa, on van haver de compartir una taula de sis amb un altre comensal. Era un home d'uns quaranta anys que tenia una cicatriu que li creuava la galta esquerra.

Gombó, que s'havia cruspit ell tot sol una paella d'arròs per a dues persones, es va fixar en la cicatriu del company de taula i, com una criatura encuriosida, la fitava insistentment. L'home se'n va adonar i, resseguint el senyal de la cara amb el dit, va dir a Gombó que era un record de Pernambuco. A l'hora dels cafès i la copa de conyac –en Gombó només bevia aigua i cacaulats calents, que l'entusiasmaven– l'home els va explicar la seva història.

En Joan era fill de la Barceloneta. Va néixer en un pis de quaranta metres quadrats del carrer de Sant Miquel, on durant tota la seva infància van conviure set persones, els seus avis paterns, els seus pares i tres criatures, dues nenes i un nen. Ell era el més petit dels tres germans. La Barceloneta era com un poble petit on tothom es coneixia. El seu avi i el seu pare eren pescadors, la seva mare treballava de dependenta en una peixateria del mercat del barri. Durant uns quants anys va anar a l'escola del senyor Rovira, al passeig Nacional. Als nou anys el seu pare –que en tenia trenta-sis– es va ofegar a l'escullera, un diumenge al matí que, com tants d'altres, havia anat a buscar musclos. Una onada el va rebotar contra una roca i es va trencar el coll. Els qui van anar a casa seva a portar la mala notícia van deixar a la pica de la cuina la bossa del pare amb tres quilos de musclos. Aquella nit, mentre el pare era al dipòsit de l'Hospital Clínic, la família va menjar per sopar musclos amb ceba.

A tretze anys va entrar a treballar d'aprenent de lampista i electricista a Reparacions i Instal·lacions Morató, Aigua i Electricitat, del carrer de Ginebra. El senyor Jordi Morató era un tipus cepat que havia estat embarcat durant molts anys i que havia fet la ruta de la Xina. El seu oficial era en Llémenes, un noi d'uns vint-i-cinc anys, fort i musculat com un roure que, per una qüestió de principis, li feia portar a en Joan la caixa de les eines, una mena de maleta de zenc que pesava més que ell. La seva altra obligació, la primera del matí, era anar a omplir el càntir d'aigua a la font de la plaça de l'església. L'altre aprenent, el qui acompanyava el senyor Morató, es deia Blai i era mig gitano. En Blai, que tenia quinze anys, li va ensenyar tot el que es pot aprendre de la vida.

En Joan, però, somniava amb el mar. Sempre que podia anava a veure arribar i salpar els grans vaixells que fondejaven al moll d'Espanya. Aquelles grans baluernes que esbufegaven com balenes immenses atiaven la seva imaginació adolescent. Pensant en un dia futur va fer tres cursos complets de ràdio per correspondència a l'escola Maymó. En un racó de l'habitació on dormia amb el seu avi es va agençar un petit taller de muntatge i es passava una bona part de la nit, mentre l'avi era a la mar, soldant peces i estudiant els principis de l'electrònica. A divuit anys el senyor Morató el va nomenar oficial i va tenir la satisfacció de passar la caixa de les eines a un marrec de catorze anys que acabava d'entrar com a aprenent. Segons el seu patró, era un bon electricista. De mica en mica, sense proposar-s'ho expressament, havia anat defugint les canonades d'aigua i s'havia anat especialitzant en electricitat. Quan hi havia una feina complicada en aquest camp, ell era l'encarregat de fer-la.

Va fer el servei militar a l'armada. Va fer el període d'instrucció a Cartagena i fou destinat a Palma de Mallorca. Gràcies als seus estudis i al seu ofici, es va ocupar de les transmissions de la Comandància de Marina: durant divuit mesos va fer de telefonista i no va veure mai un radiotransmissor. Al servei militar i a la Barceloneta sempre va ser un solitari. En Rusca, un noi de la plaça de Sant Miquel que s'inventava paraules, li deia «insuminto» que en el seu llenguatge volia dir esquerp i retret. Contràriament als companys de la seva edat, no tenia parella. El seu únic amic continuava essent en Blai, que havia abandonat la caixa de les eines i feia de cambrer en un dels populars restaurants de la platja de Sant Sebastià.

A vint-i-dos anys es va embarcar en un vaixell de la Transmediterrània. Pocs mesos després es va adonar que fer de llançadora entre Barcelona i Mallorca no satisfeia les seves ànsies d'horitzons llunyans i que la feina de cambrer tampoc no acomplia les seves perspectives professionals. Però havia aconseguit una part del seu somni: ser un home de mar. Va estar deu anys fent les feines més diverses en companyies marítimes de moltes banderes fins que va atènyer el seu propòsit: es va embarcar al vaixell Santa Lucia, de bandera panamenya, com a segon radiotècnic. La nau feia la travessia de Plymouth a Rio de Janeiro amb escales a Cuba, Veneçuela, Paramaribo, Fortaleza, Recife i Salvador. En la seva llarga experiència de mariner en Joan n'havia vist de tots colors. Havia suportat despòtics contramestres i havia estat assetjat per ruïnosos pederastes obstinats. Havia participat en memorables borratxeres i més d'una vegada havia hagut de sortir d'una taverna per la força dels punys. De nits havia contemplat la immensa volta del cel i havia compartit llàgrimes d'emoció amb milions d'estrelles. Sabia cançons d'amor i d'enyorament en una dotzena d'idiomes i havia vist morir homes rosegats per malalties desconegudes. A cap port no hi tenia cap amor. Continuava essent «l'*insuminto*» de sempre, solitari bevedor de cervesa, de poques paraules i escassos amics. Ni tan sols llegia. La seva única passió era contemplar la immensa monotonia de l'oceà i perdre's en un somieig de formes difuses. La mateixa cúpula celestial li semblava un mar invertit amb milions de vaixells solcant-lo. El silenci, el vent i el sol abrusador eren els seus companys inseparables.

Al port de Recife l'esperava la tragèdia. Amb Didier i Raymond, els altres dos telegrafistes del vaixell, havien anat a sopar al restaurant argentí La Estancia, que tenia fama de fer la millor carn a la graella de Pernambuco. Eren clients de la casa i el Gordo Tomàs, l'amo de l'establiment, els deixava beure de franc tot el vi que fossin capaços d'engolir. Rescalfats per la beguda i pels «bifes» de quatre dits que havien endrapat, van fer cap a la taverna Novo Século de la zona del port. El local estava molt animat. Aquell matí havien amarrat dos vaixells espanyols i un d'holandès i la cridòria i el fum eren considerables. Les dones del cafè estaven distribuïdes per les taules bevent amb els homes i fent tanta o més gresca que ells. Tot va començar per una mirada de la Lina. La noia estava asseguda amb una companya en una taula on hi havia sis holandesos. La Lina, quan va veure entaular-se en Joan, li va enviar una mirada que contenia un missatge: «Ara me'n desfaig i vinc», però un dels homes, un jove holandès de poc més de vint anys se'n va adonar, i quan la noia anava a alçar-se la va agafar del braç i va rebotre-la contra la cadira. En Joan, que havia contemplat l'escena, es va aixecar i va anar fins a la taula dels holandesos. Educadament, sense alçar la veu, va dir *please* als homes i va agafar la noia del braç. Llavors el jove li va pegar un cop de puny a la cara. Alguns dels homes de la taula es van posar dempeus i en Didier i en Raymond, con si haguessin sentit el crit de «*a mi la Legión*», van acudir a l'estímul de participar en una bona baralla. Però en Joan va dir: «*Quiet tothom*» amb tanta contundència que uns i altres van quedar petrificats per uns segons.

Entre el jove holandès i en Joan es va estendre un pont de mirades. Llavors va aparèixer el ganivet. En Joan tot just va tenir temps de veure'l quan el noi, com un tigre en zel, va fer un salt i li va ratllar la cara. «Va ser la sang –va dir en Joan– el que em va fer perdre la calma.» Va empentar el noi contra unes cadires i de la butxaca del darrere dels pantalons, en va treure la navalla automàtica i la hi va clavar fins el mànec a la regió del cor. El jove holandès va projectar les restes de vida que li quedaven en una mirada de cec, va proferir una exclamació apagada i va caure rodó amb el cor partit als peus d'en Joan.

Després d'una llarga pausa, que en Joan el mariner va aprofitar per encendre una segona fària, l'home va continuar la narració. Va dir que el jove holandès el va perseguir nit i dia i que el record de l'home mort li va fer abandonar la mar. Anés on anés, en totes les tavernes dels ports d'Europa i d'Amèrica, hi havia un moment que el mort de Pernambuco apareixia al fons del local, amb aquella última mirada d'esglai i de sorpresa, fins que aquell rostre jove, gairebé barbamec, es fonia amb el d'una altra persona, home o dona, jove o vell, perquè l'holandès se li havia arrapat a l'ànima disposat a estalonar-lo eternament. «I ara, amics –va concloure Joan el mariner–, sóc on era. Torno a viure al carrer de Sant Miquel i, quan estic serè, faig d'electricista encara que cada nit, en un moment o altre, rebo la visita del meu mort de Recife.»

Després d'haver parlat amb la família –amb el seu pare ho va fer per telèfon–, la Isabel es va dir que havia fet els deures. S'havia assegurat l'estabilitat econòmica –contràriament al que pensava Mr. Belvedere, ella creia que no es podia anar pel món sense diners–, havia aturat les causes de la possible intranquil·litat familiar i estava disposada a emprendre el llarg camí cap a Konya. No acabava d'entendre del tot què hi anava a buscar Mr. Belvedere a l'Anatòlia central, però confiava en el bon sentit del seu company. Si comparava l'actual situació amb els mesos que havia passat rentant plats a Peníscola i allitant-se amb quasi desconeguts, estava convençuda que el signe de la seva estrella havia canviat favorablement. Tenia, també, el seu amor. En el fons del seu cor sabia que les perspectives de futur amb Gombó no eren gaire esperançadores. Tot un món els separava –l'edat, la candidesa infantil del company, la seva dependència de Mr. Belvedere– però es negava a renunciar a l'afecte que sentia per l'amic, una estima que no havia experimentat mai per ningú i que si no era amor, era el sentiment que més s'hi assemblava. La innocència de Gombó la tenia fascinada. Fer l'amor amb ell li produïa una exaltació emotiva, molt propera a la que deu sentir una mare quan alleta un fill. Després de cada trobada íntima els ulls del gegant expressaven una placidesa tan fonda i el seu rostre adquiria una beatitud tan transparent que Isabel havia de contenir les llàgrimes. La resposta de l'home era tan directa i diàfana que una part de la noia, aquella que no té res a veure amb el càlcul ni la previsió, s'agenollava davant del colós i li besava els peus d'agraïment. Potser tot plegat es devia al fet que Gombó tenia l'ànima d'infant i que el desig de l'home, l'egoista necessitat de satisferlo, no tenia ni una engruna de malícia.

El matí del dia que havien de marxar cap a Girona, la Isabel va anar a veure la senyora Laura. La coneixia del temps en què vivia amb la seva àvia. Era una dona deu anys més jove que l'àvia Marina, que s'havien conegut al Palau de la Música, i que l'acompanyava sol·lícita com una germana o una filla als concerts. L'àvia explicava que la dona havia estat anys vivint a l'Índia i que cada any, pel mes de juny, desapareixia de casa seva sense que ningú, ni el marit ni els fills, sabés on anava. La Isabel i la senyora Laura mai no havien parlat gaire. Moltes vegades havien pres el te juntes a casa de l'àvia però la dona era la discreció personificada. Que no era una dona corrent es veia d'una hora lluny i l'àvia davant d'ella s'abstenia de parlar de qüestions d'església perquè deia que la Laura era agnòstica i mig bruixa.

Durant el temps en què la Isabel va estar-se primer a València i més tard a Peníscola, després d'haver abandonat Londres a mig curs, cada mes va enviar una postal a la dona sense saber ben bé perquè. Ara, pensant-hi, s'adonava que la senyora Laura havia estat l'única persona en qui havia confiat, i el fet que la dona no hagués dit res d'on ella parava a la seva família havia fet augmentar el prestigi d'aquella dona menuda i fràgil, de cabells blancs.

La va fer passar a un despatxet que donava als darreres d'un edifici de la Gran Via. El lloc ocupava la meitat de l'antiga eixida del pis i era ple de llibres. Sobre la taula del despatx de la dona hi havia una fotografia emmarcada on un home de faccions molt belles, vestit amb una casaca botonada pel davant que li arribava als genolls i amb un barret com els que duia Pandit Nehru, estava rodejat per cinc noies joves, una de les quals era la senyora Laura. La intenció primera de la Isabel, almenys la que es confessava a si mateixa, era agrair la discreció de la dona, però quan es va trobar davant de la mirada clara de la senyora Laura li va abocar tot el contingut del seu cor. Li va explicar que quan estava empantanegada a Peníscola, sense saber què fer de la seva vida ni saber on anar, va conèixer un parell de persones realment singulars. Els va descriure sense estalviar-se d'explicar la relació que mantenia amb Gombó i li va mencionar el viatge a Konya.

La dona va escoltar-la en silenci. Es va alçar un moment i va tornar a seure amb un llibre de tapes grises a les mans. El va fullejar uns moments i va llegir:

El món ocult té els seus propis núvols i la seva pròpia pluja, però la seva naturalesa és diferent.

El seu cel i el seu sol són diferents.

Aquest fet solament és visible per als qui saben veure, per a aquells que no es deixen enganyar per l'aparent perfecció del món corrent.

I va afegir:

Quan siguem morts, no busqueu la nostra tomba a la terra, ja que l'haureu de trobar en el cor dels homes.

Llavors, després d'encendre un cigarret mentolat, va dir:

–Això que t'he llegit ho va escriure Rûmî a mitjan segle XIII.

Aquest Mr. Belvedere, si no és un boig, és un home molt especial i potser val la pena saber on et porta.

Van estar una estona en silenci. Al fons de la casa, a l'altra banda del pis, se sentia la música de la ràdio. La senyora Laura li va agafar les mans. Sense deixar-les-hi anar, li va dir:

–Si tingués vint anys jo també vindria a Konya, ni que fos amb uns saltimbanquis visionaris.

Abans de marxar les dues dones es van abraçar i la Isabel va sortir del pis de la Gran Via amb el cor apaivagat perquè sabia que l'aventura que havia emprès estava beneïda per una dona sàvia.

4

L'Emperadriu

TERCERA ETAPA

L'Emperadriu personifica el domini sobre els mons material i espiritual. Representa la fecunditat i tots els atributs de la maternitat. La influència de l'Emperadriu assegura els fruits de la perseverança. Mal aspectuat, el seu ascendent pot resultar excessiu, castrador.

Ser menut com un nen de set anys de vegades tenia els seus avantatges. D'entrada, moltes de les obligacions de la gent gran se les havia estalviades; mai no havia carregat amb un fardell superior als cinc quilos; ningú no li havia demanat de clavar un clau en una paret; ni tampoc ningú no li exigia mai cap responsabilitat, que se suposa que són cosa de gent adulta. Com que de petit no va créixer prou, quan els nens de la seva edat van fer la primera comunió ell va passar desapercebut i ningú no es va recordar de fer-li aprendre el catecisme. El capità metge de l'exèrcit espanyol, quan es va presentar a la revisió prescriptiva abans d'incorporar-se a files, el va despatxar en menys de dos minuts i no va tenir cap inconvenient de signar-li l'absoluta. És gràcies a la seva petitesa que va copsar la notícia. Si hagués tingut la talla normal per a un home de la seva edat, encara que no hagués estat llarg com un Sant Pau, els homes que parlaven al portal del carrer de la Força s'haurien adonat de la seva presència i no l'haurien pres per un marrec incapaç d'entendre la importància de la nova que aquell matí s'escampava com taca d'oli, de boca en boca, entre la discreta comunitat jueva de la ciutat: Isaac el Cec havia tornat i aquella nit els volia tots junts a la vella sinagoga.

Pel que va poder deduir Mr. Belvedere –que va romandre tota l'estona assegut al pedrís interior de la casa, a un parell de metres dels homes– el més vell, un tal Salomó, venia de parlar amb la Sílvia Planes, que havia promès obrir-los la porta de la vella sinagoga del carrer de Sant Llorenç. L'altre home, una mica més jove que l'anterior, objectava que aquella Sílvia no era del tot de confiança perquè, al cap i a la fi, segons va dir el segon home, era una gentil. L'anomenat Salomó es va impacientar una mica davant les reserves de l'amic i li va retreure que es mostrés tan primmirat en uns temps en què si no fos pels cristians, ningú no sabria on haurien anat a parar. Davant d'aquella recriminació, l'home que havia fet escarafalls respecte a la noia va fer marxa enrere i, per a canviar de conversa, va preguntar al més vell com anaven els seus negocis. L'altre li va dir que anaven bé, com sempre, i va tornar a la qüestió que realment l'interessava: la cita d'aquella nit a dos quarts de deu a la sinagoga vella.

Encuriosit per la conversa, Mr. Belvedere va pujar carrer de Sant Llorenç amunt fins que va trobar el Centre Bonastre ça Porta, amb un pati central presidit per un canelobre de set braços i amb l'estrella de David feta de mosaic que cobria el terra. Quan hi va entrar hi havia dos japonesos que examinaven unes guies que els mostrava una dona jove –era la Sílvia Planes?– en un taulell que hi havia en un entrant de la dreta. Una mica més enllà, fent angle amb l'entrant del taulell, s'obrien unes dependències que deien «Museu» i una escala de pedra que pujava a l'Institut d'Estudis Nahmànides. El lloc era net, silenciós i ombrejat i a simple vista res no feia pensar que allà hi hagués una sinagoga, ni nova ni vella. Que el centre retia culte als jueus gironins, Mr. Belvedere no en tenia cap dubte. Tampoc no el sorprenia gens que l'anomenat Salomó, allà, hi veiés una sinagoga, perquè el nan sabia que moltes persones veuen el que duen arrapat al cor i que perviu dintre d'elles malgrat l'aparença de les pedres restaurades i l'asèpsia d'un museu municipal. Com que eren prop de les deu del matí, Mr. Belvedere va tornar a baixar pel carrer de la Força i va tornar al carrer de les Peixateries Velles, a la petita pensió on esperava que la Isabel i en Gombó s'haguessin llevat.

Girona va resultar una ciutat molt generosa. Gombó i Mr. Belvedere van actuar a la rambla de la Llibertat, davant l'estesa de taules dels cafès, a l'esplanada del costat de la Catedral i, al vespre, a la plaça de Santa Susanna, de l'altra banda del riu.

Havent sopat, la Isabel va proposar d'anar a escoltar un grup musical del Camerun que tocava al parc de la Devesa en el marc del festival anual de música ètnica que es feia a la ciutat. Gombó, que seguia la noia com un anyell, estava encantat d'anar-hi, però Mr. Belvedere, seduït per l'aire conspirador dels dos homes del carrer de la Força i pel nom d'Isaac el Cec, que li produïa estranyes ressonàncies, va preferir intentar posar el nas en la reunió de la sinagoga vella que anar a escoltar els esgarips sincopats dels camerunesos. Presa aquella decisió, el nan es va presentar a un quart de nou al Centre Bonastre ça Porta. Darrere la porta vidrada, que estava tancada, hi havia una noia jove d'aire despert, amb unes ulleres rodones de muntura fina, que li va franquejar l'entrada amb un somriure acollidor i una mirada interrogativa. Mr. Belvedere, amb la seva veueta de canya escardada, va dir: «Vostè deu ser la Sílvia Planes, oi?», i tot seguit, mentre la noia li allargava la mà i li confirmava que, en efecte, era la directora de l'Institut d'Estudis Nahmànides, va afegir que era un convidat personal d'Isaac el Cec.

Al pati no hi havia ningú. Una dotzena de cadires de fusta plegables estaven situades formant un semicercle davant una poltrona de braços, que donava l'esquena a la concavitat –on antigament potser hi havia hagut un pou– en la qual, sobre una lleixa de pedra, hi havia el canelobre cerimonial. Al cap d'uns minuts van arribar cinc homes, entre els quals el nan va reconèixer en Salomó. Al costat d'aquest, repenjant-se en un dels seus braços, hi havia un vellet amb unes grans barbes que li cobrien el pit. Per la deferència amb què el vell era tractat, Mr. Belvedere va deduir que es tractava d'Isaac el Cec. El següent grup de persones que va entrar era compost per quatre nois joves, els fills o els néts del qui havien arribat anteriorment. Tots els presents, excepte la Sílvia, Mr. Belvedere i el vellet duien la quipa posada, que s'havien col·locat a la closca només passar el llindar de la porta. Com si la Sílvia hagués captat el pensament del nan, va acudir al seu costat i li va oferir un casquet molt semblant al que duien els reunits.

Els homes s'havien saludat els uns als altres amb el mot *Shalom*, ningú no s'havia assegut i un moment o altre tots els presents havien donat una llambregada encuriosida i potser malfiada a Mr. Belvedere. Com aquell que res, movent-se com si fos a casa seva, el petit es va atansar al vellet i s'hi va plantar al davant. Isaac el Cec, que de cap manera era orb, es va quedar mirant el menut sense fer cap cas al que li xiuxiuejava un dels seus acompanyants. El vell va estendre les mans i Mr. Belvedere va agafarles. Isaac el Cec va dir: «M'alegra que hàgiu pogut venir» i el napbuf va fer un somriure radiant en senyal d'agraïment. Aquella benvinguda afectuosa, que no va passar inadvertida a ningú, va incorporar Mr. Belvedere a la comunitat jueva per via directa.

Els darrers a arribar van ser tres homes. Tal com havien fet tots els precedents, van acostar-se al vellet de les barbes i li van besar la mà en senyal de respecte. Mentre els congregats començaven a seure, un dels joves va comentar al company de la seva dreta que Isaac el Cec es deia Abraham ben David, que també se'l coneixia com a Isaac ha-Nagor, és a dir, va aclarir el noi, «el qui porta la llum» i que li deien el Cec perquè des de molt jove havia decidit no mirar el món, ja que els seus ulls s'havien replegat cap endins per llegir la Torà que duia escrita al cor.

Quan en Solomó es disposava a encendre les set espelmes del canelobre, Isaac el Cec va fer retirar la poltrona per tal de no donar l'esquena als llums, i la Sílvia, després de tancar la porta exterior, va pujar escales amunt i va desaparèixer de la vista de tothom. El segon home del carrer de la Força es va situar al costat d'Isaac el Cec, que s'havia assegut a la butaca de braços. El vell va extreure d'una de les butxaques de la seva levita un barret negre doblegat en quatre i se'l va posar. Enmig d'un silenci sepulcral, l'home del costat de la poltrona va llegir una llarga pregària en hebreu. Tots els reunits, excepte Isaac el Cec i Mr. Belvedere, seguien el rés en veu baixa tot fent oscil·lar els seus cossos endavant i endarrere. Enllestida l'oració, Isaac el Cec va parlar.

Contràriament al que es podia pensar, ateses la fragilitat escardalenca del rabí i la seva edat provecta, la veu d'Isaac el Cec era vigorosa i ben timbrada. Parlava amb un estrany català, potser molt antic, amb una cadència i uns ressons provençals. El seu discurs girava entorn de la Càbala. De vegades citava fragments en hebreu i a les orelles de Mr. Belvedere hi arribaven els noms de Maimònides i Nahmànides, el títol d'un llibre, *Guia dels perplexos*, i conceptes com ara ciència, raó i fe. Pel que va entendre Mr. Belvedere, Isaac el Cec explicava el seu punt de vista en relació a la polèmica entre els Maimònides i els cabalistes posteriors, el principal dels quals era Nahmànides, que refusaven el camí de la raó i propugnaven el coneixement directe de Déu, alguna cosa com l'experiència mística. Isaac el Cec, tot esmentant una colla de noms que no va retenir, feia referència a les escoles de Narbona i Bessiers per centrar-se finalment en el grup dels hassidim. Va fer una sentida evocació dels jueus del regne d'Aragó expulsats el 1492. En aquest punt es va obrir un parèntesi. Un dels presents, un home d'una seixantena d'anys, calb i amb les orelles de pàmpol, es va aixecar i va mostrar una clau més grossa que la seva mà. Va dir que es deia Jacob Animay, que tenia l'honor de ser el darrer hereu de Lleó Animay, dirigent de l'Aljama de Girona, que havia participat en la dolorosa missió de vendre el 2 de juliol de 1492, per quatre rals, el conjunt d'edificis que constituïen la sinagoga, amb l'escola, els banys i l'hospital; que va haver d'abandonar la pròpia casa –va ensenyar-ne la clau a la concurrència– però que generació rere generació la família dels Animay no va abandonar mai l'esperança de tornar a casa seva, tal com havien fet altres, els Samuel, els Esdres, els Adret i els Piera: quatre homes es van anar alçant a mesura que pronunciava els noms de família. El darrer va ser Salomó Piera, l'home que el nan havia conegut al matí. Llavors va parlar:

–Vós –va dir adreçant-se a Isaac el Cec– que ocupeu amb tot el dret la càtedra de Moisès, coneixeu les nostres penalitats perquè les heu sofertes en la vostra pròpia carn i la carn i la sang del vostre llinatge, els David de Narbona, Perpinyà, Girona. La vostra saviesa ha perviscut al llarg dels segles i sou aquí per il·luminar el nostre camí, gran Isaac ha-Nagor, per donar-nos una part de la vostra llum excelsa.

Acabat el parlament de Salomó Piera, el mateix home que havia llegit la pregaria a l'inici de la reunió va emprendre una nova lectura. Quan tot semblava que s'havia acabat, un jove va pujar l'escalinata per on havia desaparegut la Sílvia Planes i va tornar a baixar amb dues safates de dolços. Entretant, els altres tres joves havien anat arrambant les cadires a les parets, deixant el pati lliure. Fou llavors que va sonar la música. Un dels nois havia posat una casset en un aparell de ràdio portàtil i un cor d'homes amb un fons instrumental de corda va desgranar velles cançons que els presents, llevat d'Isaac el Cec i Mr. Belvedere, van dansar enllaçats amb les mans a la cintura o sobre les espatlles. Tots plegats, oscil·lant a dreta i esquerra, participaven en un ball de joia i de dolor mentre Isaac el Cec els contemplava des del seu setial de rabí i repetia «Adonai, beneeix els teus fills de Sefarat».

Els homes, una vegada i una altra, van dansar fins a l'extenuació. Mr. Belvedere es va asseure al costat d'Isaac el Cec. El vell seguia el ritme amb la mà com animant els homes per tal que no s'aturessin. Quan menys s'ho pensava, Mr. Belvedere es va adonar que el vell tenia posats els seus ullets d'esparver en la seva cara. Va intentar fer algun comentari, però l'estranya dansa dels homes el tenia capgirat i no se li va acudir res que no fos una banalitat. Isaac el Cec li va dir:

–Veig que esteu de viatge.

–Vaig a veure un home sant –va dir el nan.

–Ja m'adono que heu rebut la crida de Déu.

Aleshores, amb un somriure als llavis, Mr. Belvedere va afegir:

–Vaig a veure la competència.

–No ho cregueu, gran home, no ho cregueu. Al·là també és el meu Déu. I l'home que aneu a trobar és el meu germà.

A tres quarts de dotze la música va emmudir. La Sílvia Planes havia reaparegut i plegava les cadires. En Salomó Piera va apagar els caps d'espelma del canelobre ritual i se'ls va posar a la butxaca de l'americana. Poc abans de la mitja nit, abans que s'iniciés el dia sagrat del sàbat, els homes van desfilar en silenci i van desaparèixer carrer de la Força avall.

Tant la Isabel com en Gombó estaven entusiasmats per la vetllada que havien passat al Parc de la Devesa. El grup del Camerun el formaven sis homes joves que van tocar i cantar durant quatre hores seguides sense parar. El públic era molt heterogeni, des de famílies amb criatures i personatges solitaris a joves, molts joves d'ambdós sexes. L'ambient era de festa i tothom ballava. Fins i tot Gombó, amb la seva enorme corpulència, es va deixar anar a l'encant de la música sensual i rítmica dels camerunesos.

L'exaltació de Gombó, que saltava com una muntanya enmig de la gent, va provocar la primera desavinença de la parella.

Isabel i Gombó s'havien assegut en un banc darrere del qual, asseguts a terra, hi havia un grup de sis o set nois. Eren joves de poc més de vint anys amb les cares –les orelles, el nas, les celles– plenes de pèrcings, que no paraven de beure llaunes de cervesa i de fumar porros. Els nois van entaular conversa amb la Isabel que, amb la seva indumentària de gitana, els va semblar propera. Quan es van adonar que Gombó, per les poques coses que havia dit, era una mica curt de gambals, el van animar a beure i a fumar sense gens d'èxit. Els nois, admirats per la seva robustesa –com la dels plàtans centenaris del parc– i incitats per la seva innocència, van començar a fer-li bromes que tots reien –incloent-hi el mateix Gombó– i a adreçar-li frases de doble sentit. La Isabel, que inicialment havia seguit la tabola, aviat va començar a fer cara de pomes agres, emmurriament que anava creixent a mesura que Gombó s'anava animant. Els nois van agullonar la parella per sortir a ballar amb ells. Molt aviat la Isabel es va adonar que el ball era una simple excusa per continuar la gresca a costa del gegant, que es mostrava feliç com una criatura saltant enmig de la rotllana dels joves. Va abandonar la dansa però li va ser impossible fer que Gombó la seguís, ja que semblava embriagat. Tota sola es va tornar a asseure al banc amb una cara de pam i, quan Gombó i els nois van tornar perquè els músics feien una pausa, no li va adreçar la paraula. Els joves, probablement cansats de divertir-se amb en Gombó, es van perdre entre la gent.

L'empipament va esdevenir mutu. Tan aviat com Gombó es va adonar que la Isabel li feia mala cara, va caure en una mena de pou de desolació i, com un nen rebec, es va posar a fer morros com si algú li hagués pres la joguina preferida. Per sort la tensió no va durar gaire. La música havia represès i la Isabel va agafar el colós per la mà i el va fer aixecar. Quan Gombó, amb el somriure recuperat, anava a posar-se a ballar, la noia el va arrossegar fins a una parada de gelats i li va comprar el cucurull més gros de gelat de xocolata. A partir d'aquell moment la parella, sota la cúpula dels plàtans, va deixar passar les hores fins que el concert va concloure.

Després d'haver actuat al migdia a la rambla de la Llibertat, havent dinat el tercet es va acostar a la Devesa. Hi havia molt poca gent, alguna parella, algun vell solitari, dones amb gossos i una colla d'homes que estaven muntant uns grans altaveus a l'empostissat. Segons indicaven els cartells del festival de música, aquella nit hi actuarien tres grups: de la República Dominicana, de Cuba i de Jamaica.

El parc estava en silenci. De tant en tant, el vent removia l'alt brancatge dels plàtans i una remor, com la de les ones del mar, omplia la Devesa. Mr. Belvedere estava admirat per la majestat i la força dels arbres. No recordava haver vist mai troncs tan gruixuts; al costat d'aquells gegants vegetals, el mateix Gombó semblava petit.

A mitja tarda va començar a arribar gent. Gombó i Mr. Belvedere van fer quatre actuacions. Des que eren a Girona el seu espectacle s'havia ampliat amb un número més per iniciativa de la Isabel. Abans de sortir de Barcelona s'havien trobat amb una concentració de gegants davant de l'esplanada de la Catedral i el ball dels gegants els va inspirar. Al so d'un tamborí que havia comprat la noia, Gombó imitava la cadenciosa dansa dels gegants amb Mr. Belvedere assegut a les seves espatlles, cofat amb una pamela des d'on llançava als espectadors serpentines de colors sense deixar anar un dels caps. Les evolucions de Gombó li acabaven fent un vestit de serpentines que s'entortolligaven al seu cos com si portés una túnica de coloraines. El número tenia molt èxit, sobretot entre els nens.

No es van moure de la Devesa. Van menjar uns entrepans per sopar i quan va començar la música la Isabel va veure arribar la colla de joves de la nit anterior. Aquesta vegada eren una dotzena. Nou nois i tres noies. El qui semblava portar la veu cantant, un noi esprimatxat amb calces arrapades, botes militars i els cabells pintats de verd i de groc, es va acostar al banc on seien la

Isabel, Gombó i Mr. Belvedere i, molt educadament, com si fos un empleat de banca davant d'un client, va demanar disculpes per la barrila de la nit passada i sense abandonar els aires de minyó de muntanya va encaixar la mà dels tres amics amb un somriure angelical.

Aquesta vegada ni la Isabel ni Gombó no van ballar. El grup de joves havia ocupat el mateix lloc de la vetllada anterior i havia substituït les llaunes de cervesa per xibeques de litre. La Isabel va observar que no feien cap porro, sinó que fumaven cigarrets rossos d'un parell de paquets que es passaven de l'un a l'altre. Reien i feien tabola entre ells, sense posar-se amb ningú.

A mitjanit, una dona grassa, d'uns cinquanta anys, es va sumar al grup de joves. Duia una mena de gel·laba grisa oberta al coll d'on penjaven mitja dotzena de collarets, sota la gran papada. La dona portava un gran cabàs i va ser rebuda amb crits de Mami! Mami! Com si fos una cantant de moda enmig dels seus fans. L'entusiasme dels nois i les noies, però, no solament anava adreçat a ella, sinó als dos pastissos que havia extret de la cistella. Eren dos blocs circulars de trenta centímetres de diàmetre de mig pam d'alçada, coberts d'una capa de xocolata.

El noi que abans s'havia excusat es va apropar als tres amics i, amb les idèntiques maneres de bon jan, els va convidar a menjar pastís. Dues de les noies els en van dur tres bons trossos. Gombó, que tornava a tenir gana, va endrapar la seva porció en quatre queixalades. La Isabel i Mr. Belvedere es van acabar els seus trossos més per no decebre els joves no pas que per veritable gana. El pastís era de xocolata i massapà, molt dens, pastat amb farina integral. Tenia, però, un regust indefinible...

Quan Gombó va dir «mira Bel com volo» el nan feia estona que es gronxava, ingràvid, entre les altes branques dels plàtans. No havia experimentat mai una cosa semblant. Va veure com el seu cos ascendia lentament balancejant-se al ritme cadenciós d'una cúmbia. Al capdamunt del brancatge Gombó es va trobar que, horitzontal al terra, movia els braços i les cames com si nedés. Tant ell com el gegant no podien aguantar el riure i se sentien lleugers com un floc de núvol. Tot i la distància Mr. Belvedere veia la Isabel, com si la tingués a tocar, que s'havia replegat sobre ella mateixa i mig dormia en una posició fetal. Els joves de la colla reien i els seus esclats ressonaven com si estiguessin tancats en una gran catedral, com si entre la música i el seu riure hi hagués una paret de vidre. Gombó i Mr. Belvedere s'havien agafat de la mà i empesos pel vent planaven damunt el mar de fulles. Com dos ocells mandrosos, volaven lentament sobre la Devesa. Des d'aquella alçada, la ciutat de Girona semblava un poblet de pessebre, estàtic i irreal, com les capses de mistos il·luminades que recorrien les carreteres dels voltants. Van anar cap a la ciutat. El riu, com un mirall de plata, davallava silenciós i refulgent fins a perdre's entre les ombres dels prats i la geometria dels sembrats. La Catedral, lleument il·luminada, semblava un castell greu i circumspecte, que protegia la ciutat que, com un signe de vassallatge, s'ajupia als seus peus. Mr. Belvedere va veure en un pati secret el llum de set braços que recordava el nom impronunciable d'Elohim i que guiava els fills perduts d'Israel escampats pels cinc continents. També va veure la dona que els joves anomenaven Mami, asseguda entre ells, com una emperadriu, amb un ceptre sobre el braç i en un tron d'ales d'arcàngel. Sota la verdor del pèlag frondós s'endevinava una munió d'insectes de forma humana que giravoltava empesa per la música. La visió de Mr. Belvedere era doble, com si contemplés el món des de dos punts distants: situat a les altures i arran de terra simultàniament.

Ni Gombó ni el nan no haurien pogut dir quant de temps van volar. Potser una hora? Potser uns minuts? Perquè la consciència de la durada s'havia deixatat com un grumoll de fang sota la pluja. Van navegar sense veles ni rems entre les altes branques dels arbres centenaris fins que es van trobar asseguts al mateix banc d'on havien salpat, indemnes però disgregats encara. El son benigne de les flors va aletejar al seu entorn i es van adormir com si vinguessin d'un llarg viatge. La Isabel els va despertar. Estava indignada. Repetia, amb la inquietud i el goig de la lloba que retroba els cadells perduts, «aquests cabrons ens han drogat», mentre Gombó i Mr. Belvedere es deixondien tot just retornats del viatge on la dona del ceptre els havia enviat.

5

L'Emperador

QUARTA ETAPA

L'Emperador simbolitza la fermesa i la voluntat de realització. Configura la imatge de pare protector, encara que, mal aspectuat, pot personalitzar l'obstinació autoritària. Els seus dominis s'estenen pel cel i la terra i, assegut de cara a Orient (encara que sembli mirar cap a l'esquerra), encreua les cames en senyal de protecció.

Després d'estar-se un dia i mig a Perpinyà, van arribar a Narbona a mitja tarda. Es van allotjar en un petit hotel, Le Mercury, del carrer de les Olles, a quatre passes de la catedral de Sant Just, i van sortir a descobrir la ciutat. Aquesta primera passejada era essencial per a la seva feina de saltimbanquis. Procuraven detectar el marc de les seves actuacions, que havia de ser discret per evitar problemes amb la policia local i prou cèntric i concorregut per tal d'assegurar-se un mínim de públic indispensable. Sovint acabaven trobant una plaça o un racó de passeig que reunia aquestes condicions. El seu problema eren els municipals. A Perpinyà havien hagut de plegar veles dues vegades consecutives davant la intransigència sorruda dels gendarmes. Rarament tenien conflictes seriosos amb els servidors de l'ordre, a banda del fet d'haver d'interrompre l'espectacle i de fer-se fonedissos sense dir ni piu. De vegades Gombó, que no acabava d'entendre que no els deixessin treballar, protestava emmurriat i volia plantar cara als uniformats que els xafaven la guitarra, i la Isabel i Mr. Belvedere se l'havien d'endur per evitar mals majors.

Mister Belvedere, que tenia una gran retentiva i ho observava tot, es va adonar que molt a prop de l'hotel hi havia un nen d'uns deu anys amb unes ulleres rosades i un gos pelut que no treia la mirada de la porta de Le Mercury. Va captar, també, que a la cantonada oposada on era el nen un jove d'uns disset anys vigilava la porta de l'hotel amb la mateixa insistència que el vailet del gos. Havent sopat, quan els amics van tornar a Le Mercury, els nois no s'havien mogut dels seus llocs de sentinella malgrat que s'havia fet fosc i el carrer de les Olles estava desert. Era evident que ni a l'un ni a l'altre no els preocupava gens mostrar la seva pertinaç vigilància.

A la minúscula entrada de l'hotel, el trio, que havia llogat una cambra de matrimoni amb un llit d'infant, es va creuar amb dues noies joves i un home fornit de mandíbules quadrades que parlaven tots tres alhora. Pels retalls de conversa que Mr. Belvedere va caçar al vol, l'home i les noies parlaven d'un tal Benjamin que s'entossudia a no sortir de l'habitació. Una de les noies, que tenia un aire lànguid i trist, insistia que l'home fes servir la seva condició de policia per fer baixar del burro el seu germà. L'altra noia, que mostrava unes maneres decidides, argumentava que el tal Benjamin era més tossut que una mula i que era millor utilitzar les vies del diàleg que les de la pressió.

–Però com vols dialogar –deia la noia, llangorosa– si ha posat l'armari darrere la porta i es nega escoltar ningú?

Darrere el petit taulell de la recepció de l'hotel l'encarregada, una dona de nas ganxut, es mirava els qui obstruïen el pas amb cara de pocs amics. Probablement si el tipus cepat de cara quadrada no hagués estat policia, els hauria fet fora de l'establiment d'una revolada, perquè a les parelles que acudien a ocupar durant una estona les sis cambres de la planta baixa no els feia cap gràcia ensopegar amb gent, ni que fos desconeguda i parlés parisenc.

Per tal de respectar la intimitat de la parella, Mr. Belvedere va sortir al balcó que donava al carrer de les Olles. Es va situar entre els vint centímetres que separaven la barana dels finestrons i va encendre un cigarret. Li va semblar observar que darrere les cortines de la cambra contigua un home sotjava el carrer. El marrec del gos s'havia assegut a la vorera i l'adolescent de l'altre cap de carrer havia encès una pipa. La ciutat, fora d'aquelles dues presències, semblava deserta. De la casa del davant li arribava el so distorsionat de tres televisors i els refilets d'una ària operística que no va saber identificar. El soroll de les veus del policia i de les dues dones el va distreure. L'ària desconeguda li havia fet pensar en la seva mare, que sentia una gran passió per l'òpera. Els del carrer continuaven discutint i, amb una correguda, se'ls havia ajuntat el noi de la pipa i el nen del gos. Tots plegats van desaparèixer cap a la banda de la catedral.

Com si l'home que espiava darrere les cortines hagués esperat que la colla de perseguidors s'eclipsés, el nan va sentir com s'obrien les portes del balcó de la cambra del costat. Va veure aparèixer mig cos d'un individu de cabells esclarissats que, abocat a la barana, llambregava a banda i banda del carrer. El tipus va fer un moviment de sorpresa en veure el petit fumant, encaixat al balcó amb el llum de la cambra apagat.

–Bona nit –va dir Mr. Belvedere.

–Bona nit –va respondre l'home, sense deixar de mirar atentament el menut que fumava.

Es va fer silenci. Els llums de dues de les finestres de la casa del davant es van extingir i els sorolls de la televisió van quedar reduïts al d'un sol aparell. També la transmissió de l'òpera havia quedat soterrada entre la negror del silenci. L'home va encendre un cigarret i, amb els braços sobre la barana, es va quedar mirant la façana grisa de l'altra banda del carrer.

–Sembla que us busquen– va dir el nan amb un punt de malícia i una espurna de curiositat per veure com reaccionaria l'home.

–Aquests, rai –va fer el del balcó–. No són aquests els qui em preocupen, sinó el qui els envia... –va marcar una pausa, com si pensés la paraula següent– un autèntic sàdic.

–Màgic, heu dit?

–També, també, un mag negre que es complau a turmentar les seves víctimes.

Mister Belvedere no sabia què pensar. Li feia la impressió que l'home era sincer i que, al mateix temps, exagerava. Parlava amb un accent marcadament parisenc, bastant argòtic malgrat les poques paraules que havia dit. Quan el nan anava a dir que no acabava d'entendre'l, l'home havia iniciat un nou període, ara amb la veu més calmada, com si es disposés a explicar una llarga història:

–Aquest país té una llarga tradició de sadisme. Des que el diví marquès va publicar les seves obres a final del segle XVIII, la bona societat francesa, parisenca, és clar, tot i condemnar-lo, va adoptar la seva peculiar filosofia. De fet, molt abans que Sade nasqués, els sàdics ja existien. Ell va tenir la virtut de donar nom a una pràctica exercida des de segles, la de complaure's amb el dolor aliè, la de gaudir sexualment del turment infligit als altres.

»A París, al barri de Belleville, hi ha un monstre modern que és la quinta essència del sadisme. És un home que si el veiéssiu no us ho creuríeu. Fa la cara de tan bona persona, que té mig França enganyada; si el sentíssiu parlar –és un mag de la paraula–, us pensaríeu que us trobeu davant d'un professor de literatura, que estima els nens i els gossos. Però desenganyeu-vos, aquest Pennaccioni és un malvat.

»Ell mateix explica que al Brasil, mentre es gronxava en una hamaca i s'emboirava prenent rom de baixa qualitat, va pensar a crear un antiheroi per a la Sèrie Negre. Oposant-lo als models de l'època, que eren solitaris i batalladors, va donar vida a un pobre infeliç que en lloc d'una família té una tribu, i que exerceix l'ignominiós ofici de boc emissari.

»Cal tenir una ment ben retorçada per complaure's a crear un tipus així. Però això no és res comparat amb el sadisme de les situacions que li ha obligat a viure. L'any 1985 el col·loca en uns grans magatzems on té la missió de rebre els esbroncs dels clients descontents, més endavant el fa súbdit de la reina Zabo, una boja directora d'Edicions Talió que el fa passar per un escriptor famós i que acaben assassinant-lo; més tard una mena de doctor Frankenstein de la medicina li intercanvia tots els seus òrgans vitals amb els d'un criminal i el retorna a la vida, un dels seus germans crema l'escola, casa i descasa les germanes o les deixa vídues en vint-i-quatre hores, l'envolta de traficants de drogues àrabs, de putes policia, de la gent més rara que us pugueu imaginar, fins i tot, el gos, el fa epilèptic.

»Ja em direu si això és vida! Al llarg de quinze anys li ha fet rebre totes les bufetades, l'ha maltractat, l'ha martiritzat, l'ha humiliat, l'ha vexat. L'ha turmentat, escarnit, fuetejat, sacrificat, ultratjat, ofès, vilipendiat, mortificat, flagel·lat... en fi, l'ha fet passar per la mola de la seva ment tarada, i a més demanant-li que no perdés la compostura, que entrés al forn crematori sense esborrar el somriure dels llavis, com un veritable boc emissari, content i feliç de ser-ho.

L'home del balcó havia fet el relat de les desventures del fill del senyor Pennaccioni sense alçar la veu, com si fos un discurs assajat davant del mirall o repetit moltes altres vegades. Havia deixat de fumar i s'estrenyia les mans. L'edifici del davant, ara amb tots els llums apagats, semblava el decorat d'una obra de teatre de l'absurd, massa real entre la desfilada de personatges extravagants que l'home havia evocat.

L'endemà al matí, quan Mr. Belvedere va baixar a esmorzar, es va trobar amb les dues noies i el jove de la pipa de la nit anterior, que l'esperaven; el petit de les ulleres de color de rosa era a fora al carrer amb el gos pelut. L'adolescent es va avançar i dient «em permet» es va presentar com a Jérémy Malaussène. Tot seguit va presentar les seves germanes Clara i Thérèse i, assenyalant-los amb el dit a través de la porta, va dir que el nen era el Petit, i Julius, el gos.

Estaven tan freturosos per parlar, que el nan els va convidar a compartir una taula de les quatre que hi havia en una raconada, entre l'escala i una mena de cuina d'on emanava una intensa olor de cafè. L'encarregada de l'hotel va donar per fet que esmorzarien tots quatre i va posar tasses per a tothom i una panera amb vuit croissants.

Clara, la noia dels ulls transparents, va encetar la conversa:

–Ahir a la nit el Petit us va veure com parlàveu al balcó amb Benjamin. Ens heu de perdonar que us molestem, però es tracta d'un cas de força major, la vida de tres criatures depèn del que faci el testarrut del meu germà, això sense comptar la commoció que la seva desaparició a causat al barri de Belleville, on tothom l'estima, on els seus amics preguen Al·là perquè recuperi el senderi, i no cal dir la desesperació que ha ocasionat a Julie, la seva estimada...

La noia lànguida i ullerosa va prendre la paraula, com si hagués agafat el testimoni en una carrera de relleus:

–No sé si vós creieu en la família, senyor...

–Mister Belvedere –va puntualitzar el nan.

–... senyor Mister Belvedere. En un món en què totes les creences i tots els déus s'han anat daltabaix, per a nosaltres la família és una cosa sagrada. És clar que tenim una mare que mai no n'ha fet, a part d'aparèixer cada any amb una criatura nova fruit dels seus amors tan apassionats com inevitables. Per això, el nostre germà gran, en Benjamin Malaussène, és tan imprescindible a casa. És un Àngel, que no havia plorat mai, i que ara emula els esgarips de la Verdun i el Senyor Malaussène, el més petit de tots, que encara no ha fet l'any, plora sense parar i es nega a amorrar-se a la tetina del biberó, i tot plegat per què? Per què, senyor Belvedere? Perquè aquest caparrut diu que s'ha cansat de fer de boc emissari...

–No es pensi que no comprenc el meu germà –va fer en Jérémy, que reemplaçava la Thérèse en l'ús de la paraula–, si fos per mi fa anys que hauria engegat a dida en Danielet Pennaccioni, però sense en Benjamin no som res, hem esdevingut una colla d'orfes, sense que ningú vetlli per nosaltres. El mateix Petit, fins ara tan entenimentat, pensa d'allistar-se a la legió estrangera i el gos Julius, en tres setmanes que va darrere l'amo, ha tingut sis atacs epilèptics, com si això fos suportable per a un pobre gos. Que l'escripturet Pennaccioni és un malvat, tots hi estem d'acord. Que gaudeix fent-nos passar per l'adreçador com un masoquista...

–Sàdic, es diu, sàdic –puntualitzà la Clara.

–... bé com un sàdic o un masoquista, ara no ens discutirem per una paraula, que juga amb nosaltres i que, per culpa d'ell, som la riota de mig França i una bona part d'Itàlia. Comprenc perfectament que Ben n'estigui fins als nassos, però, com li ho diria?, escapar-se i anar-se a amagar al cul del Llenguadoc és massa fort. I l'altre, per no perdre una milionada en drets d'autor, remou cel i terra per retrobar-lo, mobilitza l'Adrien Titus i en Joseph Salistri, que han de deixar les feines normals de policies per recórrer tot el país darrere les seves petjades i, sense tenir-ne prou amb la bòfia, ens avia a nosaltres com gossos perdiguers darrere la presa.

Aquí Jérémy va fer una pausa. Va endrapar un croissant amb dues queixalades i va prosseguir.

–Veurà, senyor Belvedere, jo crec que la gent parlant s'entén.

En Ben hauria pogut anar a trobar el grafòman aquest i intentar fer un pacte entre gent civilitzada; hauria pogut demanar la intervenció de la Minne, la dona del monstre, que és una noia simpàtica, tolerant i gens negada, i entre tots cercar un acord, una transacció, una avinença en comptes de tirar pel camí del mig i venir a recloure's en aquest hotel de mala mort i...

L'aparició de Gombó i Isabel va tallar les oracions de l'adolescent. El xicot va quedar tan impressionat per la visió del gegant que li va fer perdre el fil de l'explicació. Clara, la de la mirada translúcida, va extreure una màquina de fotografiar de la bossa i va començar a disparar fotografies del colós que, en vista de l'expectació que produïa, somreia com un arcàngel.

Mr. Belvedere va prometre als germans Malaussène que intentaria parlar amb en Benjamin i que, si ho aconseguia, els ho faria saber immediatament. Quan els va demanar un telèfon per a comunicar-se amb ells, li van dir que no patís, que no es mourien de davant de l'hotel.

Narbona va resultar una ciutat gasiva. Als espectadors, els costava amollar una moneda i no hi va haver manera de trobar més de tres voluntaris per tirar la corda. Encara que Mr. Belvedere s'ho prenia amb filosofia –hi ha dies millors i hi ha dies pitjors, deia– la Isabel estava irritada i acusava els francesos de ser uns pets bufats. En Gombó no sortia del seu estupor en veure que ningú no gosava agafar la soga. Amb les dues actuacions del migdia no havien guanyat ni per fer un mal dinar. Mr. Belvedere, d'acord amb l'experiència de Girona i d'altres ciutats del sud, va pensar que el vespre serà millor hora i van posposar les noves actuacions fins a quarts de set. La sorpresa, però, va ser enorme. Aquella hora els carrers eren buits i la poca gent que hi passava corria cap a casa com si fes tard. Tot i així van intentar aplegar una dotzena de persones, però va ser endebades. El número del gegant amb la pamela i el vestit de serpentines el van fer davant de tres espectadors: l'home de la cara quadrada, el nen de les ulleres rosades i el gos epilèptic.

Per acabar-ho d'adobar –quan la lluna es posa d'esquena no hi ha manera– van estar a punt de quedar-se sense sopar perquè a quarts de nou el restaurant on havien dinat es va negar servir-los amb l'excusa que tancaven i tots els altres de la rodalia tenien les cadires posades sobre les taules. Van acabar anant a la cafeteria de l'estació, on van trobar entaulats els germans Malaussène i el policia (el petit de les ulleres de color de rosa i el gos s'havien quedat de guàrdia davant de Le Mercury), que els van convidar a seure amb ells. El policia, l'Adrien Titus, potser per deformació professional, va fer més preguntes del compte –d'on venien, on anaven, si tenien els papers en regla– fins que en Jérémy, una mica empipat per les maneres inquisitorials de l'amic, va tallar-lo amb la frase «¿no veieu que són gent legal, que ho duen pintat a la cara?» Tot seguit la noia malenconiosa, Thérèse, va fer un gest insòlit. Va agafar les mans de Mr. Belvedere i es va posar a llegir-li les ratlles dels palmells. El nan, que no era la primera vegada que li llegien les mans, no es va immutar i va deixar fer la noia. La Isabel, que veia aquelles dues joves com unes intruses, va remugar una protesta apaivagada per l'interès que li demostrava l'adolescent el qual, per fer-se l'homenet, havia encès la pipa.

–Sou una persona molt singular –va dir Thérèse– les vostres mans mostren un home molt vell i molt gran. Si em permeteu que us ho digui –la seva veu arrossegava una mena d'ànsia– el vostre esperit depassa els límits del vostre petit cos i embolcalla amb una pau especial tots aquells que se us acosten.

Els plats combinats que va servir una cambrera tibada van interrompre Thérèse al mateix temps que la megafonia de l'estació anunciava l'arribada del tren de París. El policia va dir «ja hi vaig jo» i va desaparèixer cap a la porta en quatre gambades.

Al cap d'uns minuts va tornar el policia de la cara quadrada acompanyat d'un home d'uns quaranta anys que duia un vestit clar, sense corbata, amb una mena de sarró penjat a l'espatlla. Els germans Malaussène, que s'havien aixecat de cop, van anar a parlamentar-hi. El grup que es mantenia dempeus al costat de la porta, després de conversar una estona va ocupar una taula al costat de la dels amics i l'home de París va demanar un cafè. Al cap d'un moment, Jérémy, que havia apagat la pipa precipitadament, va atansar-se a Mr. Belvedere i el va convidar a anar a l'altra taula.

Jéremy va fer les presentacions. L'home de París, que va resultar que era el mateix Daniel Pennaccioni, estava distès i no semblava gens que fos un malvat sàdic. Mr. Belvedere va pensar que les aparences enganyen i va saludar molt seriós i circumspecte el desconegut. Aquest somreia amb cara de persona que no ha trencat mai cap plat. Va escoltar amb paciència el relat dels fets que li feien alternativament els germans Malaussène i, com si no se'ls acabés de creure, va interrogar el policia amb la mirada fins que aquest va assentir amb un cop de cap. Llavors l'home va dir les primeres paraules:

–Com està, Julius?

El nan va quedar desorientat. Que aquell pervers s'interessés pel gos ho va trobar, si més no, sorprenent i li va restar la sospita que l'home tirava pilotes fora i que amagava els seus veritables pensaments. Llavors en Pennaccioni va fer el que ell en va dir «l'estat de la qüestió». Com un mestre d'escola que explica per enèsima vegada una lliçó, va resumir tots els greuges que Benjamin Malaussène li feia, va agrair la bona disposició del senyor Mister Belvedere de fer d'intermediari i va afegir, posant-se tot seriós de cop, que no li toquessin el voraviu –va fer servir l'expressió més contundent: *les couilles*– perquè estava disposat a enviar tota la caterva dels Malaussène i els seus acòlits a les tenebres exteriors. La llangorosa Thérèse va protestar, la Clara d'ulls transparents va fer el gest d'alçar-se i deixar-lo plantat i en Jérémy va argumentar amb passió que, aquella barbaritat, no la podia fer.

En Pennaccioni, que es veia d'una hora lluny que era un tipus bregat en les discussions, va remarcar que «ho podia fer quan li donés la gana» i que «no havia de donar explicacions a ningú dels seus actes» i va reiterar «i menys encara a un personatge díscol i la colla de sonats que el voltaven».

–Això no ho pots fer, Dani –deia conciliador en Jérémy–. Bé devem tenir uns drets nosaltres, no? Tenim una ànima, Dani, i una ànima mereix un mínim de respecte. No pots esborrar-nos del mapa de cop i volta, no seria... no seria... ètic ni moral.

–Deixa't estar de romanços. Jérémy, Deixa la moral per al Papa de Roma, que prou se n'ocupa, sense gaire èxit per cert –va ironitzar–, i saps que en faig, de l'ètica, jo? Me la passo pel darrere!

L'Adrien Titus va estossegar. Amb la seva veu cavernosa d'exfumador va intervenir:

–La qüestió senyor Pennaccioni no és si teniu dret o no de liquidar-nos d'un cop de ploma. Alguna explicació hauríeu de donar, si més no, als vostres lectors. Però el problema és un altre. Vós voleu que tot torni a ser com abans. Teniu les vostres raons per desitjar-ho així. I jo ara no les discuteixo. En Benjamin s'ha cansat de ser el cap de turc, l'ase dels cops, de pagar el plats trencats, de ser un dat pel sac, d'entomar-les totes, de rebre pels descosits, de ser qui li toqui sempre el rebre, en fi, s'ha cansat de patir i s'ha rebel·lat. Ara, tampoc seré jo qui li discutiré els seus drets ni m'entretindré amb les seves raons. La qüestió és, senyor Pennaccioni, que s'ha de trobar una fórmula conciliatòria, un pacte que acosti les posicions, un acord que porti la pau i que tots plegats puguem tornar a París reconciliats, vós al vostre ordinador i nosaltres a la nostra feina.

En Daniel Pennaccioni es va escoltar atentament les ponderades paraules del policia de la barra quadrada. Es va treure de la butxaca de l'americana una pipa idèntica a la que usava el jove Malaussène i la va omplir de tabac. Una vegada encesa, va preguntar:

–Alguna idea transaccional?

Ho va dir en un to neutre, com disposat a cedir més per cansament que per convicció. Tota la taula es va girar cap en Jérémy. Fins i tot Mr. Belvedere, que havia oblidat Gombó i la Isabel, que s'havien quedat a la taula del costat, va fitar l'adolescent com esperant que es pronunciés l'oracle. Aquest, amb un fil de veu, va dir:

–Stojil, l'oncle Stojil és la solució–. El to de la seva veu va augmentar–. Era evident que Jérémy improvisava, però a mesura que ho feia afermava la seva seguretat. Per, diguem-ne, necessitats del guió, l'oncle Stojil va morir. Tu saps, Dani, que Stojil era l'amic més proper al cor d'en Benjamin, que les llargues partides d'escacs que jugaven eren un bàlsam per a la seva agitada vida de boc emissari. Ressuscita'l, Dani, ressuscita'l, i veuràs com tot s'arranja.

–No el puc ressuscitar, Jérémy. La versemblança literària se'n ressentiria i com que ja vaig fer ressuscitar en Benjamin, ara no puc tornar-hi, ningú no s'ho creuria –va dir en Pennaccioni, una mica decebut per la proposta.

Però en Jérémy hi va tornar.

–No cal que sigui el mateix Stojil qui revisqui. Fes que el primer dels nostres pares retorni, que ocupi el lloc que va deixar buit Stojil en morir. Regala'ns un pare, Dani, veuràs com en Ben t'ho agrairà. Fes-nos un pare, Dani, savi com el vell iugoslau, sarcàstic si voleu, amb un caràcter de mil dimonis, però algú amb qui en Ben pugui confiar.

Els ullets de guineu que va posar l'escriptor i el somriure que va il·luminar el seu rostre certificaven que la proposta de Jérémy feia camí pels revolts i les giragonses del seu pervers cervell. Com a única resposta va mormolar «No és una mala idea», encara que s'endevinava que en Pennaccioni acaronava el suggeriment del noi com si tractés d'amansir un tigre, perquè la pensada era bona, tan idònia que el vexava una mica que no se li hagués ocorregut a ell. El seu metabolisme, però, d'antropòfag d'idees d'altri, de vampir xuclador de sang aliena, aviat es va oblidar de la font original i en l'espai escènic de la seva ment va començar a perfilar els trets característics del vell Malaussène, el patriarca de la tribu, potser retornat d'un país exòtic, la Xina, el Pakistan o Madagascar. Al seu entorn s'havia fet un respectuós silenci, com si tots els presents escoltessin el brunzit de la cogitació. Finalment, en Pennaccioni havia pres una decisió.

–D'acord –va exclamar–, li podeu dir que faré reaparèixer el seu pare, que tindrà unes característiques molt semblants a les del vell Stojil, que es dirà... com es dirà, Jérémy?

–Parenostre Malaussène– va dir contundent en Jérémy, que havia posat nom a tots els seus germans petits: És un Àngel, Verdun, Senyor Malaussène.

Fou com posar oli en un llum. Quan Mr. Belvedere va traslladar la proposta a en Benjamin a través del balcó, totes les barreres es van obrir, el mur que separava el germà gran de la seva tribu es va ensorrar més ràpidament que el de Berlín, la freda guerra de nervis va deixar pas a la pau dels valents i la reconciliació entre l'escriptor i el seu personatge va encendre la nit com una aurora boreal.

Al mateix temps que Mr. Belvedere se sentia com una reencarnació del Secretari General de les Nacions Unides en missió de pau, en Gombó dormia sol. La Isabel –el cor de les dones és una afrau insondable– s'havia sentit atreta pel jovenet de la pipa i, sense gaires preàmbuls, havien anat a fer l'amor al costat del canal de la Robina, sobre una clapa d'herba, en el centre del triangle que marcaven tres pins pinyoners de capçada alta. La Isabel –el cos de les dones té unes necessitats inescrutables–, després de setmanes de ser servidora i sacerdotessa de l'amor, desitjava ser atesa per unes proporcions adaptables als seus replecs íntims, volia sentir la fiblada interior i tenir entre els seus braços el candor d'un home en flor encara que fos inexpert i apassionat com un cadell de dimensió humana.

6

El Papa

CINQUENA ETAPA

El Papa, en la seva qualitat de pastor suprem, representa la respectabilitat i l'autoritat moral. És generós i indulgent; imparteix els consells adients i és pròdig en el seu ensenyament. Segons com, també pot presentar-se com a dogmàtic i autoritari, vàcuament grandiloqüent. La seva missió primordial consisteix a difondre el saber, tasca que realitza amb ordre, mètode i claredat.

«Pel maig cada dia un raig, deia la mare», va pensar Mr. Belvedere davant la persistència del tercer dia de pluja. Estaven allotjats en unes golfes d'un vell casalot del carrer de la Balança des d'on s'albirava el Roine, per una banda, i les torres del Palau dels Papes, per l'altra. Les golfes i una part de la casa pertanyien a una vídua encara de bon veure, Madame Sabine, exactriu dramàtica, que llogava habitacions durant els festivals anuals de teatre. La dona, envoltada de mitja dotzena de gats, habitava en un petit apartament construït en una part de l'amplíssim tercer pis.

Tot i l'esperança que el mestral, que havia començat a bufar el capvespre anterior, escampés el mal temps, el petit va tenir una decepció en veure que el matí continuava plujós. El dia abans havien tingut ocasió de visitar la vella ciutat murallada d'Avinyó. Havien recorregut els tortuosos carrers de la ciutat antiga, la plaça del Palau, la plaça del Rellotge, havien entrar a la catedral de Nostra Dona dels Doms, al Petit Palau, que en un temps havia acollit Cèsar Borgia, i no havien visitat el Palau dels Papes perquè calia pagar i les visites, cosa que odiava Mr. Belvedere, eren guiades. Després d'anar tot el dia amunt i avall sota la pluja fina però mulladora i freda, van acabar la jornada asseguts en un dels grans cafès del carrer de la República amb els habituals te per a la Isabel, el cacaulat per a Gombó i el grog per a Mr. Belvedere.

Menjaven a la mansarda. La Isabel els havia sotmès a una dieta de pa, formatge i fruita. Gombó, que sempre traginava una gana que no s'acabava mai, considerava que aquell tipus de repàs no era pròpiament una menjada com cal i que el caprici de la noia els obligava a berenar tres vegades al dia. Sort en tenia de les cruixents barres de pa, que devorava en un tres i no res. Per tal de calmar la insatisfacció del colós, Mr. Belvedere va cometre l'error de prometre-li que aquella nit abandonarien el règim vegetarià i que es cruspirien un bon filet de cavall amb una muntanya de patates fregides.

–Cavall no, Bel, cavall no –va exclamar amb veu entristida el gegant.

Llavors el nan va recordar la història de Gombó i la Belle Louise.

Eren a Lisboa. Abans que Gombó passés a actuar a la pista, la galiassa de musculatura d'acer s'ocupava de netejar les gàbies dels animals i de donar-los menjar. La Belle Louise era una euga jove que, juntament amb tres cavalls més, el matrimoni Perlani feia giravoltar per la pista del circ. Els Perlani no eren res de l'altre món com a domadors i l'única cosa que havien aconseguit dels seus cavalls era que vinclessin la pota dreta, brandessin el cap i canviessin la direcció en sentir l'espetec del fuet. No obstant això, el número tenia una bona acceptació perquè els cavalls eren esplèndids, especialment la Belle Louise, que era blanca amb una clapa negre a l'ull esquerra i una altra al naixement de la cua. Era un animal feréstec, que costava molt de dominar i amb el qual la senyora Perlani havia esmerçat moltes hores per tal que s'acoblés al ritme i als moviments dels altres tres solípedes. Tota l'asprivesa de l'euga, que mossegava i tirava coces als desconeguts, desapareixia per art d'encantament quan Gombó s'hi acostava. L'hèrcules la tractava amb una familiaritat que cap dels esposos Perlani havia aconseguit mai. Li tustava les anques, li abraçava el coll, li agafava les orelles i li besava el front. És clar que Gombó li donava el farratge cada nit i de tant en tant l'obsequiava amb un parell de panotxes de blat de moro. També hi havia una qüestió de proximitat física, de veïnatge convivencial, perquè el goliat dormia a l'estable dels cavalls, al racó del fenc i la palla.

Diuen que l'amor és cec. Gombó, endut pel seu afecte a la noble bèstia, cada vegada que en tenia ocasió donava a un parell de terrossos de sucre l'euga. Tot el circ s'havia adonat que Gombó arreplegava subreptíciament tots els sucres que podia, però ningú no n'havia fet cabal perquè la seva voracitat i el seu infantilisme eren coneguts per tothom. Però les provisions de sucre no eren per a ell, sinó que les donava a la Belle Louise, que li agraïa el gest llepant-li les mans amb la seva llengua aspra. Aquell costum aviat va esdevenir un vici. Per tal de poder sentir la llengua de l'euga en la seva mà Gombó repetia el gest diverses vegades al dia. Fins que la Belle Louise va emmalaltir. Després d'un parell de nits sense tastar el farratge, un matí l'euga no es va posar dempeus. En Vitorio i la Rosana Perlani es van esverar i van córrer a cercar el veterinari el qual es va limitar a confirmar el mal estat de l'animal i li va extreure un tubet de sang per analitzar-la. El problema va sorgir dos dies després, quan el manescal va tornar amb els resultats de les anàlisis. La Belle Louise patia una gran diabetis produïda per una ingestió exagerada de sucre, i probablement l'euga havia patit una crisi hiperglucèmica que li afectava a la visió de l'ull esquerra. Tan aviat la Rosana Perlani va haver escoltat el diagnòstic, va sortir enfollida de l'estable disposada a saltar sobre Gombó i arrencar-li els ulls.

El vell Enrico Gabrielli, que estava atent als problemes de la gran família del circ i que vetllava perquè la sang no arribés mai al riu, va fer passar el gegant al seu carruatge i, plantat com un sentinella davant la porta, va parlamentar amb l'indignadíssim matrimoni Perlani. Sortosament per a Gombó tota la pólvora es va gastar en salves. Els italians, com a bons meridionals, van cridar, gesticular, amenaçar. El vell Enrico, que era un home pràctic, va prometre una bona indemnització pel cavall –que descomptaria puntualment del salari mensual del colós– i, situats en aquest terreny, els negociadors van arribar a un acord després d'una hora i mitja d'estira-i-arronsa. Pel que feia a les implicacions morals, el director del circ es va mantenir incòlume en un argument bàsic: «Aquest beneit no sabia el que es feia.» El vell Enrico va repetir aquella frase ben bé un centenar de vegades amb totes les matisacions i les variants possibles, però sempre sense abandonar el sentit central, el de la innocència de Gombó, que no sabia el que es feia, que per un afecte mal entès, sense adonar-se'n, havia estat a punt de matar l'amor de la seva vida, la Belle Louise.

L'Enrico Gabrielli, quan les aigües del trasbals van tornar a mare, va reprendre seriosament Gombó, el qual no acabava d'entendre què havia passat. Ell era el primer damnificat, el qui havia sofert més directament la malaltia de l'euga amiga i no comprenia que li'n fessin responsable. El vell Enrico li va parlar dels efectes nocius del sucre i, en veure les llagrimotes que lliscaven sobre la cara del gegant, va generalitzar referint-se a les menges no autoritzades, que s'havien d'evitar donar als animals. No va insistir a culpabilitzar Gombó, ja que aquest prou disgustat estava amb la imatge de la Belle Louise ajaguda a terra, sense poder-se aixecar.

El dolor de Gombó va durar uns quants dies. Li van retirar la feina de donar menjar els cavalls i fou obligat a anar a dormir entre la peonada. Cada matí, a trenc d'alba, anava a donar un cop d'ull a la Belle Louise, que es recuperava lentament. Però el disgust de la separació definitiva va venir al cap d'uns quants dies, quan la Belle Louise, encara convalescent, va ser venuda a un marxant que la va dur a un picador de cavalls de Sintra, on l'euga va acabar els seus dies passejant criatures.

La Isabel, apassionada com era en el tema dels destrets de l'amor, va explicar el cas d'una mare que va estar a punt de matar un fill de pocs mesos, afectat de no sabia quina dolença, perquè preocupada per l'alimentació de la criatura, l'embotia de puré de patates i pollastre. Aquesta anècdota, per un estrany fil conductor, li va fer pensar en la seva història d'amor, la que la va fer abandonar Londres i anar a raure a València.

–Londres –va dir la Isabel– pot ser una ciutat horrible, freda, inhòspita, inhumana, a causa de la seva extensió, de la larvada xenofòbia dels anglesos, del seu distanciament peculiar amagat sota una capa de cortesa urbanitat. Els primers temps vaig treballar *au pair* a casa d'un matrimoni jove que treballaven a la City i que tenien una nena de dos anys. A canvi d'una cambra, l'alimentació i unes poques lliures, els feia de minyona i mainadera. Eren una parella moderna, que sortien dues nits a la setmana i que una vegada cada mes organitzaven un sopar; estaven al corrent de les novetats literàries, discutien de política, presumien d'ecologistes i manifestaven que eren agnòstics. Ell tot just superava els trenta anys i ella no hi arribava. Jo en tenia vint-i-dos. I voleu saber una cosa? No em van preguntar mai com estava, com em sentia. Vivia amb ells però era com si realment no existís, com si fos un robot que entengués les ordres verbals, les indicacions imprescindibles, sense sentiments ni vida pròpia.

»No és estrany, doncs, que en aquell clima de fredor absoluta caigués de quatre potes en les mans d'en Vicent, un valencià amic de la gresca, simpàtic i ben plantat. El vaig conèixer un vespre en un petit antre amb la música al límit i olor de patates i peix fregit. Tot i que anava vestit com un perdulari, el noi granejava. Vivia en un petit apartament de Coven Garden, al costat del teatre Royal. En teoria estava fent un màster d'administració d'empreses, encara que no el vaig veure mai estudiar. Era un tipus fascinador: alt, fort, decidit, que se'n reia del mort i de qui el vetlla. Tot i la seva corpulència –sempre m'han agradat els homes forts– (els seus ulls càlids es van posar sobre el rostre de Gombó), era molt tendre, amb una habilitat especial per complaure.

»Vam viure plegats quatre mesos. Vaig abandonar els enravenats anglesos i vaig ocupar un racó en el pis i en la vida de Vicent. Van ser els millors temps de la meva vida. Mirava endarrere i em feia creus d'haver-me pogut enamorar. Tot el que en Romà tenia de poeta evanescent en Vicent ho tenia d'home pràctic. Si l'un era, si més no verbalment, una persona d'esquerres que odiava els burgesos i la societat de consum, l'altre s'afirmava com un home sense ideologies, *bon vivant*, prou cínic per assegurar que el món era dels qui no creien en res, excepte en les pessetes. I de pessetes, en tenia. El seu pare i els seus oncles eren propietaris d'una empresa d'exportació de cítrics que abastia mig Europa. Era fill únic i estava destinat a heretar un imperi econòmic. Era un home d'extrems, tan aviat anava vestit amb quatre parracs com s'abillava de vint-i-un botó per anar a l'estrena del musical de moda. Em tractava com una reina. En la intimitat era dolç, tendre, molt considerat; un amant tranquil, reposat, que no tenia mai pressa i que s'ocupava de mi.

»En finalitzar el curs, el vaig seguir a València. Però allà tot va canviar. Aquell home, que quan estava sol era una joia, sota la influència de la família va canviar com un mitjó. La seva espontaneïtat es va convertir en reserva; la seva alegria, en eixutesa; la seva franquesa, en cautela. I tot perquè jo no formava part dels projectes del seus pares, que no vaig arribar a conèixer mai. Encara que eren gent molt rica, que havien fet els diners a cabassos amb les taronges, no deixaven de ser uns provincians. Vivien en una mena de palauet a la ciutat de València, presumien de xofer i minyona, però en el fons no s'acabaven d'espolsar els terrossos de fang de les espardenyes que havien embrutat per l'horta d'Alzira, d'on provenien. Anaven pel món com uns pets tibats, expressant-se en castellà com si la llengua de la terra fes pudor de fems. La mare d'en Vicent, que formava part de la junta de la Creu Roja i de l'associació contra el càncer al costat de quatre marqueses arnades, tenia altres projectes per al seu fillet. Havia albirat una pàmfila de bona família, una filla única d'una casa emparentada amb un Gran d'Espanya, amb un pare delegat provincial de no sé què, amb més fums que cabals, amb casa pairal a Valladolid. Molt aviat vaig tenir molt clar que en Vicent es doblegaria als desitjos de la seva família i que jo, en cas de continuar amb ell, seria plat de segona taula. De moment m'havia situat en una petita pensió i m'utilitzava com si fos una meuca al seu exclusiu servei. Em venia a veure dues o tres nits cada setmana i es va ben guardar de presentar-me cap de les seves amistats. Podia estar enamorada, però no era idiota. Cada matí em mirava al mirall i em deia a mi mateixa; «Què hi fas aquí?» Fins que no vaig suportar més la meva pròpia cara de mantinguda, de maturranga barata. Vaig trucar a un número de telèfon d'un dels petits anuncis de *Levante* i, sense dir-li ni ase ni bèstia, me'n vaig anar a rentar plats a Peníscola.

Havent dinat va deixar de ploure. Per deixondir-se una mica els amics van anar a veure el pont mutilat de Sant Beneset, el cèlebre pont d'Avinyó on s'hi dansa, on s'hi dansa, com diu la cançó.

L'aire era fi i una sentor de farigola impregnava l'atmosfera. El Roine baixava lentament i un estol d'orenetes dibuixava en el cel la seva cal·ligrafia secreta. Gombó estava moix, el record de la Belle Louise i la història dels amors frustrats de la Isabel l'havien deixat pansit. La prenia de la mà amb una força desacostumada, com si temés que la noia s'esvaís darrere aquell noi de València. Mr. Belvedere pensava que la vida li havia estalviat els destrets de l'amor, aquell poderós geni que escampa rialles i plors i que burxa incansable en els cors dels homes i de les dones. Pensava en el seu amic Enrico Gabrielli.

Com ell mateix reconeixia, l'Enrico era un artista mediocre. Havia fet d'equilibrista sense poder passar mai de tenir quatre pilotes en l'aire alhora, de funàmbul que li era impossible passar per la corda fluixa i d'acròbata que tenia vertigen a les altures; com a August, el pallasso seriós de la cara enfarinada, no havia destacat mai, i confessava que no tenia la paciència necessària per ensinistrar qualsevol mena d'animal. El que sí que feia amb un mestratge sorprenent era la feina de presentador. La seva alta figura, els seus cabells blancs i la seva veu clara i potent imposaven silenci i es feien escoltar. També era un excel·lent administrador. Tenia la ductilitat i la perspicàcia d'un home criat en els carrers d'un barri popular de Nàpols. Un circ és un món tancat on conviu tota mena de gent. Estiguin on estiguin en l'escala de la fugaç glòria de la fama, tots els artistes d'un circ creuen que són algú excepcional, la ingènua vanitat és tan abundant que cal molta mà esquerra per bregar amb aquesta mena de personatges. I l'Enrico Gabrielli, com si fos un cardenal de la cúria romana, posseïa els dots innats de la diplomàcia. Fos quin fos el grau d'excel·lència dels seus artistes, sempre els tractava amb una gran consideració i un gran respecte. Al més humil dels seus col·laboradors el feia sentir com una peça insubstituïble de l'espectacle, i mai no s'estalviava de repartir elogis, somriures, abraçades. Deia, amb una franquesa sorprenent: «Ja sé que els pago poc, molt per sota del que es mereixen, però això no obsta que els reconegui tota la seva vàlua. La moral és una part essencial del circ.»

El problema de l'Enrico era el seu cor. Tot i que gaudia d'una salut de ferro, el cor se li accelerava quan entreveia unes faldilles ben portades. Era una flaca que arrossegava des de l'adolescència i que li havia ocasionat mil i un maldecaps. Des dels setze anys havia tingut infinitat de companyes, amigues, protectores, protegides, germanes espirituals, mares putatives, amants apassionades i adorades reticents. Dones de totes les edats, de totes les mides, de tots colors, que ell estimava amb la mateixa passió meridional, oberta i sincera, fins que la flama de l'amor s'apagava o un nou foc més abrandat substituïa les brases anteriors encara calentes.

Va conèixer la senyoreta Marcela di Ponte a Taormina una nit d'estiu de l'any 1970. Havia deixat el circ Napoleone a causa de la gelosia, perfectament fonamentada, d'un domador de lleons. Tenia quaranta anys i s'havia promès a si mateix que no tornaria a enredar-se amb cap dona menor de vint-i-cinc anys. En cap moment li va passar pel cap que la dona que acabava de conèixer a la terrassa del cafè significaria alguna cosa en la seva vida. Potser si no hagués fet tres dies que estava desvagat, no li hauria proposat de continuar la conversa a l'habitació del seu hotelet. Però el destí de cadascú està escrit en les estrelles amb una cal·ligrafia indesxifrable. L'Enrico va tenir la intuïció que alguna cosa no estava en el seu lloc quan va constatar amb gran sorpresa que havia desflorat aquella dona que panteixava al llit com una foca.

La Marcela di Ponte era una mestra d'escola resignada a quedar-se per vestir sants. No era una dona lletja, però tampoc es pot dir que fos una bellesa. Si no hagués estat pel pertinaç borrissol que li enfosquia el llavi superior, les espatlles amples i el nas ganxut, la Marcela hauria pogut presumir d'una boniquesa discreta, ja madura com un meló massa fet però sucosa i dolça. La dona procedia de Caltanissetta, de la baronia dels di Ponte, una família arrelada a una terra de vinyes i oliveres, que defensava l'honor del seu nom amb escopetes retallades de dos canons.

En cap moment l'Enrico va imaginar que el seu futur estava lligat al de la Marcela. Però una conversa amb l'oncle i un germà de la dona, que no va durar més de vint minuts, el va fer canviar d'opinió. Els arguments dels dos homes van ser d'una simplicitat esborronadora: a una banda hi havia un honorable casament acompanyat d'un generós dot, i a l'altra, el gest que va fer el germà de la Marcela de passar-se el dit gros d'orella a orella. Es van casar a la Catedral de Caltanissetta amb la núvia vestida de blanc, el pare amb jaqué i una cinquantena de familiars ben endiumenjats. A la festa posterior hi va assistir el poble en pes. En el vaixell que duia els recent casats de Palerm a Nàpols, l'Enrico va concebre la idea de crear el seu propi circ, el circ Gabrielli.

Quan Mr. Belvedere, uns quants anys després, es va incorporar al circ Gabrielli, la Marcela era qui tallava el bacallà des de l'ombra. Gràcies als seus diners i al sentit innat pels negocis, la dona va esdevenir una administradora implacable. Amb l'excusa que d'aquell negoci ella no hi entenia ni un borrall, era capaç de discutir les condicions econòmiques dels artistes amb la freda obstinació d'un director de banc. La Marcela, però, tenia el do de la discreció. A part de portar un control estricte de les finances, la dona es deixava veure poc. Gairebé mai no apareixia per la pista i deixava a l'Enrico l'honor de ser l'amo i senyor del circ. Ella es passava el dia al carruatge del marit, al costat de la caixa forta. Era una cuinera excel·lent i cada nit reclamava el tribut a la seva virginitat sacrificada. A part de lligar el marit amb una corda curta i invisible, la Marcela no es feia amb ningú. Molt aviat tothom la coneixia pel mal nom de «la bigotuda» encara que ningú no va gosar mai faltar-li al respecte.

Els primers anys l'Enrico, potser recordant el contundent gest del seu cunyat, va fer bondat. La seva tendència d'anar darrere totes les faldilles es va mantenir enclaustrada. Però la carn és feble i el dia té moltes hores. I les ocasions no mancaven. L'Enrico, en la seva condició de pare de tots, intervenia com a àrbitre i mediador de totes les disputes, era el conseller i amic sempre disposat a escoltar, el componedor de les diferències, el consol dels destrets, l'home sempre disposat a ser el bàlsam de totes les ferides. Però el seu cor era feble. Unes llàgrimes ran d'ulls el trastornaven, sobretot si la desconsolada era una noieta d'ulls verds, pits turgents i cames llargues.

Els crits de la Marcela feien feredat. Esquinçaven l'aire de la nit i els lleons tancaven els ulls per no sentir-los. Però qui pot lluitar contra els designis de la natura? En tot cas no pas l'Enrico, que es veia obligat a fer tota mena d'equilibris per mantenir callada la dona i per donar sortida als impulsos generosos del seu cor. La batalla entre tots dos es va perllongar ben bé al llarg d'una dècada. Naturalment hi havia períodes d'alto el foc, d'armistici, de pau inestable que contrastaven amb les èpoques de guerra oberta. Finalment es va imposar una mena *d'entente cordiale*, d'avinença, que de fet suposava que la Marcela faria els ulls grossos i que l'Enrico delimitaria les seves expansions amoroses fora del recinte del circ. Semblava una bona solució. Arribada a la cinquantena la curta vida sexual de la Marcela s'havia estroncat i tendia a mirar-se les aventures de l'Enrico com una mare comprensiva contempla les atzagaiades del fill. El que ningú no havia previst era l'aparició de Griselda.

A la ciutat de Salzburg es va incorporar al circ un grup d'acròbates procedents de l'Alemanya oriental. Eren nou persones, sis nois i tres noies, d'una bellesa sorprenent, àgils, forts, flexibles, com l'acer ben trempat. La Griselda Töller era la més jove de la colla. Amb un dit de cabell, rossa, d'ulls verds, pell lletosa i moviments felins, semblava una pantera en zel. Tenia un riure clar, espontani, que feia perdre l'alè a tots els qui l'escoltaven.

Ningú no sap com van anar les coses però el fet és que en arribar a Heidelberg l'Enrico i la Griselda eren amants. Tan amants que desafiaven perillosament l'astorada mirada del circ en pes, incloent-hi la Marcela. El circ Gabrielli s'havia instal·lat a l'esplanada de l'inici del passeig dels Filòsofs i l'Enrico va tenir la pensada d'allotjar-se amb la noia al luxós hotel Ritter de la part antiga de la ciutat. Aquella mostra de munificència va ser la gota que va fer vessar el got. La Marcela no va aguantar l'afront que el marit li feia i es va presentar a l'hotel a quarts de nou del matí. Va moure una veritable escandalera. Sembla que allò que va irritar-la més va ser la usurpació de nom, ja que la parella s'havia inscrit com a senyor i senyora Gabrielli. Amb els crits que, de senyora Gabrielli, només n'hi havia una i que aquella era ella, va començar a tirar per terra tot el que li queia a les mans. La primera cosa que va volar pels aires fou el llibre de registre de l'hotel i el van seguir cadires, plats, cendrers, cortinatges i quadres, que la Marcela, enfurida com una boja, projectava en totes direccions. Sort en van tenir els de l'hotel que l'Enrico aparegués descalç, amb calçotets llargs i una vella gavardina i s'endugués la dona davant la mirada esparverada de dues noietes joves que aquella hora eren de servei.

Aquella nit el circ –no podia ser d'altra manera– va celebrar la seva funció. Contra el que era habitual, la Marcela va ocupar una cadira de primera fila de pista i va seguir tot l'espectacle sense aplaudir ni una sola vegada. Mr. Belvedere, advertit per l'Enrico, la vigilava des d'una distància prudencial. Però al llarg de la funció alguna cosa devia passar dins de la dona perquè la mirada furibunda de l'inici es va anar apagant i al final els seus ulls solament mostraven una immensa tristesa.

L'endemà la Marcela di Ponte va desaparèixer. El domador Popescu va explicar que a quarts de sis del matí l'havia vista marxar amb una petita maleta de mà.

Quan Mr. Belvedere va acabar d'explicar la història de l'Enrico i la Marcela la pluja havia tornat a reprendre. Havien anat caminant lentament i es trobaven molt a prop de la plaça del Palau dels Papes.

En sentir-se les mans mullades, Gombó va preguntar:

–Què farem, Bel? –com entristit per no poder actuar.

Llavors el nan li va respondre:

– Anirem a menjar una bona pizza.

I la cara del gegant es va il·luminar.

7

L'Enamorat

Sisena etapa

L'Enamorat es troba davant d'una alternativa i cal que es decideixi entre dues opcions. Podria escoltar la veu dels sentiments i refusar els dictats de la raó, perquè el camí del sentiment significa aventura, misteri i un final generalment imprevisible. Si roman en el dubte, l'assaltaran la manca de decisió i la feblesa moral. Persistir en la irresolució l'ancorarà en la immobilitat perniciosa. Si actua amb decisió, totes les portes es mostraran obertes.

Òndia, el prim! –va exclamar la Isabel.

De moment ni Gombó ni Mr. Belvedere van saber a qui o a què es referia. La Isabel va haver d'insistir amb el braç i l'índex estesos com una llança per adonar-se del vell que, amb una camisa hawaiana, seia a la terrassa de l'hotel Imperator, sota el passeig dels Anglesos, prop de la platja de còdols. L'home estava de perfil i reposava el mentó en la mà dreta. Sobre la taula hi tenia una ampolla de Perrier buida i els seus ulls no s'apartaven d'una colla d'adolescents que xipollejaven arran de mar. Mr. Belvedere, que tenia una vista excel·lent, el va reconèixer tot seguit: el vell de la camisa virolada era Stan Laurel. Era un Prim molt diferent del de les pel·lícules que recordava –*Fra Diàvolo, Sortint de l'oest, Mariners d'aigua dolça*–, amb el rostre arrugat com una patata pansida, quatre cabells esclarissats i el braç que li sostenia el cap sec com una canya de pescar.

Tot i que es van quedar una estona mirant-lo, l'home no es va adonar de les tres figures que el contemplaven perquè en cap moment no va deixar d'observar els noiets que jugaven a empentar-se entre l'escuma de les ones manses.

No feia mitja hora que el jove de París que els havia dut amb autostop des d'Avinyó els havia deixat a l'altura del Negresco i Mr. Belvedere frisava per trobar una pensió barata. Seguint el tradicional truc de la noia sola que fa autostop i quan el cotxe para apareixien els companys, a més de la impedimenta del bagatge, havien sorprès el noi ros del BMW descapotable que, per fer palesa la seva decepció, va conduir sense obrir la boca durant les dues hores de camí. Un mosso d'una gasolinera d'aspecte àrab els havia indicat que a Saint André podrien trobar les pensions més econòmiques de la zona, així és que només els calia localitzar el bus que travessés la ciutat de Niça.

Avinyó, a la fi, havia resultat una bona plaça. El penúltim dissabte de maig s'havia aixecat amb un sol esplèndid i els amics el van aprofitar per fer set actuacions al costat del Palau petit. Com si els tres dies de pluja gairebé ininterrompuda haguessin retingut la gent dins de les cases, el bon temps va omplir els carrers de ciutadans que s'estarrufaven sota el benigne sol de primavera. Des que cada estiu, pel juliol, Avinyó era envaït per gent de la faràndula, els veïns de la ciutat miraven amb simpatia la cohort de músics, actors i actrius i tota mena de personatges estrafolaris que ocupaven pacíficament la vila. Eren receptius i generosos. Amb les tres actuacions del migdia i les quatre del capvespre, la Isabel va calcular que havien fet tants diners com si haguessin treballat cada dia.

La darrera nit madame Sabine, la seva hostalera, els va convidar a sopar amb el sol propòsit de rememorar la glòria del seu passat com a actriu dramàtica davant d'un Gombó somnolent, una Isabel distreta i un Mr. Belvedere realment interessat per la carrera artística d'una actriu de províncies a qui l'esclat de la Segona Guerra Mundial va estroncar el projecte d'actuar a París, com a dama jove, en un Cid de Corneille dirigit pel gran Louis Jouvet. La comprensió del nan respecte a les il·lusions, decepcions, entusiasmes, desenganys i totes les quimeres d'aquells que han estat tocats per l'ala de l'àngel de l'espectacle el predisposaven a acceptar sense reserves la ingènua fabulació dels fracassats que, per més avall que haguessin arribat, servaven en un estoig de plata, en els laberints de la memòria, els instants d'esplendor fugaç. Mr. Belvedere havia constatat al llarg dels anys que un moment de triomf podia il·luminar una vida sencera. Els rostres més demacrats, els ulls més entelats podien transformar-se amb l'evocació d'una salva inacabable d'aplaudiments amb els espectadors posats dempeus, com si aquell instant adquirís el do de la intemporalitat i refulgís com una estrella perenne en l'univers erràtic de l'artista.

Madame Sabine, que era una vella solitària i maniàtica, que preferia la companyia dels gats a la de les persones, quan rememorava l'estantissa glòria del seu passat com a actriu es transformava. La seva cara revellida, solcada d'arrugues, i les seves mans nuoses i deformades recuperaven, per la màgia d'una espurna llunyana, la bellesa d'altre temps. Probablement –va pensar Mr. Belvedere– madame Sabine, en el moment decisiu de fer atots amb la mort, passaria el llindar amb la figura d'una noia de vint-i-dos anys que amb ulls espurnejants saluda per sisena vegada des de dalt de l'escenari.

Aquella mateixa tarda Gombó i Mr. Belvedere van actuar a la plaça Ile de Beauté, al barri del port vell. Els va costar trobar voluntaris que estiressin la corda però, a la fi, gràcies a mitja dotzena de sorollosos holandesos, la prova de força que enorgullia Gombó es va realitzar amb l'èxit habitual. Havent sopat, la Isabel i el gegant es van ficar en un cinema del centre i Mr. Belvedere, que s'havia posat la corbata de llaç per a l'ocasió, se'n va anar a donar un cop d'ull al Casino. Les sales de joc el seduïen. Li agradava contemplar la bigarrada humanitat que s'hi concentrava, posseïda per l'estranya febre de plantar cara a l'atzar. Malgrat les grans diferències de comportament, displicents alguns, ansiosos uns altres, tothom compartia una mateixa mirada darrere la mirada, una espurna diabòlica de repte o de sorda pregària a la deessa sort. En el mateix vestíbul, entre desenes de màquines escurabutxaques, molts homes i moltes dones lluitaven contra els artefactes d'acer i de vidre que, entre lluminàries i sons metàl·lics, prefiguraven l'infern de la ruleta, símbol de l'univers giratori on l'home, saltant de casella en casella, acabava ocupant un lloc únic per fortuna d'un solitari i per dissort de molts.

Tot i que Mr. Belvedere estava molt lluny de ser un moralista, no podia evitar una reflexió ètica sobre les injustícies del món. Per una banda aquells centenars de persones que en unes hores dilapidaven quantitats que a fora del Casino costaven mesos de guanyar, no ja de saltimbanqui sinó d'esclau d'ocupacions monòtones i penoses que exigien quaranta hores setmanals, i per l'altra, la persistent misèria del món. A poc a poc s'havia anat acostant a la ruleta. Com un nen encuriosit s'havia esquitllat entre dues fileres d'homes i dones i s'havia quedat al costat d'una cadira on hi havia una dona rossa d'uns quaranta anys amb un doble collar de perles. La dona jugava, amb una insistència supersticiosa, al set, al catorze i al vint-i-un roig cada partida. Després d'haver fet la darrera posta –una fitxa de cinc-cents francs–, el nan va dir-se per a ell mateix però amb la veu massa alta «vint-i-tres, negre» amb tanta mala fortuna que la bola saltarina s'hi va quedar com si acabés de rebre una ordre. La dona va donar una llambregada a l'estranya criatura que tenia al costat i, amb la superstició que susciten els éssers deformes, li va demanar que apostés per ella. Una mica enjogassat, el nan li va dir a cau d'orella: «vint-i-set, roig» amb la sorpresa corresponent quan va veure que la bola de fusta s'aturava en aquell número. A la jugada següent –el quatre negre– ja van ser dos els apostants que van guanyar trenta-cinc vegades l'import de la seva posta. I així durant set jugades seguides, sempre guanyant amb Mr. Belvedere, convertit ja en el centre d'atenció de la taula. Fins que, per trencar l'embruix, va dir amb la seva veueta de canya escardada: «tot al dinou negre», acompanyat del somriure del crupier, que no va poder reprimir quan la bola de la sort s'aturà a la casella divuit negre entre un oooh! de decepció general, instant que el nan va aprofitar per a desaparèixer de la taula de joc.

A la sortida del Casino, Mr. Belvedere, tot i que era prop de mitjanit, es va atansar a la terrassa de l'hotel Imperator amb l'esperança no gens lògica de trobar-hi Stan Laurel. Contra tota previsió, el vell actor continuava a la mateixa taula del matí, entotsolat, com si no l'hagués abandonada en tot el dia. Sota la garlanda de bombetes de colors, el vell escrivia. Al seu costat hi tenia un got ample amb el que semblaven restes de whisky. Unes taules més enllà, una parella jove es besava amb la fruïció i el delit de les aus nocturnes sota la mirada cansada i indiferent d'un cambrer que no parava de badallar.

Quan Mr. Belvedere es va asseure a la taula del costat de la de Stan Laurel, el servent de la terrassa el va acollir amb cara de pomes agres. Amb l'antic urc i la manca d'amabilitat dels *enfants de la patrie*, el cambrer va anunciar que al cap de mitja hora tancaven. Mr. Belvedere, que tendia a afirmar la seva personalitat amb els qui el tractaven a baqueta, va demanar el tercer grog del dia amb una displicència aristocràtica, com si fos el rei d'Anglaterra. Stan Laurel, malgrat la proximitat del petit, no es va immutar. Va continuar traçant les línies grosses i caigudes cap avall que omplien una vintena de pàgines de paper amb la capçalera de l'hotel, amb el cap vinclat endavant, aliè al món que l'envoltava. Mr. Belvedere, que no s'aturava davant les dificultats, amb una veu prou forta va dir:

–Per ser el mes de maig, fa una nit esplèndida.

Unes paraules que van sonar com una escopeta en la fosca. El vell va aturar la mà i va girar el cap. En adonar-se del petit va exclamar:

–Sorry?

–Deia, senyor Laurel, que fa una nit esplèndida.

El vell actor es va inclinar cap on era Mr. Belvedere i, com si sortís d'entre les teranyines d'un somni, el va mirar fixament a la cara. El nan va descobrir en aquell esguard la mirada atònita i sorpresa que tantes vegades havia contemplat a la pantalla. Li va semblar que potser calia disculpar-se:

–Perdoni... potser el destorbo...

El vell actor va deixar l'estilogràfica sobre la taula i, aguantant-se el cap amb la mà lliure, continuava mirant el menut amb la insistència de qui pretén obrir-se camí entre la selva de la memòria.

–Perdoni que no recordi el seu nom. –Va dir amb la seva veu característica, un punt aflautada, i la correcció d'un *gentleman* anglès.

– Mister Belvedere –va dir el nan, tot allargant-li la seva menuda mà que l'altre va prémer amb tota delicadesa, com si agafés un ocell.

Llavors es va produir el miracle en forma de somriure compartit, franc i obert en el nan i tímid i tot just apuntat en Stan Laurel. Un somriure que eliminava les distàncies, que fonia els icebergs, que agermanava els fills de la raça dels estranys, selenites disfressats d'hereus d'Adam i Eva. Mr. Belvedere va parlar. Li va explicar que acabava d'arribar a Niça, que viatjava amb Gombó –no va mencionar la Isabel– i que anava a Konya a visitar un amic de l'ànima. Stan Laurel, que havia escoltat amb tota l'atenció el lil·liputenc, només va fer un comentari:

–Sou un home afortunat que teniu on anar... jo, en canvi...

Assenyalà els papers que tenia escampats sobre la taula. Anava a continuar, però la presència del cambrer el va interrompre. L'home amb la careta del servent llagoter, massa dependent de les propines, els va dir que estaven a punt de tancar però va afegir que no hi havia cap inconvenient que continuessin ocupant les taules. Després de retirar-se amb l'import de la nota –el vell Stan Laurel va voler pagar–, els llums de coloraines es van apagar i el mar va semblar que se'ls acostés a quatre passes. Enllaçada per la cintura, la parella d'enamorats també els va deixar sols.

La nit és propícia a les confidències. El mar, amb el seu bategar incessant, engloba la llarga successió de les ànimes, resum de tots els temps i mirall secret de la vida. Dos homes com dos fars llunyans, entrecreuaven la mirada per damunt la tirania de les hores i la paraula de Stan Laurel lliscava sobre la nyora marina com un fantasma gràvid que no acaba de prendre el vol.

–Fa tres anys que li escric cartes inútils. Potser els seus néts en fan estels que passegen per l'aire suau dels turons de Boston. Però això no és res després de quaranta anys d'indiferència i menyspreu. Quan el senyor Mayer ens va reunir a mitjan anys vint, ja no érem unes criatures. Havíem superat la trentena i feia anys que gustàvem el polsim agredolç de les taules. Si li he de ser franc, he de reconèixer que d'entrada no em va inspirar cap simpatia. Era una bola de greix amb un bigotet ridícul que encara arrossegava el tuf rural dels contraforts dels Apalatxes, aquella ferum característica de fems i gallinassa. Quant al caràcter, no era gaire millor. Ja llavors era el tipus displicent i egoista que sempre volia tenir la raó. La genialitat del senyor Mayer va consistir a ajuntarnos, a contraposar a aquella figura panxarruda i egòlatra la meva persona escanyolida, ingènua i sentimental.

Stan Laurel va fer una pausa. Un quart de lluna, com una tallada de meló, dibuixava sobre el mar un camí de plata.

–Eros dispara les seves sagetes enverinades amb els ulls embenats. L'amor és impredictible. Al cap d'uns mesos n'estava enamorat. Vaig estar anys sense confessar-li els meus sentiments, encara que als estudis de la Metro tothom coneixia les preferències del meu cor. Però l'Oliver feia com aquell que no se n'adonava. La seva crueltat arribava al paroxisme. Estava tan insegur de la seva pròpia masculinitat que em refregava pels nassos les seves pírriques i ridícules conquestes amoroses. Quan no eren *starlets* de pa sucat amb oli eren vulgars cambreres de taulells d'ínfima categoria. A la fi, potser per avorriment, es va creure en la necessitat de consolidar amb una cerimònia davant l'altar els seus darrers amors. A la premsa del moment no va passar desapercebuda la meva absència. Havia decidit trencar, i els meus advocats estudiaven amb lupa la lletra petita del contracte lleoní que em lligava amb els senyors Mayer i Goldwyn. Me'n vaig anar a visitar els meus parents a Lancashire, però els temps a Europa estaven revoltats, la guerra d'Espanya era a les acaballes i el diabòlic pallasso d'Alemanya plantava cara a mig món. En tornar d'Europa vaig fer una constatació terrible: jo no existia sense ell, el prim no era ningú sense la companyia del gros, Stan Laurel per si sol no interessava cap productor. Per altra banda, rescindir el contracte amb la Metro m'hauria costat una milionada. I havia de menjar, vostè ho sap millor que ningú, un actor ha de menjar cada dia.

»Tenir una doneta ridícula que al matí li preparava l'esmorzar va temperar l'urc del meu company. Potser a ell també li van arribar els ressons dels tambors que anunciaven que l'Oliver Hardy sense l'Stan tampoc no era ningú. La dictadura dels clixés és indefugible, i encara més en l'efímer univers de Hollywood. Com si es tractés d'un matrimoni de conveniència. Les coses van millorar una mica. Més per càlcul que per altres raons, em tractava amablement. Permetia la meva presència en el seu cercle familiar i evitava fer comentaris sarcàstics amb els seus amics de barbacoa. Fins i tot vaig tenir el discutible honor d'apadrinar el seu primer fill. La millor època de la meva vida va ser després del seu segon divorci. La Jeniffer havia resultat un escurçó àvid de diners i el pobre estúpid amb el cor trencat va estar a punt de caure pel cingle de l'alcoholisme. El vaig protegir com un germà.

Truman havia ordenat arrasar Hiroshima i Nagasaki i els aires que bufaven no eren gaire propicis a l'humor simple i directe del gros i el prim. Cada vegada era més difícil filmar i els productors començaven a mirar-nos amb aires de commiseració. Les dificultats ens van unir. Ens passàvem hores i hores projectant guions i inventant gags en la cuina que donava als darreres de la seva casa de Malibú. L'espectre de la pobresa ens amenaçava com un núvol negre de tempesta. Quan vam constatar que els estudis se'ns treien de sobre amb promeses que mai no complien, vam decidir tornar als orígens. Vam improvisar un espectacle amb els millors gags de vint anys de pel·lícules i ens vam llançar a recórrer l'Amèrica profunda. De Vermont a Nebraska, de Cincinnati a Denver, d'Oregon a Oklahoma, de Nevada a Memphis. Durant quatre anys vam actuar en petits teatres de ciutats de tercera categoria. Cada vegada el nostre públic era més vell i més jove. Actuàvem davant d'avis i àvies acompanyats dels seus néts que en moments d'eufòria ens llançaven grapats de crispetes i llaunes buides de coca-cola. Però bé calia menjar i el nostre ofici era fer riure la gent. A final dels cinquanta la malaltia ens va separar. L'Oliver havia fet una angina de pit i el seu fill gran, el meu fillol, el va acollir a la seva residència de Boston, on havia esdevingut un arquitecte de fama. Durant deu anys vaig viure a Nova York. Vaig escriure la primera part de les meves memòries però no vaig trobar editor. M'estava a Madison Avenue i cada matí feia llargues passejades per Central Park, on la gent ja no em reconeixia. Molts vespres rebia al meu petit apartament la visita de vells i nous cinèfils que em venien a veure com aquell que va a un museu de figures de cera. Cada quinze dies o cada tres setmanes trucava l'Oliver per telèfon. No em va convidar mai a anar-lo a veure. Repapiejava com un vell xaruc i es passava el dia fent trencaclosques de milers de peces. La meva vida era un desert. Tots els meus amants s'havien escolat per les troneres del temps i només em calia esperar la mort. Però la Parca també és esquiva i no sempre acut a la cita. Quan solament em quedava el mirall d'una habitació sense mobles, que reflectia la petita ruïna en què m'havia convertit, una cosina que no recordava si l'havia conegut mai, va morir a la residència del meu avi matern a Tynemouth, molt a prop de la casa on vaig néixer. Miss Margareth Fullgham em va deixar propietats de centenars de milers de lliures i una carta bellísima de vint-i-una línies on m'agraïa les hores felices que havia passat davant la pantalla contemplant les pallassades del seu cosí Stan. Després de deixar-li un ram de roses sobre la tomba i signar tota mena de documents que em van presentar els advocats de Newcastle vaig venir aquí, al benigne sol del Mediterrani, on cada vespre escric una carta llarguíssima a l'amor impossible de la meva vida, l'estimat Oliver Hardy.

Es va fer un llarg silenci. Stan Laurel havia dit les darreres paraules mirant el mar. De mica en mica havia anat estirant les cames i havia quedat reclinat amb el cap recolzat sobre el respatller de la cadira. Mr. Belvedere va observar que el vell plorava. El seu rostre, com un paisatge lunar solcat per mil camins, de cara al cel, semblava entomar la serena de la nit.

–L'amor –va dir el petit– és un estrany país. Quan te n'allunyes no pots viure d'enyorament i quan el retrobes no sempre pots beure l'aigua de les seves fonts secretes. He tingut la gran sort que en la meva vida solament hi ha hagut amors petits, amors adequats a la meva vida. No cregui que no he desitjat sentir, en un moment o altre, l'amor dels titans, aquella passió que abrusa l'esperit i que converteix l'home en un sol palpitant. Sempre m'han fet enveja els homes que han estimat molt. Cregui'm que no l'enganyo. M'admira el seu amor i el respecto, i permeti'm que li digui que penso que la flama del seu amor no és gens inútil. El meu oncle, que era un home savi, deia que a la terra res no es perd. Que la força que genera el cor de l'enamorat alimenta les estrelles i que tots els cercles un dia o altre es tanquen.

> Aquell a qui s'ha revelat el misteri de l'amor,
> aquell ja no és, car s'ha anul·lat en l'amor.

Va concloure Mr. Belvedere. Stan Laurel va recollir els papers de sobre la taula i molt a poc a poc va marxar cap a la porta de l'hotel. El nan l'acompanyava. Abans de travessar la porta giratória el vell actor es va girar i va posar una mà sobre l'espatlla del petit.

–Potser teniu raó –I després, com si s'ho pensés, va afegir–. Moltes gràcies.

I un somriure va aparèixer en el rostre del vell i Stan Laurel, imitant-se a si mateix, va fer aquell gest tan característic de tocar-se els cabells i va posar aquella cara somniadora i perplexa; aleshores el cor de Mr. Belvedere es va eixamplar tot remembrant els seus records d'infant.

8

El Carro

Setena etapa

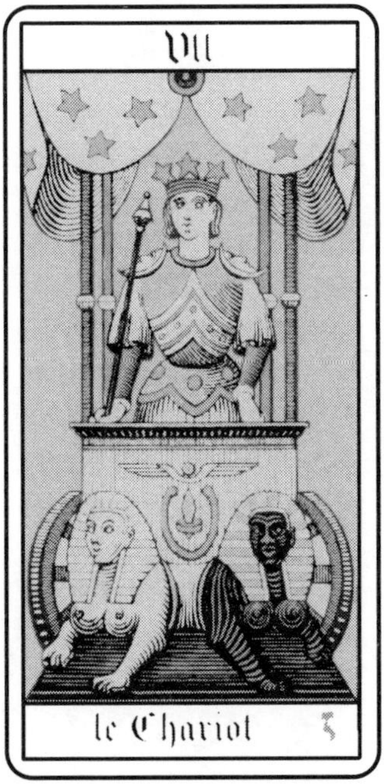

El qui mena el Carro, amb el ceptre del poder a la mà dreta, representa la força de la voluntat. Significa la decisió de qui no s'atura davant els obstacles del camí. Les esfinxs que l'arrosseguen, blanca i negra, que tiben en direccions oposades, simbolitzen l'alternativa que constantment el conductor ha de resoldre per a mantenir la direcció adequada.

Abans d'anar cap a Gènova, Mr. Belvedere va voler anar a donar un cop d'ull al poble de la zona de Saint Martin du Var on Gelabert, el pintor d'ànimes, havia trobat el seu camí com a artista. La curiositat del patufet era insaciable i amb l'esperança de veure l'estrany home de la barba, s'havia passat un parell d'hores llargues assegut a la terrassa del cafè Le Provençal de Niça. Quan el bus els va deixar davant del gran prat, a les envistes del poblet que coronava el turó, Mr. Belvedere va recordar els dies del circ Angus que, cada any, a mitjan agost, plantava les seves tendes al prat que tenia a tocar. En aquell moment la gran esplanada verda estava deserta. El terme municipal del poble s'iniciava un centenar de metres més enllà, al costat de l'edifici de la gendarmeria, amb un cartell que anunciava, amb la manca de rubor dels francesos, les excel·lències de la vila: el seu aire, la seva piscina.

El cel estava cobert per una massa grisa de núvols alts i l'aire era fresc. Després de passar per davant d'una sèrie de cases aïllades a banda i banda de la carretera, depassat el torrent, Mr. Belvedere va veure la casa de l'home de la barba. Era una construcció senzilla de dos pisos, situada en un replà elevat del terreny, flanquejada a l'esquerra amb el que semblava un gran jardí allargassat. Va tenir la seguretat que era la casa que cercava perquè va sentir el bel d'unes cabres i va albirar tres escultures de molta grandària pintades de blanc. Sota la casa, al costat d'una escala de pedra, hi havia una mena de cava amb la porta oberta de bat a bat. Inclinat sobre un banc de fuster, un home semblava restaurar un marc d'estil rococó del segle XVIII. Mr. Belvedere, seguit de Gombó i d'Isabel, s'hi va atansar. L'home va deixar la feina i va acollir els visitants amb un somriure amical. Mr. Belvedere va preguntar per en Gelabert, un amic serbocroat pintor.

L'home, que recordava perfectament en Gelabert, li va dir el que el nan ja sabia: que el pintor feia cinc anys que havia deixat la casa i que mai més l'havien tornat a veure. Llavors el petit va demanar pel «patró». El rostre de l'home, que fins aquell moment no havia esborrat el somriure, es va enfosquir. Va estar uns instants en silenci fins que, amb la veu trencada per l'emoció, va declarar que el «patró» feia tres anys que era mort.

–Llàstima –va respondre Mr. Belvedere–, m'hauria agradat conèixe'l. Segons en Gelabert, sembla que era un home excepcional.

–No en dubti, senyor, no en dubti, era una persona realment extraordinària –va dir l'home, envaït per una estranya tristesa.

Van fer nit a la vila de Levens i l'endemà al matí una camioneta els va dur fins a Saint Dalmas-de-Tende. Mr. Belvedere estava preocupat perquè la nit passada gairebé no havia pogut dormir. S'havia passat moltes hores llevat perquè si s'estava estirat, aleshores tenia dificultats per respirar. Es va adonar que expectorava sovint i que el pit li feia mal. Fins i tot semblava tenir una mica de febre.

Mentre esmorzaven a Sant Dalmas-de-Tende la Isabel, que havia notat l'estat decandit del nan, es va esverar una mica. Mr. Belvedere tenia la cara congestionada i li costava respirar. El més alarmant de tot era que havia llençat el cigarret després de la primera pipada. Quan la noia li va posar la mà al front, es va adonar que cremava.

–Estàs malalt, Bel –va dir la Isabel, i amb la decisió que la caracteritzava va demanar a la mestressa del cafè l'adreça d'un metge. La dona els va indicar la manera d'arribar a l'ambulatori del poble i es va quedar bocabadada contemplant com Gombó prenia el nan en braços, com si fos una criatura de bolquers.

Els va atendre el doctor Maratzo. Era un jove d'una trentena d'anys amb aires de capità d'artilleria que va fer quedar Gombó a la porta de la consulta assegut entre dues velles que se'l miraven de reüll. Tot el que el metge tenia d'autoritari ho tenia d'eficient. Com si fos un comissari de policia, va sotmetre el nan a un interrogatori inflexible. Li va preguntar pels seus antecedents familiars, va indagar si els seus avis també eren lil·liputencs simètrics, de què havien mort els morts i les malalties que havia tingut des de petit. Quan va acabar d'emplenar la fitxa –quatre pàgines de mida foli– el va fer desvestir. La Isabel, que no havia vist mai el nan nu, es va admirar de la proporció de les seves formes i es va enrojolar una mica en comprovar la dotació masculina de Mr. Belvedere, molt superior a la que calia esperar. El doctor Maratzo, que es va adonar de la mirada de la noia, li va fer tornar a posar-se els calçotets i el va pesar i mesurar: sense res als peus, Mr. Belvedere feia vuitanta-cinc centímetres i pesava quaranta-dos quilos.

L'examen va ser llarg i detallat. Va sotmetre el petit a tota mena de tocaments i per acabar, després d'haver-li pres la temperatura (38,5º) el va fer passar pels raigs ics de la sala fosca del costat de la consulta. Mentre Mr. Belvedere es vestia, va entrar precipitadament la infermera tot excusant-se pel retard. El metge no es va dignar mirar-la i, molt seriós, va donar una llambregada al rellotge. El diagnòstic del doctor Maratzo era que Mr. Belvedere patia una malaltia crònica –emfisema pulmonar– i que en les condicions que estava –«39º de febre», va exagerar– s'havia d'hospitalitzar. Llavors, la seva curiositat va poder més que ell i els va preguntar què els havia dut a aquell racó de món. La Isabel, que havia assumit la funció de mare protectora, va explicar que pretenien arribar fins a Trieste i després continuar cap a l'est.

El doctor Maratzo va prendre una decisió. Va despenjar el telèfon i, després d'uns minuts d'espera, va parlar en italià amb un tal doctor Riccardi. Amb la mà tapant l'aparell, va preguntar a la noia si tenien diners per pagar un taxi fins al coll de Tende i va convenir amb el metge de l'altre cap de fil que una ambulància de l'hospital els esperaria a la frontera. Llavors el doctor Maratzo, amb un somriure als llavis i la mirada d'un nen entremaliat, els va anunciar que els enviava a Itàlia, a Roccavione, per tal de no obligar-los a refer camí.

El doctor Riccardi era el director de l'hospital del Sant Esperit, dit popularment La Casa dels Tísics, ja que l'antic sanatori antituberculós havia estat adaptat a les necessitats modernes. De fet, era una sucursal de l'Hospital General de la ciutat de Cuneo, especialitzat en medicina respiratòria i dedicat a cures mínimes. Això volia dir que, a part del servei de respiratori, el cap del qual era el mateix doctor Salvo Riccardi, l'hospital era un refugi de vells amb malalties cròniques. L'edifici, un palau del segle XVII, amb una façana neoclàssica, tenia una forma quadrada amb un pati central ombriu que contenia un vell jardí presidit per un brollador orb i decadent com la figura d'Eros que el coronava, sense ales i amb l'arc amputat.

Mr. Belvedere, després dels tràmits d'ingrés –la fotocòpia de la fitxa del doctor Maratzo li van estalviar l'interrogatori i l'examen corresponent–, va anar a parar a una habitació doble on hi havia un adolescent. Una vegada al llit, la Isabel i en Gombó li van poder fer una curta visita i tots dos foren invitats a deixar l'hospital fins a l'hora de visita, que era de cinc a set de la tarda.

L'Hospital del Sant Esperit era a uns cinc-cents metres de les primeres cases de Roccavione, al final d'una antiga carretera flanquejada per enormes plàtans. El poble disposava d'un petit hotel i de dues pensions. La Isabel, després de passar pel banc –la targeta Visa Or li obria totes les portes–, va decidir llogar una cambra doble amb tres llits a l'hotel, i es va disposar a esperar la recuperació del nan. Gombó, que no acabava de capir tots els matisos de la situació, estava trist i inquiet. Des de la sortida de l'hospital no parava de fer preguntes a la Isabel:

–En Bel es posarà bo, oi? Hi ha d'estar molts dies, tancat? Per què no ens hi han deixat quedar? Si en Bel prenia el cafè sense sucre, com és que... Què farem, ara, Isa?

I la noia responia una a una les preguntes de Gombó aparentant estar més tranquil·la del que estava per tal de contrarestar el neguit del gegant. Havent dinat van tornar a l'hospital i es van asseure al pati disposats a esperar que fossin les cinc. La Isabel havia comprat el llibre *Il cane di terracotta*, d'Andrea Camilleri, i intentava desxifrar-lo. Gombó s'havia acostat a tres vells que, amb bata i pijama, discutien de política, atret per la gesticulació d'un d'ells que traginava una bossa de plàstic mig plena d'un líquid tèrbol.

Llavors la Isabel el va veure. Assegut al pedrís del brollador parlava amb un company, però la insistència de la seva mirada va fer alçar els ulls de la noia i els esguards es van trobar. Fou un instant, com un llampec en la nit que en comptes d'un tro va deixar una empremta de misteri al seu darrere. La Isabel va tornar al llibre, per bé que tenia la seguretat de ser observada. Sense tornar a aixecar la vista, va veure el noi: la mirada fosca, la clenxa al cap, el rostre colrat i seriós, les cames encreuades i la bata blanca; un home d'uns vint-i-cinc anys amb un esguard de foc.

Quan va ser l'hora de visitar el malalt, Isabel i Gombó van tenir un ensurt. Es van trobar Mr. Belvedere reclinat al llit amb una màscara d'oxigen i una sonda enganxada al braç que l'unia a un recipient penjat en una mena de llum de peu sense portabombetes. Darrera d'ells, com si hagués estat a l'aguait, va entrar el metge jove que havia estat observant la Isabel. L'home es va presentar –Sandro Arpetti– i els va informar que *il signoro* havia fet una crisi. Davant dels ulls d'espant de la Isabel va afegir ràpidament, amb la clara intenció d'assossegar-la, que el pacient tenia una salut de ferro –un cor com una roca, va dir– i que es recuperava perfectament. Va demanar que no cansessin el malalt i va dir a la *signorina* que, acabada la visita, passés pel seu despatx per acabar d'informar-la.

El doctor Arpetti va fer cara llarga quan va veure entrar la noia acompanyada de Gombó. No va poder evitar un gest de contrarietat, encara que de seguida el va dissimular amb una mostra un xic exagerada de cortesia. Les notícies del doctor Arpetti no diferien gaire de les que els havia donat el doctor Riccardi al matí. Es va estendre sobre la crisi d'ofec que havia fet el malalt i el noi –potser no els tenia, els vint-i-cinc anys– semblava nerviós. Probablement ho feia el fet que Gombó, inclinat sobre la taula del despatx, es mirava el metge amb uns ulls d'òliba embadocada. La Isabel, sense saber exactament per què, tenia unes ganes enormes de riure i en un racó del seu cor sentia una punta de vanitat per la torbació del jove metge. Compadida i alhora satisfeta pel desconcert del doctor, el va ajudar a sortir de la confusió preguntant-li si podien portar alguna cosa de menjar al malalt. El doctor Sandro Arpetti es va agafar a la pregunta com si fos una taula de salvació i gairebé va declamar les excel·lències del règim alimentari de la casa. Com si es tractés del *maître* d'un restaurant, va recitar els plats de la dieta hospitalària i si no va afegir els valors calorífics i les proteïnes de cada plat va ser perquè es va adonar que Gombó seguia la relació brandant el cap amb un creixent entusiasme.

La segona trobada va tenir un altre caire. Mr. Belvedere havia estat alliberat de la sonda i duia la careta d'oxigen sobre el pit per tal de poder-la utilitzar a discreció. A Gombó, en sentir la veu del nan, li va desaparèixer tota l'angúnia i es va deixar caure a la cadira del costat de llit. Quan la Isabel va veure que els homes s'agafaven les mans es va retirar de l'habitació amb una ombra de gelosia per la camaraderia dels companys. El doctor Arpetti la va trobar recolzada a la balustrada de sobre el jardí fumant un cigarret. El jove metge, ara decididament desimbolt, la va renyar perquè fumés al mateix temps que es treia un paquet de cigarrets de la butxaca. Els joves van riure. La mirada d'ell va tornar a tenir la calidesa enigmàtica del primer dia. Van parlar ben bé mitja hora llarga. El doctor Arpetti –«digui'm Sandro», va dir el doctor mentre navegava en les aigües encalmades de la conversa– va quedar visiblement alleugerit quan va saber que no hi havia cap mena de parentiu entre el dissímil trio. Es va interessar pel viatge dels amics –Konya no li sonava i no havia sentit mai parlar de Rûmî– i va passar a parlar d'ell. Va explicar que era de Torí, que aquell mateix mes –eren a la primeria de juny– acabava la residència i que tenia sol·licitada una plaça d'intern en un hospital de Florència. Va aclarir que estava lliure de lligams sentimentals –sí més no per ara, va puntualitzar– i, tot i que no ho va expressar clarament, va deixar palès que la noia l'interessava.

Aquella nit la Isabel no va dormir tranquil·la. Amb el pretext que tenia mal de cap, va desatendre les exigències de Gombó, que es va adormir rondinant, com un nen privat del seu joc preferit. Abans que el son s'apoderés de la noia, la Isabel no va poder treure's la imatge de Sandro del seu davant. Tancava els ulls i veia les mans llargues i nuoses del jove metge i la mirada d'ell com si l'observés des de darrere un vel de seda. Es va llevar molt d'hora. No recordava què havia somiat, però en ella persistia el regust amarg d'una nit agitada. Alguna cosa indefinible li oprimia la boca de l'estómac i sentia la pressió de la pròpia sang a les temples.

Quan va sortir de l'hotel, el poble de Roccavione tot just es desvetllava. Davant del supermercat, amb la cortina de ferro mig abaixada, una furgoneta descarregava caixes de fruita i verdura. Al costat del quiosc s'apilaven els diaris del dia i una vella escombrava amb una lentitud mandrosa els davants de la merceria. El bar restaurant de l'hotel acabava d'obrir i un jove rapat al zero distribuïa les taules i les cadires de la terrassa que donava a la plaça. Les portes de l'ajuntament eren tancades i a la font dels màrtirs de les dues guerres un rodamón es rentava els peus.

Al cap de cinc quarts va aparèixer Gombó. Van esmorzar plegats a la terrassa i per combatre el pas lent de les hores, la Isabel va proposar d'anar a fer un volt. Alguna cosa dintre d'ella l'empenyia a caminar. Molt aviat van ser fora del poble. Darrere un turó poblat d'alzines s'estenia una plana coberta de camps de blat madur clapejada de roselles. Un camí que vorejava els conreus els va dur a una riera seca. Riera enllà hi havia una ermita. A l'altra banda del torrent pedregós es desplegava un ermot entorn d'una cabana, un pou i quatre arbres. Gombó, com si aquell paisatge desolat li recordés alguna cosa del passat, es va quedar com encantat mirant-lo i va fer un acte insòlit per a la Isabel, va dir uns mots en portuguès que la noia no va poder desxifrar.

L'ermita va ser tota una sorpresa. Era una construcció alta, neoclàssica, amb un absis posterior i una capella anterior tancada amb una reixa. Edificada paral·lela al torrent, estava voltada de faigs, dins d'un muret que la separava del camí. Adossada al costat d'una petita portalada de pedra, hi havia una làpida on sota el títol de *Madona delle fontane* assenyalava que antigament en aquell indret hi havia hagut una font de fecunditat, lloc de pelegrinatge i devoció de tota la contrada. La porta era oberta i l'ermita sense altar estava desafectada de tot ús religiós. En una de les parets laterals, la que donava a la banda del camí, hi havia un gran fresc del judici final. La pintura, tot i el seu mal estat, mostrava un Crist assegut al tron, sobre un Sant Jordi androgin que amb una llança matava el drac. A banda i banda de la figura central, seien els dotze apòstols en actitud deliberadora. A la dreta de Crist, sota els apòstols, es congregava la cristiandat amb els seus estandards. A l'altra banda i a la mateixa altura, s'obria l'imperi dels inferns, presidit per una calavera, on els demnats eren martiritzats per dimonis de formes monstruoses. Al peu de la part dreta s'alçava l'arbre de la vida, amb la inscripció «*erit recordatio*», amb la figura del rei Salomó dialogant amb Sant Antoni. El conjunt del fresc posseïa un realisme ferotge amb una terrible representació al peu de la banda esquerra d'un home penjat amb el ventre obert, d'on un diable pelut i amb ales de rat-penat arrencava amb les seves urpes l'ànima del mort.

La penombra silenciosa del lloc i el dramatisme de la pintura tenien la Isabel encisada i Gombó, aterrit. Amb una veu que gairebé no li sortia de la gola, el gegant va exclamar:

–Anem, Isa, tinc por.

I agafant la noia de la mà, la va dur fins a la porta.

La por sempre és una mala consellera. De vegades paralitza aquells que han d'actuar i a voltes impulsa cap a frenètics camins els qui s'haurien de mantenir en repòs. La por tenia la Isabel immobilitzada en el dubte. Temia el dolor que podia produir si seguia els dictats del seu cor. Perquè la Isabel estava enamorada. Havien calgut solament dues tardes per caure en braços de Sandro. Asseguts prop del brollador de l'Eros mutilat s'havien fet el primer petó. Faltava poca estona perquè la distribució del sopar marqués el final de l'hora de les visites i els joves, com aquell que roba un instant fugisser, es van besar amb la desesperació dels qui intueixen la propera floració de l'arbre de la vida i de la mort. L'endemà a la nit es van trobar d'amagat. Sandro la va portar al seu piset del costat de l'església i van fer l'amor puntejats pels quarts i les hores del rellotge del campanar. La Isabel no havia tingut mai una consciència tan clara del pas del temps. Cada campanada la resituava en ella mateixa i li recordava que la vida és només un alè que prové del cor de l'univers. Però no solament pensava en ella; Gombó, l'homenàs que havia tingut por dels diables estrafets, se li apareixia com un infant innocent, víctima propiciatòria de l'infern de l'abandonament; Mr. Belvedere, el seu estrany amic, sorgia en la nit assenyalant-la amb un dit acusador.

Sandro marxava a Florència al cap de dos dies. Cada nova trobada, com dos lladres en la fosca, era per a la Isabel com una urpada que li arrencava una part de l'ànima. Durant el dia no gosava mirar Gombó. Passaven moltes hores junts en silenci. Isabel s'endinsava en les històries de Salvo Montalbano i el gegant dibuixava els seus records del circ en un quadern escolar. Gairebé no parlaven. Havien refet diverses vegades el camí de l'ermita, on Gombó no havia volgut tornar a entrar. S'asseia al pedrís del costat de la riera i contemplava la petita vida de la cabana solitària d'enmig dels camps deserts: una vella, un noiet i una vaca esquelètica. Al poble i a l'hospital tothom els coneixia.

Havent dinat, molt abans de l'hora de les visites, es presentaren a l'habitació de Mr. Belvedere, que millorava a ulls veients, però que el doctor Riccardi encara no volia donar l'alta. El company d'habitació, un noi de disset anys de Gènova, es recuperava d'una pulmonia i s'havia fet amic del nan. Mantenien llargues converses. El noi, que s'havia escapat de casa, es proposava arribar a Kàtmandu on a finals dels anys setanta havia estat engendrat pels seus pares, hippies reressagats i actuals defensors de l'ordre institucional. En Giuseppe Bianco pretenia anul·lar la influència dels pares –amics i col·laboradors de Berlusconi– amb un retorn als orígens, con si l'aire de la capital del Nepal hagués de purificar les seves sangs enverinades. L'apassionament del noi divertia Mr. Belvedere el qual, amb un soterrat humor, li portava de tant en tant la contrària per atiar l'adolescent. De vegades, a aquestes converses, s'hi sumava el doctor Riccardi, que era un vell comunista desenganyat de tot i que es refugiava en la ironia. Sovint afirmava –una estranya teoria per a un especialista– que la tuberculosi era una malaltia de l'esperit. Quan no es referia a qüestions mèdiques estrictes, Mr. Belvedere no sabia mai si parlava seriosament o no. El nan va arribar a la conclusió que el director de l'hospital s'aferrava a l'ambigüitat com a forma de pensament d'un funàmbul de les idees, d'algú que passa la maroma amb un somriure als llavis amb la certesa que, a part de la corda, tota la resta és el buit insondable.

Gombó, després de fer la mateixa pregunta: «Estàs millor, Bel?», s'asseia al costat de l'amic i li agafava la mà. La Isabel, aclaparada pels dubtes, no deia res en tota la tarda i tornava amb la imaginació al piset del costat de l'església, amb el seu llit de ferro, el paper florejat de les parets, la cuina minúscula, el bany sense bidet, la taula del costat de la finestra amb el llum flexible, sempre plena de papers, les dues cadires plegables al costat de l'altra taula, la de menjar, i l'enorme armari de mirall que reflectia el cos nu de Sandro sortint de la dutxa i anant cap al llit. Es quedava en un racó de l'habitació dels malalts, abstreta i pensarosa, gaudint i patint el miracle de l'enamorament.

Anys després Isabel diria, quan recordava aquells dies, que la va salvar l'arravatament italià. Va haver de ser Sandro el furient qui l'alliberés a empentes de la indeterminació i la perplexitat. Sense cap paraula, arrossegant-la de la mà com una criatura petita, la va ficar dins d'un Renault atrotinat i no va parar fins a Gènova, després de cinc hores de viatge. Quan feia tres hores que fendien la nit, la Isabel va recordar que s'havia deixat l'equipatge a l'hotel i en Sandro, en sentir el lament de la noia, va esclatar amb una gran riallada. Una enorme i monumental riallada que va esborrar de cop totes les temences de la Isabel.

9

La Justícia

VUITENA ETAPA

La Justícia simbolitza l'equilibri entre els pols oposats. Serena i impertorbable, s'imposa sobre la desorientació i el desconcert. Restitueix l'harmonia perduda i la seva espasa és garantia de la conducta correcta.

Quan Mr. Belvedere va abandonar l'hospital, no va trobar en Gombó ni la Isabel a l'hotel. En principi no el va inquietar l'absència dels amics, però va quedar sorprès quan la mestressa de l'establiment el va informar que la Isabel no havia aparegut des del vespre anterior i que Gombó havia sortit a primera hora del matí sense esmorzar. Que el gegant hagués marxat de l'hotel en dejú el va alarmar. El coneixia prou bé per deduir que alguna cosa greu estava passant perquè el colós negligís el primer àpat del dia. Era fàcil deduir que l'estrany comportament de Gombó estava relacionat amb la deserció nocturna de la Isabel. El fet que l'equipatge de la noia fos a l'habitació no el va tranquil·litzar.

Al cap d'un parell d'hores Mr. Belvedere s'havia fet una composició de lloc. Havia parlat amb mitja dotzena de persones i tenia notícies dels passeigs de Gombó i Isabel pels afores del poble, camí de l'ermita de la Madona de la Fonts, i de les trobades nocturnes entre la noia i el doctor Sandro Arpetti. Dues persones, l'home del quiosc i una venedora de flors, li havien assenyalat el pis del costat de l'església. S'hi va adreçar. A la bústia del peu de l'escala una etiqueta escrita a mà indicava el nom del metge. Va pujar fins al segon pis, però ningú no va respondre a les seves trucades. Des de l'hotel va trucar per telèfon al doctor Riccardi i aquest li va confirmar que el dia anterior el doctor Arpetti havia acabat l'any de residència i, després de fer-lo esperar una llarga estona, el director de l'hospital li va donar una adreça de Florència.

Mister Belvedere confiava que la gana faria tornar Gombó a l'hotel. Estava preocupat pel seu amic i per la seva ment passaven les paraules de consol que hauria de dir a l'amant abandonat. No era la primera vegada que presenciava una separació amorosa, però el desassossegava pensar en la reacció primària del goliat.

Les ires de Gombó podien ser terribles i es negava a imaginar què podia fer el gegant pres pel dimoni de la desesperació.

Tot i que s'havia promès deixar de fumar, es va trobar encenent el segon cigarret. Es va dir que després de quaranta anys de fumador potser havia fet tard per deixar-ho. Llavors va recordar la traïció de Griselda Töller.

Que l'Enrico Gabrielli era un doner ningú no en tenia cap dubte. El que no s'esperava la gent del circ és que Griselda, per un d'aquells revolts de la vida que algú ha qualificat de justícia poètica, li pagués amb la mateixa moneda. Llàstima que Marcela, la dona enganyada, no hagués pogut contemplar les tribulacions del seu exmarit esdevingut cornut pels quatre costats.

La Griselda sempre va ser una noia encantadora. Bonica com una flor boscana, tenia permanentment la rialla a flor de llavi. Era dolça en el tracte, callada, i administrava la seva bellesa amb discreció. L'Enrico n'estava realment enamorat. La diferència d'edat –es portaven uns vint-i-cinc anys– no semblava un impediment greu perquè la parella fos feliç. Si més no aparentment n'eren, de feliços, almenys durant els primers mesos de la seva unió. La noia no va voler fer mai d'administradora del circ. Continuava formant part del grup d'acròbates alemanys i es comportava com un membre més de la gran família circense.

Sense saber ben bé per què, Mr. Belvedere no li tenia gaire simpatia. Li feia l'efecte que darrere el seu rostre amable i les seves maneres volgudament ingènues, s'amagava una dona freda i egoista. El nan no descartava que el somriure de plata de Griselda només dissimulés un cap verd. L'Enrico n'estava encapritxat. Se la mirava amb ulls de lluç bullit i semblava que li caigués la bava. Fou llavors quan es lliurà a una embogida i ridícula cursa contra els efectes del pas del temps. Per començar es va tenyir els cabells i es va retallar el bigoti; la seva indumentària també va sofrir un canvi; van aparèixer les camises florejades i l'home, que tota la vida havia dut sabates, calçava sabatilles esportives. La història dels hotels de luxe, iniciada a Heidelberg, es va convertir en un costum. En cada ciutat on plantaven el circ passaven almenys una nit en l'alberg més car.

Quan encara no feia un any que estaven junts van començar les enraonies. Inicialment Mr. Belvedere no en va fer gaire cas perquè el circ era una tribu de maldients, de gent que s'ocupava més del veí –sempre un competidor que els podia segar l'herba sota els peus– que de les pròpies coses. Però quan els gossos lladren alguna cosa senten. De mica en mica es va imposar la evidència i les banyes de l'Enrico creixien amb l'empenta d'un arbre jove. Feia pena contemplar-lo a altes hores de la matinada esperant la dona al peu del carruatge. Cal dir al seu favor que va portar la cornamenta amb una dignitat exemplar. No va fer mai una escena ni mai no es va sentir un crit. En tot cas la processó anava per dins. Els únics signes externs del drama personal de l'Enrico van ser els seus cabells blancs, que van reaparèixer, i l'oblit al fons de l'armari de les vestimentes juvenils. La pallissa moral que li estava infligint la Griselda el va convertir en un home més tou, menys preocupat per mantenir la disciplina del circ, propens a mirar-se els destrets aliens amb una comprensió que vorejava la indiferència.

El tret de gràcia de la noia li va arribar a Lisboa. Feia setmanes que se la veia coquetejar amb en René, el trapezista. En René era un alsacià més presumit que un paó, un bon professional que s'estarrufava de vanitat quan esclatava la salva d'aplaudiments. Des del seu ingrés al circ Gabrielli havia corregut la brama que era del ram de l'aigua perquè, tot i els seus trenta anys, no se li coneixien relacions amb cap dona. Potser era que estava tan pagat d'ell mateix que no apartava la vista del mirall. Aquella actitud una mica misògina no era estranya en la gent dels seu braç. Entre els atletes corria el mite que les dones desgastaven, com si la pràctica heterosexual constituís un atemptat a la seva integritat física. Fos com fos, en René no estava tan immunitzat contra els atractius femenins com semblava. El fet és que la parella va desaparèixer deixant l'Enrico amb les mans desertes, la caixa de cabals buida i el cor partit.

La darrera nit que l'Enrico Gabrielli i Mr. Belvedere van parlar, amb les restes del circ amuntegades als afores de Sagunt, el vell Enrico, després d'haver buidat mitja ampolla de Chivas, li va fer una confidència:

–La Griselda mai no es va deixar penetrar. No saps, Manu, el torment que això representa.

Que a l'hora de sopar en Gombó no s'hagués presentat, va alarmar el nan. Li va ser impossible asseure's a taula i va sortir de l'hotel disposat a preguntar a la gent del poble si havien vist el gegant. Confiava que Gombó, a causa de la seva grandària, no podia passar desapercebut. Al cap de mitja hora tres persones li van indicar que havien vist el seu descomunal amic sortint del poble i camí de l'ermita. Malgrat que estava cansat –aquell matí havia sortit de l'hospital– va enfilar el camí que vorejava la riera i va arribar al santuari quan tot just es feia fosc. Ni a l'església ni al camí Mr. Belvedere no va veure ningú. Amb l'ànima als peus el nan va tornar al poble i, sense pensar-s'ho dues vegades, va entrar al post del Cos de Carrabiners. Tot i les reserves del caporal que el va atendre –no havia transcorregut prou temps–, Mr. Belvedere va denunciar la desaparició de l'amic. Es va arribar també a la terminal dels autocars, on cap dels xofers que plegaven a aquella hora ni el responsable dels bitllets no havien vist l'home gros de dos metres vint d'altura.

No va ser fins al tercer dia que Mr. Belvedere va tenir notícies de Gombó. El caporal dels carrabiners li va dir per telèfon que un agent del cos havia detectat Gombó treballant als terrenys de la Lucia Portafierro, però que el gegant s'havia negat a tornar al poble. El carrabiner li va donar indicacions precises sobre els terrenys dels Portafierro, el nan va abandonar el dinar a mig menjar i va tornar a encetar el camí de l'ermita de la Madona de les fonts.

El va veure de lluny estant. La mola de l'amic, mig inclinada endavant, arrossegava una arada darrere la qual hi havia un vailet amb una vara a les mans. Mr. Belvedere va travessar el torrent sec i va anar cap a la parella que llaurava la terra erma uns cinquanta metres enllà de la cabana de maons. Com més s'hi acostava, més indignat estava. Junyit a l'arada amb un arnès de cavall, Gombó tirava de la rella entre el pedregar, atiat per la vara del bordegàs que li colpejava les cuixes.

Quan Gombó es va despertar el matí de la desaparició de la Isabel, el cel li va caure a sobre. Es va sentir desemparat, sol, abandonat. Feia cinc dies que la Isabel no el tocava i malgrat els seus precs la noia es girava d'esquena i es feia l'adormida. Un parell de vegades s'havia despertat enmig del silenci de la nit i havia notat que ella no hi era. Sol al llit s'ho havia fet i el son s'havia imposat a la seva tristesa. Però se la trobava al matí i la boira de l'aflicció nocturna s'esvaïa en sentir-li una paraula amable. Però una part de la melangia persistia en ell al llarg de tot el dia. L'absència de Mr. Belvedere, malalt a l'hospital, accentuava la sensació de desconsol, que es perllongava hores i hores com una fortor tenaç. Per això quan es va trobar sol a la cambra de l'hotel el món se li va esfondrar sota els peus. Es va sentir com quan la seva mare a les nits el feia fora del llit per poder rebre els seus amics sense testimonis. Plorava el seu desconsol sota la freda mirada de les estrelles, fins que la mare el feia tornar dins de casa i li deixava un racó del llit. Va ser el record de la mare el que el va fer anar cap a la cabana.

Es va asseure a uns passos de la caseta, a terra, amb les cames encreuades, mig somicant. El primer de veure'l va ser el nen. Estava al costat del pou donant beguda a la vaca. L'animal, amb el cap enfonsat en un obi rudimentari de fusta, mostrava la seva carcassa òssia que la pell no podia dissimular i unes mamelles flàccides com una bossa de drap penjada entre les cames. El noi, sense deixar anar la galleda, es va acostar a Gombó i quan va veure que somicava va cridar «iaia» «iaia», amb tanta fúria que el gegant es va espantar. Atreta pels crits del noiet, la Lucia Portafierro va aparèixer a la porta de la barraca, amb un mocador al cap i els braços enfarinats fins als colzes. Va començar a parlar amb el seu peculiar dialecte però la dona va emmudir quan Gombó, ara plorant a llàgrima viva, va dir «mama», «mama» fins a una dotzena de vegades. Darrere la dona va fer acte de presència un vell descalç, vestit amb una camisa llardosa i uns calçotets llargs. L'aparició del vell va distreure la dona la qual, d'una manera peremptòria, el va enviar al llit. Entretant, pel que pogués passar, el noi es va posar al costat de l'àvia amb un garrot més gran que ell a les mans.

Gombó, però, no es movia del seu lloc. Amarat de llàgrimes, no entenia que la seva mare no l'abracés ara que l'havia retrobada. El gegant havia retornat a la seva primera infantesa i se sentia indefens enmig del desert del seu dolor. El record de la imatge de la Marcenda es confonia amb la cara de la dona que el mirava amb recel. La rusticitat de la cabana li feia rememorar les parets de casa seva i la vaca esquelètica, sobretot ella, li restituïa el paisatge de Tras os Montes. Dues gallines que picotejaven entre les herbes del costat del pou li van confirmar que era a casa seva.

Probablement si la grandària de Gombó hagués estat la d'una persona normal, la dona i el nen haurien trobat un mitjà per a foragitar l'intrús. Però el seu volum i el seu comportament pacífic els havia dissuadit d'emprendre cap acció violenta. La dona, després de contemplar el gegant una estona, va arronsar-se d'espatlles, va donar instruccions al noi per tal que vigilés el gros i va tornar a ficar-se a la casa.

Gombó i el nen van estar ben bé una hora llarga, asseguts l'un davant de l'altre, sense dir-se res. El vailet, recolzat al costat de la porta de la cabana, amb el garrot entre les cames, no perdia de vista el colós. Assegut al sol, el gegant suava. Llavors el noi va anar fins al pou i va deixar mitja galleda d'aigua a l'abast del gros. Gombó va beure. Aquell gest va trencar el gel. El petit, que devia tenir uns nou o deu anys, es va acostar al gegant i li va parlar. Amb un italià menys dialectal que el de l'àvia, li va preguntar com es deia i d'on venia. El gegant va mencionar Gombó, Lisboa, Isabel, Mr. Belvedere i no se què d'un viatge. El noi era llest com una centella i darrere les paraules de Gombó, que havia parlat amb una barrija-barreja de portuguès, castellà i català, hi va trobar una persona simple i elemental i, el que era més important, gens perillosa.

Repetint les paraules i ajudant-se amb el gest, el nen va explicar que el vell malalt era el seu besavi Enzo Portafierro, que la seva àvia es deia Lucia i que ell era Niccolò i tenia nou anys. Va mencionar la paraula pobres, es va referir a la seva mare Adelina, que vivia a Milà i va dir que la vaca es deia Tonina.

De tant en tant la Lucia treia el cap per la porta i cridava en Niccolò. El noi feia d'una correguda l'encàrrec de l'àvia i al cap d'uns minuts tornava al costat del gegant. Cap al migdia en Niccolò, que havia estat cridat a casa, va portar a Gombó un plat d'espagueti amb un raig d'oli i dues pomes. A mitja tarda la dona va sortir al defora i tots tres van parlamentar.

Aquella nit Gombó, cobrint-se amb una vella manta, va dormir al clos cobert de canyes de darrere la caseta, al costat de la Tonina. L'endemà al matí el van junyir a l'arada.

Retornats a l'hotel, en Gombó va fer un gran dinar. Els dies de llaurada havien estat un eficaç remei per a la seva pena i la retrobada amb Mr. Belvedere l'havia guarit del tot del miratge que identificava la Marcenda Carneiro i la Lucia Portafierro. La indignació que unes hores abans el nan havia sentit en veure Gombó convertit en un mul o en un bou agrícola li va passar aviat quan es va adonar que al gegant li satisfeia fer aquella feina. Quan la seva ira es va girar contra el vailet de la vara, Gombó el va desarmar. La seva veu potent va aturar l'escridassada del nan amb un argument inapel·lable:

–Si no em fa mal, Bel! Niccolò és amic meu!

A partir d'aquell moment Mr. Belvedere es va trobar en una situació molt curiosa. No sabia si havia de reprovar la conducta dels Portafierro o si calia donar-los-en les gràcies. Va resoldre el seu dilema per la via de procedir com un gran senyor. Va entrar a la casa seguit de Gombó i el nen i adreçant-se a la dona, que pelava patates al costat de la taula, va dir *Signora* i va deixar sobre una calaixera les últimes deu mil lires que portava a la cartera.

Havent dinat, i mentre Mr. Belvedere es preguntava com pagaria el compte de l'hotel, el nan va rebre una trucada. A l'altre cap del fil, la veu compungida de la Isabel el va sorprendre. El temor que la noia es trobés en un mal pas es va dissipar al cap d'uns minuts d'escoltar les seves explicacions. Mr. Belvedere no va tenir cor de fer-li cap retret. Des de la sortida de Peníscola havia esperat que la noia, tard o d'hora, els abandonaria i si ho havia fet quan ell era a l'hospital i Gombó estava desorientat, això eren circumstàncies que no canviaven el sentit de les coses. La vida, va pensar el nan, era un teixit de trobades i separacions, de camins que convergien i divergien, d'abraçades d'acolliment i llàgrimes d'adéu. Un tapís trenat per les mans de l'atzar del qual mai no podríem veure la totalitat del dibuix. Li va desitjar sort –«sóc feliç Bel, sóc molt feliç», repetia la noia– i li va donar les gràcies pel gir telegràfic que l'esperava a l'oficina de correus del poble.

En totes dues actuacions Mr. Belvedere va introduir una nova variant, que va batejar com «la del canari» i que consistia a mantenir-se assegut sobre un braç estès de Gombó amb les cames recollides i amb els braços del nan formant dues ales mentre xiulava la popular tonada «Baixant de la Font del Gat».

Abans de marxar de Roccavione Gombó i Mr. Belvedere van fer dues actuacions. La primera, al jardí de l'Hospital del Sant Esperit, davant la plana major del cos mèdic presidida pel doctor Salvo Riccardi i envoltats dels malalts que es podien llevar i d'una bona part del personal. Van tenir un gran èxit i Mr. Belvedere es va negar a passar la safata com a prova d'agraïment per la cura que havien tingut amb ell. La segona, la van fer a la plaça del poble, davant mateix de l'hotel. Entre els espectadors, assegut a terra i a primera fila, hi havia Niccolò, el qual presumia davant dels altres nois del poble que Gombó era amic seu. A aquesta darrera representació també hi va assistir en Giuseppe Bianco, el company d'habitació del nan, que havia fugit de la tutela dels seus pares per anar-se'n a Kàtmandu.

10

L'Ermità

Novena etapa

L'Ermità alça el seu fanal per a il·luminar la nit de l'home. Representa la recerca del propi destí. La soledat i l'aïllament li són condicions favorables. Els seus enemics són la inseguretat i la misantropia. El seu llum desentenebra el passat per tal de poder seguir endavant.

Mira, fill, quan jo tenia la teva edat vaig aprendre a mirar la gent. Treballava amb la família al circ Olímpia, de la Ronda de Sant Pau, de Barcelona, on, després d'haver estat represaliats per rojos, el meu oncle, el Milhomes, va aconseguir feina per a la *troupe* Belvedere. És clar que ens vam haver d'adaptar a les circumstàncies i en comptes del nostre número habitual –els pares i l'oncle eren músics– vam haver de fer de bufons, cosa que volia dir situar-nos en el graó més baix del circ, tradicionalment reservat als nans dissímils, aquells que tenen els braços i les cames curts i el cap gros. Com et deia, allà vaig aprendre a mirar els homes i les dones.

»Des de la meva altura, que tot sigui dit no és gaire elevada, els mirava les mans quan volien que els mirés la cara o els mirava els ulls quan gesticulaven davant meu com a prestidigitadors. Aquest simple exercici em va fer adonar que tothom porta una careta. Vaig constatar que el comú de la gent construeix una imatge d'ella mateixa i que, conscientment o no, és la que vol imposar arreu. Si mires atentament un home, molt aviat t'adonaràs que hi veus un actor. Tothom, poc o molt, representa el personatge que ha creat. Però si observes bé la gent, descobriràs que la seva veritable personalitat sempre és una altra. Entre el seu jo real i la persona que pretén ser hi ha sempre una gran distància. Si els agafes desprevinguts i observes com obren una porta, com caminen, com es graten el cap o com seuen quan es pensen que ningú no els veu, advertiràs que, sense la màscara d'ells mateixos, els homes són molt diferents del que pretenen ser. Darrere de molts pinxos, que van pel món trepitjant fort, s'amaga sovint un cagadubtes més insegur que ningú; darrere la senyora que presumeix d'espiritual i sensible hi ha una bruixa tosca i barroera; sota la capa de l'amabilitat, s'hi aixopluga un egoista empedreït, amb el cor més dur que una roca; darrere les maneres brusques d'algú que sembla que es vulgui menjar el món hi ha un tímid que en la intimitat ni gosa mirar-se al mirall.

»El més curiós de tot plegat és que la gent, després de passar-se tota una vida reforçant el personatge que creuen ser, tampoc no estan satisfets d'ells mateixos. Alguna cosa en el seu interior els diu que haurien pogut sobreviure sense fer tanta comèdia, que la figura externa d'ells mateixos tampoc no és una meravella i que el fingiment, a la llarga, és un pes mort que actua com una rèmora. Sempre he pensat que aquesta mena de comportament és una font inesgotable d'infelicitat. Els únics que estan lliures d'aquesta xacra són els infants o les persones, com Gombó, que són com nens. Potser per això aquell va dir allò que deixeu que els infants se m'acostin. Per això, Giuseppe, no cal córrer per créixer. La veritable saviesa consisteix a mantenir viu l'infant que tots portem a dins.

Parlaven asseguts a l'ombra d'un gran plàtan a la plaça de l'ajuntament de Ceva. Les paraules de Mr. Belvedere havien estat inspirades per la diatriba que en Giuseppe Bianco havia deixat anar contra els seus pares. Gombó, amb els llapis de cera i el quadern que li havia comprat la Isabel, intentava dibuixar per enèsima vegada la figura d'un nen amb una vara darrere una arada arrossegada per un bou. En Giuseppe, però, no estava gens convençut que la imatge que havia descrit dels seus pares no fos la real. I insistia:

–No és que representin, Bel, ells són realment així: uns dats pel cul que s'han venut l'ànima a la reacció de dretes. Si el meu pare no hagués estat un militant de Lotta Continua i la mare no hagués presumit de hippy, podria acceptar la seva posició actual. Hi ha milions de votants de la DC que s'han donat en cos i ànima al capitalisme salvatge. Comprendria perfectament que els meus pares s'haguessin obert de cames davant del senyor Berlusconi si haguessin estat unes rates de sagristia, però aquests mamons no anaven a missa, ni als funerals no anaven! Es ventaven de ser moderns, laics i progressistes. I vet aquí que es venen l'ànima com Saül, per un plat de llenties...

–Esaú –va precisar el nan–. Va ser Esaú qui es va vendre no l'ànima, sinó la primogenitura per un plat de llenties.

–Cony, Bel, que primmirat que ets! Esaú o Saül, és igual, el cas és que aquests quadrúpedes s'apunten a Forza Itàlia per canviar de pis, per omplir-lo de mobles de disseny, per tenir un cotxe més gran i per enviar-me a estudiar als Estats Units; t'imagines, Bel? em volien facturar a la pàtria del senyor Reagan, aquell *cowboy* de pa sucat amb oli. I saps què, Bel? Ciències empresarials, em volien fer estudiar o com se'n digui, d'aquest cony d'estudis que serveixen per dirigir els negocis dels rics i fotre els pobres, uns estudis fets a mida de tots els fills de puta de...

–Em permets que et digui una cosa, Giuseppe? –va fer Mr. Belvedere imitant el jove–. Parles molt malament. No pares de dir paraulotes.

–Hòstia, Bel! Amb què em surts ara? Quina mena de capellà dels collons ets, perquè et molestin les paraules gruixudes?

–Giuseppe, para el carro, que podria ser el teu avi.

–Ara m'has agradat, Bel. El meu avi sí que era un paio amb un bon parell de daixonses. Un feixista en tota la regla, que va fer la marxa dels camises negres cap a Roma; que estomacava comunistes a Nàpols; que va anar a Abissínia a lluitar contra el Negus; que es va enfrontar als anglesos a Mesina; que el van fotre al pot dues vegades i dues vegades se'ls va escapar. Un feixista de pedra picada que no va poder tornar a posar els peus a Nàpols i se'n va haver d'anar a Milà, amb la dona i dues nenes, una d'elles, la mare, que li va sortir lànguida, d'aquelles que anaven amb un sarró i les faldilles de l'àvia fins als peus. El meu avi va viure com a feixista i va morir sense haver canviat mai de camisa. Per això sempre l'he respectat, el meu avi. Perquè era un home coherent, lleial a les seves idees. No com el pare o la mare, que a la primera de canvi aparquen els seus ideals de joventut a la cuneta i es passen a l'enemic...

L'arribada de l'autocar que els havia de dur a Savona va interrompre la conversa. Mr. Belvedere i Gombó van seure junts i el noi va anar a parar al fons del vehicle, on unes noies cantussejaven acompanyant-se d'una guitarra. El nan pensava en aquell xicot, Giuseppe, i el cert era que li agradava: tenia l'ímpetu dels disset anys, la passió per la puresa de les idees i dels comportaments, encara que, molt probablement, el retrat que feia dels seus pares estava distorsionat per l'amor que sentia envers ells. Era curiós d'observar com l'afecte es transforma en menyspreu i avorriment, com de vegades els sentiments emboiren la visió de les coses, com la intel·ligència es replega davant de la passió. Mr. Belvedere havia permès que Giuseppe els acompanyés un tros del camí, però no estava disposat a fer-se càrrec d'un menor d'edat que havia fugit de casa. A tot estirar li permetria que anés amb ells fins a Gènova o potser fins a Venècia perquè el nan, que no creia en la casualitat, tendia a pensar que l'atzar obeeix a una llei secreta i que les trobades impensades sempre acaben tenint un sentit. Aquesta idea li va fer venir al cap la Isabel. Havia aparegut a l'inici del pelegrinatge i els havia acompanyat durant dos mesos com una fada protectora. Tot i la seva sobtada deserció, la seva presència havia estat una benedicció per Gombó al qual mai cap dona no li havia prestat una atenció tan continuada. La generositat d'ella els havia servit de suport i com si la Isabel acudís a una cita amb el seu destí, havia anat a parar a un poble desconegut, Roccavione, fora de la ruta establerta, per trobar l'amor de la seva vida, segons que la noia li havia dit per telèfon. Seguint aquest raonament, Mr. Belvedere no va poder evitar pensar que, per la mateixa regla de tres, el jove Giuseppe Bianco formés part d'un pla més ampli probablement escrit a les estrelles, la significació del qual estava per descobrir. Com si Gombó seguís el fil dels seus pensaments, va preguntar:

–En Pepe vindrà amb nosaltres, Bel?

–Ja ho veurem, Gombó, ja ho veurem.

A Savona els esperava el mar. Com una vall immensa d'argent tornassolat, les aigües encalmades es perdien fins a l'horitzó, on el perfil d'una nau es confonia amb el vol de les gavines. Mr. Belvedere i Giuseppe havien fet un pacte. El noi s'havia compromès a trucar als seus pares i a ocupar-se de la recaptació amb un nas vermell a la cara com a condició indispensable per acompanyar-los. El nan havia imposat aquelles dues obligacions perquè el contrariava protegir un pròfug de la xarxa familiar i perquè pensava que el nas de pallasso podria convertir-se en una cura d'humilitat per a un noi massa jove amb els aires de fatxenda que gastava. En Giuseppe, però, era un peix que es portava l'oli. Va fer la trucada a Milà i va parlar amb la seva mare, però el que no va dir és que ella li va anunciar que feia tres setmanes que havia denunciat la seva desaparició a la policia i als carrabiners.

–Tot resolt, Bel –va fer el noi quan va deixar el locutori del passeig de Garibaldi.

Eren a mitjan juny i els va ser fàcil trobar una pensió barata. Aquell capvespre van fer tres actuacions davant dels restaurants del port vell i per tal de celebrar l'èxit van anar a sopar a una vella casa de menjars en un carreró de les cases del port. La gana de Gombó va trobar bona rèplica en la fam del noi. Giuseppe menjava com una llima i el nan va pensar, amb un deix de tendresa irònica, si guanyarien prou diners per saciar aquell parell de ganuts.

L'endemà al matí, havent esmorzat, el noi els va proposar d'arribar-se a Gènova fent autostop. Es van situar a la gasolinera de la sortida de la ciutat i al cap de mitja hora van embarcar en una camioneta esgavellada que gemegava per tot arreu. El conductor era un francès amb uns grans bigotis, amb accent del sud, que duia tatuades al dors de cada mà una creu de Caravaca. Mr. Belvedere s'havia assegut a la cabina i els companys anaven a la caixa. Pel que el nan va deduir –l'home era de poques paraules–, el conductor iniciava la ruta d'estiu i era probable que arribés fins a Roma.

–Mai no passo d'allà. Veig el Papa i me'n torno a casa –va dir l'home dels bigotis en la seva frase més llarga.

Quan van arribar a Gènova, l'home no va parar el vehicle fins a la part alta de la ciutat. Ho va fer davant d'una taverna de mala mort, on va convidar els amics a entrar. El bar era buit i de darrere el taulell va emergir un home calb i gros amb una berruga al mentó que va saludar efusivament el nouvingut. Mr. Belvedere es va adonar que els homes parlaven una mena de llengua pròpia feta de fragments de francès, caló i italià. Fins aleshores el nan no s'havia adonat que l'home de la camioneta era gitano.

L'amo de la taverna havia posat una ampolla de vi sobre la taula i cinc gots, però ni Mr. Belvedere ni els seus companys no van acceptar la invitació.

–Sóc massa petit per beure i els meus companys no prenen alcohol fins que es fa fosc –va dir el nan amb el seu millor somriure per tal de no ofendre els gitanos. Aquests van acceptar la ironia i l'amo de l'establiment va treure tres ampolles calentes de coca-cola, que els companys van beure a morro, com si els gots de la taula estiguessin reservats per al vi.

Al cap d'una estona Mr. Belvedere i l'home de la taverna van fer tractes. Lucas els va mostrar una habitació amb dues lliteres a la part superior de la casa, on s'accedia a través d'una escala de caragol i que donava a un vessant de la muntanya cobert de garrigues. Els va dir que la seva dona, la Gianna, feia els millors *rissotos* del país i que se'n llleparien els dits. Mr. Belvedere va trobar que el preu, francament, era molt raonable.

Quan els amics van tornar a la planta baixa, l'home dels bigotis, que es deia Bernard, va demanar si el noi i Gombó podien ajudar-lo a traslladar les coses del camió. Mr. Belvedere va sortir amb ells. En Lucas havia obert una mena de traster que hi havia al costat de la taverna i en Bernard, ajudat per Gombó i en Giuseppe, van traslladar al magatzem quatre grans caixes en forma de gàbia de tres pisos on hi havia una munió de tortugues.

Aquella mateixa nit els amics es van tornar a trobar en Bernard mentre sopava, solitari, en una de les taules de la taverna. El local era ple d'obrers del ram de la construcció, la majoria àrabs d'Àfrica del nord entre els quals algunes pells negres que delataven la seva procedència subsahariana. La cridòria era considerable. L'eufòria del vi, la tendència d'alçar la veu de la gent meridional i l'esquifidesa de l'indret es resumien en un xivarri ensordidor. En Lucas va acomodar Mr. Belvedere i els seus companys a la taula del gitano. Aquest, amb un aire de contrarietat, marcant les distàncies amb la concurrència, va comentar que els musulmans, només de travessar la frontera, quan encara els pulmons no se'ls havien omplert d'aire europeu, es llançaven de cap a les delícies del vi i oblidaven per complet els manaments de l'Islam. «Porten tanta gana endarrerida –va dir–, que s'aboquen sobre els plats per poder continuar endrapant fins a la darrera engruna de pa.»

Feia calor. En Bernard duia la camisa oberta i del coll li penjava una figura en forma de peix alat que portava subjectada amb una fina tira de cuir negre. En Giuseppe, que era un tafaner i que tenia el vici infantil de preguntar, va demanar al gitano què era allò.

–És un amulet –va dir el zíngar, i va oblidar-se del noi.

–És bonic –va dir en Giuseppe mentre esperava el segon plat.

–En tinc dos-cents més i et costarà pas més de cinc mil lires si en vols un –va fer en Bernard. Després, com si s'ho hagués pensat, adreçant-se al noi però parlant per a Mr. Belvedere, va continuar.

–És mon pare qui els fa. Ho va aprendre de l'avi i aquest de son pare. És un art que ha anat passant de pares a fills des de temps de l'avior. Una tradició d'homes de poder.

–Jo em creia que eren les gitanes, les que tenien fama de fetilleres –va fer el noi amb una certa imprudència.

–Deixa't de fames, petit –li va replicar el gitano–. Els paios no entendran mai del tot el meu poble. Pel que fa a les dones, elles no han posat mai les mans sobre un amulet o sobre res sagrat. Aquesta és una regla molt estricte i la confecció d'amulets és un secret, si vols un ofici, que passa de pares a fills d'una mateixa família. Si cap dona intervingués en el procés de creació d'un amulet, aquest perdria tot el seu poder.

»És més, segons la tradició, la confecció d'un amulet és feina d'una sola persona. Ella tota sola, ha de triar el tronc d'olivera, serrar-lo, polir-lo, fins que amb la seva pròpia eina, una ganiveta especial, dóna forma definitiva a l'amulet. Quan aquesta persona ho considera convenient, passa el poder a un membre masculí de la família. Quan aquest pren el relleu l'antic mestre, es desprèn de totes les eines i mai més no podrà tornar a tocar un amulet en fase de construcció. Les coses van així. Són així de serioses –va acabar dient en Bernard.

–Però els amulets...

–Giuseppe –va tallar Mr. Belvedere– potser en fas un gra massa. Deixa tranquil el senyor Bernard.

–No hi fa res –va dir el bohemià–. Deixi'l que pregunti. El jovent ja se sap...

–Per a què serveixen els amulets? –va interrompre el noi.

–Són mitjans de guardar la gent. Els amulets preserven dels mals visibles i dels invisibles. Constitueixen una cuirassa de defensa contra les influències negatives.

–Però com... com ho fa un amulet, per protegir-te del mal?

–Ho sabria pas dir. No sé pas, com s'ho fan. Ara: que actuen, ja t'hi pots posar de peus. I com ho fan, és un misteri.

Aquí en Giuseppe va somriure. Els seus ulls d'ametlla es van empetitir i va aparèixer en el seu rostre una mirada de murrieria. Va concloure amb un punt de petulància:

–Tot plegat em sona a contes de la vora del foc.

–No m'estranya –va replicar el gitano amb el mateix to de veu neutre en què havia parlat fins llavors. Com enllaçant amb una idea anterior va continuar:

–Els amulets són objectes de poder. Els que fa mon pare i que jo venc el poder els ve de tres bandes. De primer de l'olivera, que és un dels arbres més vells de la Terra, segonament de la força espiritual de l'home que els fa; en tercer lloc, de la benedicció de les Santes Maries. Sense aquesta última intervenció el poder de l'amulet seria pas complet.

Girant-se d'esquena el gitano va assenyalar una fotografia emmarcada que hi havia en una de les parets laterals de la sala, que mostrava una processó precedida per un grup de genets muntats sobre cavalls blancs amb estendards a les mans que escortaven una verge negre que un grup d'homes amb camisa blanca portava sobre les espatlles. Una multitud d'homes i dones rodejava la verge i els seus portadors.

–És santa Sara –va dir en Bernard– la patrona del meu poble. Les tres santes, Maria Magdalena, Maria Jacobé i Sara, la seva serventa negra, van arribar a la Camarga amb barca des de Palestina. El petit port on desemboca el Roine va prendre el nom de les Santes, Santes Maries de la Mar. Allà van morir i hi són enterrades. Les Santes Maries és una ciutat santa per als gitanos, com Roma ho és per als catòlics. Cada any, el 24 i 25 de maig, gitanos de tot el món s'hi apleguen per venerar les Santes, especialment Sara, la nostra mare espiritual. Santes Maries de la Mar és una vila de poder. La nit del 24 al 25 l'església fortalesa on reposen els cossos de les santes és oberta a tothom. Aquella nit, des de fa dotze anys, deixo els amulets al peu de l'altar de la cripta, on és enterrada Santa Sara, i els amulets s'impregnen del poder de les santes. Qualsevol persona que hi hagi passat una estona de recolliment s'adona de l'energia que irradia aquell lloc sant, no en va el poeta Mistral fa morir Mireia a la capella d'aquella església.

La taverna s'havia anat buidant. La Gianna, que fins aquell moment solament havia tret el cap de la cuina per passar els plats que servia el seu home, seia en una taula del costat del taulell amb les cames eixarrancades. La dona semblava tenir l'edat del marit –uns seixanta anys– i duia un davantal gris que li arribava fins als peus. Contràriament a en Lucas, que tenia tot l'aspecte d'un pagès meridional, la Gianna conservava els trets d'una gitana nòmada, els cabells negres i la pell del color d'una cassola d'aram enfosquida pel fum. En Lucas, assegut a la mateixa taula de la dona, posava ordre en els paperets dels sopars que havia servit i els dipositava en una vella caixa de sabates d'on a finals de setmana els treia per passar comptes amb els clients.

–I les tortugues –va preguntar en Giuseppe–, què hi pinten, en la història dels amulets?

–Hi pinten pas res –va contestar l'home condescendent. Amb el mentó va assenyalar en Lucas i va prosseguir–. Les tortugues són cosa d'ell. Segons la brama, a la Camarga, des d'Arles a Aigües Mortes i a Port Saint Louis, les tortugues tenen propietats curatives. És ell qui me'n va parlar. Des de temps remots aquests estranys animals, dels més remots de la Terra, supervivents d'aquells dies en què l'home encara no s'havia posat dret, els fan servir contra tota mena de mals de la pell. Herpes, psoriasis, inflamacions, erisipeles, pústules, borradures, melanosis, seborrees, acnes, berrugues, llúpies, tot ho curaven pel sol fet que la tortuga passés uns quants minuts per sobre les pells malaltes durant vint-i-dos dies.

–Vint-i-dos dies? –va tornar a preguntar el noi, que semblava fascinat amb les explicacions de Bernard.

–Sí, vint-i-dos dies.

–I per què vint-i-dos i no trenta o divuit?

–Perquè el vint-i-dos és un número màgic; correspon al dels arcans majors del Tarot i les dues xifres sumen quatre: el quadrat perfecte.

–Però... –el rostre de Giuseppe havia tornat a prendre l'expressió de trapella– no sembla que siguin gaire eficaces per eliminar les berrugues... –va dir assenyalant amb la mirada la mandíbula de Lucas.

–Tens raó. Amb això, tens raó. La berruga d'en Lucas deu ser una herència kàrmica, el record d'una vida passada, potser l'estigma d'haver estat una dona bella i perversa. Giuseppe –va concloure el gitano–, estem envoltats de misteris.

11

La Roda de la Fortuna

Desena etapa

La Roda de la Fortuna gira sense parar. Plantada sobre una barca, està envoltada per l'al·legoria dels quatre elements: l'Aire, el Foc, la Terra i l'Aigua. Simbolitza el moviment continu de la vida, el canvi de les circumstàncies, l'aparició i la desaparició de les oportunitats. La seva forma circular representa el principi del retorn etern, que no hi ha res absolutament nou a la Terra, que les coses bones i dolentes passen i tornen en un perenne recomençar.

La taverna d'en Lucas i la Gianna va resultar un lloc més acollidor del que Mr. Belvedere s'esperava. El seu únic problema era que estava massa enfilada i pujar pels carrerons esglaonats del barri antic era com fer una excursió a muntanya. El nan tenia la sort de poder comptar amb Gombó, a qui no costava gens posar-se el petit a collibè i tirar amunt pels carrers costeruts. Malgrat la bullícia dels clients que s'hi reunien per dinar i per sopar, Mr. Belvedere va arribar a la conclusió que eren gent pacífica, potser plena de recel i suspicàcia perquè la majoria d'immigrants no tenien els papers en regla i pesava sobre d'ells l'amenaça que les autoritats els tornessin als seus països d'origen. Aquesta circumstància feia que entre ells regnés un grau molt elevat de solidaritat; els més veterans ensinistraven els nouvinguts i els acollien a les mansardes on dormien estibats com sardines de llauna. Tots eren perfectament conscients que els patrons els explotaven, que els seus sous distaven molt d'equiparar-se al dels pocs treballadors del país que s'avenien a treballar per als subcontractistes de les grans empreses de la construcció que havien guanyat els concursos municipals de millora i rehabilitació del barri vell. Però eren gent que venien de situacions tan precàries que es conformaven amb la misèria que cobraven i malgrat l'ofensiva que feia el sindicat anarquista per captar-los, ningú no s'havia deixat convèncer. N'hi havia que fins i tot estalviaven amb l'esperança de poder-se reunir un dia amb la família, dones, germans, fills, i intentar l'aventura d'anar encara més al nord, on alguns privilegiats guanyaven sous decents i es podien passejar amb cotxe. Segons en Lucas, eren gent molt complidora, cada dissabte pagaven puntualment els àpats de la setmana i ningú no havia mantingut el deute més enllà de quinze dies.

En Bernard només pujava a la taverna per sopar. Durant el dia s'instal·lava en un racó de la Piazza Ferrari i esperava la parròquia de cada any. Els seus clients eren pagesos de la vall del Po i dones dels barris populars. Feia més de deu anys que plantava la seva parada a Gènova i els seus compradors el coneixien. Any rere any veia les mateixes cares i els antics clients n'hi portaven de nous. En el fons se sentia com un benefactor dels pobres, perquè la misèria era el caldo de cultiu de totes les malalties del cos i de l'esperit. Els seus amulets i les seves tortugues potser no tenien tota l'eficàcia que ell els atribuïa, però era innegable que constituïen un talismà que renovava les esperances d'aquells que no tenien gairebé res a part de la fe en la sobrenaturalesa d'arrels tel·lúriques. I les tortugues feien desaparèixer picors persistents, llagues duradores, èczemes i d'altres mals de la pell a canvi de la seva pròpia mort. Perquè la majoria dels quelonis morien al final de tractament.

Gombó i Mr. Belvedere al matí actuaven a la placeta del costat de la catedral de San Lorenzo; a la tarda, ho feien prop de l'absis de Santa Maria de Cavignno. Amb un parell d'hores d'espectacle de matí i de tarda obtenien prou lires per poder fer tres àpats al dia i dormir a l'alberg d'en Lucas. Els diners que la Isabel els havia girat a Roccavione constituïen un coixí de seguretat, una reserva que Mr. Belvedere portava permanentment en una bossa penjada al coll, sota la camisa.

En Giuseppe complia amb la seva feina. S'havia acostumat a dur el nas vermell i no feia escarafalls per animar els espectadors per tal que amollessin unes monedes. Semblava trobar-li gust al seu paper de *clown* recaptador i de mica en mica havia anat introduint variants al simple fet de passar el barret. Com que era àgil com una llagosta, saltava i corria davant del cercle dels concurrents i, amb més bona voluntat que fortuna, assajava fer el pi amb una mà o intentava tombarelles que rarament li sortien bé. Però com que era jove i simpàtic –el fet que fos del país també hi ajudava– constituïa un complement a les actuacions dels saltimbanquis.

Fins al tercer dia Mr. Belvedere no se'n va adonar. La lleialtat de Giuseppe envers els seus companys tenia uns límits: els bitllets de mil lires. A cada actuació almenys un parell de papers desapareixien al fons de la butxaca del darrere dels seus pantalons. El noi aprofitava el darrer número dels gegants, quan el nan i Gombó s'entortolligaven amb les serpentines de colors, per distreure els bitllets. La primera vegada va ser per casualitat i la segona perquè Mr. Belvedere el vigilava, que va descobrir els jocs de mans del petit cràpula.

A l'inici del viatge, Tom, l'aprenent de Bokonó, el tirador del Fa, els havia robat. No era la primera vegada a la seva vida que havia estat objecte de petits robatoris i durant els anys que havia format part del món del circ no hi havia temporada que no esclatés un conflicte a causa d'un furt. Això el va fer pensar en el seu oncle de Terrassa, Nen el Dandi.

Nen el Dandi no era ben bé el seu oncle. Tenia un parentiu llunyà amb la seva mare, però com que era molt amic de l'oncle Jaume, el Milhomes –entre ells es deien cosins–, sempre l'havia considerat com un parent. Nen el Dandi tenia un petit negoci de productes de barberia. Venia a les perruqueries d'home pintes, navalles, maquinetes de repelar, brotxes i pots d'afaitar, sabons, fixadors, locions, pólvores de talc i colònies. Era un negoci que li permetia viure bé, mantenir la seva madrastra, la senyora Esperança, abillar-se de vint-i-un botó, anar de xeflis amb els seus amics i, de tant en tant, donar un cop de mà a la família Beltran-Espinós en els temps més negres de la postguerra.

Si més no, els visitava una vegada al mes. Apareixia al capvespre arrossegant una cartera enorme en relació a la seva talla i es quedava a sopar. Era un tipus molt garlador, una mica fatxenda, que explicava mil i una anècdotes. Les seves preocupacions eren, per ordre d'importància, la salut –com que tenia el cor d'una persona normal, era hipertens– el seu aspecte exterior i els tiberis. Contràriament a l'oncle Jaume, la política no l'interessava gaire. A part de ser de la ceba, no era gens sensible a les desigualtats socials –en aquella època el Milhomes era un comunista convençut– i afirmava que sempre hi hauria rics i pobres i que preferia estar entre els primers. Li deien el Dandi perquè sempre anava molt elegant: la senyora Esperança li feia les camises, es feia fer els vestits a mida pel millor sastre de Terrassa, posseïa una extensa col·lecció de corbates i la seva flaca eren les sabates, que sempre portava ben llustrades, i de les quals tenia un munt de parells. Quan no era a Barcelona, dinava amb un grup d'amics, tots solters, en una reputada casa de menjars de Terrassa i acabaven els tecs amb cafè, copa i puro. A la fonda li havien fet un escambell d'una vella caixa de fruita per tal que no li pengessin els peus de la cadira.

Quan tenia dos anys el matrimoni Cortada el va adoptar. En Jesús Cortada era un pedicur de fama –«té les mans d'or», deien els fabricants– que es guanyava molt bé la vida. A la primeria de segle s'havia casat amb l'Esperança Llauradó, però havien tingut la mala sort de no tenir fills. Quan el nen va complir set anys van saber que en Josep no creixeria gaire. Aquella notícia, en lloc de decebre'ls, va incrementar l'afecte dels seus pares adoptius, que sempre li van dir el Nen. L'any 1939, pocs dies abans que els «nacionals» entressin victoriosos a Terrassa, en Jesús Cortada va morir. El vell callista es va estalviar la vergonya de veure la jerarquia eclesiàstica fent la salutació feixista i com molts dels seus clients, o els fills d'aquests, lluïen la camisa blava dels falangistes.

La senyora Esperança i en Josep Cortada van viure dels estalvis del pedicur durant un parell d'anys. Quan les reserves econòmiques començaven a flaquejar, en Josep, que tot Terrassa coneixia pel sobrenom de Nen el Dandi, va començar a treballar com a representant de colònies Mirúrgia i al cap de poc temps es va independitzar com a distribuïdor de productes per a barbers. Mare i fill continuaven vivint en la caseta d'un pis de darrere la Casa de la Vila que en Jesús Cortada havia comprat als anys vint. Nen el Dandi va convertir els baixos de la casa, on abans havia estat el consultori del pedicur, en oficina i magatzem del seu negoci. Tenia fama de tenir diners –potser en presumia massa– i la seva talla no superava els noranta centímetres. Potser per això els lladres van actuar a cara descoberta.

Després de sopar Nen el Dandi feia els comptes, posava en net les comandes del dia i preparava el repartiment de l'endemà. Eren quarts d'onze quan van trucar a la porta. Només obrir i veure la cara d'aquells dos individus, el nan es va adonar que la roda de la fortuna se li girava d'esquena. El més gros dels personatges, mal afaitat i amb una cicatriu que li partia el llavi, el va agafar pel coll i va començar a sacsejar-lo. Tot i la desproporció de forces Nen el Dandi no es va acoquinar, sense poder-se desfer de la presa, va camejar suspès enlaire com una criatura rebel i desesperada. Els seus xiscles no van despertar la senyora Esperança, que dormia al pis de dalt, però van exasperar el bàrbar atacant, que va començar a colpejar-lo mentre cridava i li exigia que digués on guardava els diners. Nen el Dandi no es va rendir ni va dir que la caixa de cabals era a l'habitació de la mare. Quan es va despertar, el fum l'ofegava. Havia perdut els sentits a un parell de metres de la porta del carrer i l'instint li va manar que sortís a fora. Mig arrossegant-se per terra, amb un braç trencat i la cara ensangonada, Nen el Dandi es va escapar de les flames que, xuclades per l'oxigen del pis de dalt, s'enfilaven furients escales amunt. Ni els veïns, ni els municipals, ni els bombers, que van trigar una eternitat a arribar, no van poder fer res per la senyora Esperança.

Els lladres es van endur set mil pessetes i van deixar al seu darrere un panorama de desolació: la mare morta, les parets mestres esquerdades i un munt de ferralla on havia estat el seu magatzem. Divuit mesos després, als quaranta-nou anys, moria d'un atac de cor Nen el Dandi, quan els veïns, els amics i la família començaven a dir que no era el mateix.

Havent sopat, Mr. Belvedere i Giuseppe van sortir a fer un volt. La nit era clara i la poca il·luminació del barri permetia veure la cúpula del cel estelada, però el nan va observar que el repòs de les estrelles estava alterat pel pas continu d'avions. Es va dir, amb una ombra d'aprensió, que ni el cel estava lliure de la presència pertorbadora de l'home. Es van asseure al banc del mirador de les Àligues i Mr. Belvedere, sense alçar la veu, com si comentés alguna cosa del vaixell que partia del port tot il·luminat de bombetes de colors, va dir:

–Des de quan ens robes, Giuseppe? –El noi es va regirar en el seu seient però no va obrir la boca. El petit va continuar–. Quan a Roccavione vam acordar que ens acompanyaries durant un tram del nostre camí, jo tenia els meus dubtes. Pensava que eres massa jove i no volia tenir al darrere uns pares preocupats i irritats que ens encalcessin. El que no vaig suposar és que arribessis a pispar part de la recaptació; això, ni se'm va ocórrer imaginar-ho.

–Jo no... –va començar a dir Giuseppe, però Mr. Belvedere el va interrompre.

–Si us plau, no ho neguis, Giuseppe, que t'he clissat dues vegades passant un parell de bitllets del barret a la butxaca de darrere dels pantalons. Accepta com un home que t'han enxampat amb les mans a la massa. A propòsit, t'importaria tornar-me els calés?

Giuseppe va posar-se la mà a la butxaca dels pantalons i va allargar al nan cinc papers de mil lires. Mr. Belvedere sostenia els bitllets de banc davant seu com a testimoni d'alguna cosa que s'havia trencat entre ells dos.

–Hòstia, Bel, fote-te'ls a la butxaca i no me'ls rebreguis pel nas, aquest cony de calés –va dir el noi i, davant del silenci del nan, va prosseguir–. La puta, Bel, perdona el meu mal cap. Només en volia vint mil. El preu d'una tia, saps? Només vint papers per pagar-me una mossa de les que es reuneixen a la Porta de Sant Ambrogio perquè, saps Bel?, estic cansat de pelar-me-la. Jo no sóc com en Gombó, que es conforma d'espolsar-se el cirerer un parell de vegades cada nit. Jo tinc bastant més imaginació que el gruixut, però no puc conformar-me a passar sense olorar una tia, quan penso en unes bones mamelles, saps Bel?, no puc aclucar els ulls en tota la nit... un cul, saps Bel el que és arrapar-se al cul d'una dona? ... i sentir, Bel...

–Para, para –va interrompre Mr. Belvedere–, que no sóc un psiquiatre ni vull escoltar les teves fantasies.

En Giuseppe, després d'una pausa, va afegir:

–D'acord, Bel, m'he equivocat. Reconec que m'he equivocat i et demano perdó. Mecagum l'hòstia, Bel, reconec que sóc un desagraït i, si vols, em posaré de genolls demanant que em disculpis.

La veu del noi estava alterada; els dos fanals de la placeta del mirador estaven trencats i Mr. Belvedere no podia veure les llàgrimes que lliscaven per la cara de Giuseppe. El noi prosseguia:

–Digue'm que sóc un fill de puta, que sóc un cabró que ha traït els amics, que m'engegues a la merda. Digue'm el que et sembli, Bel, però no callis com el meu pare, que tampoc no alçava mai la veu, que m'acusava de tots els mals només amb la mirada...

L'enuig del nan s'havia anat transformant en tristesa. Lamentava trobar-se en el paper de jutge i no veia gaire clar quina determinació prendre. Potser per això va dir:

–I segons tu, què et sembla que hauria de fer?

–Fem cau i net Bel i tornem a començar. Dóna'm una altra oportunitat. Et prometo...

–No prometis res que no puguis complir –el va tallar el nan.

Mr. Belvedere va guardar els diners i tots dos van restar en silenci. Va sonar la sirena d'un vaixell que sortia del port i es van sentir els marrameus de dos gats que es barallaven. El noi estava inclinat endavant, amb els colzes sobre els genolls, i s'aguantava el cap amb les mans. El petit estava incòmode perquè els peus no li tocaven a terra. Al cap d'una estona Mr. Belvedere va dictar sentència:

–Et donaré, Giuseppe, una segona oportunitat. Vindràs amb nosaltres fins a Venècia. Però vindràs com a artista convidat, sense formar part del grup. Si no trobes res millor, menjaràs i dormiràs amb nosaltres, a càrrec de la bossa comuna. I tindràs un sou. El deu per cent de la recaptació. Això, és clar, sempre que no facis jocs de mans i vulguis fer massa el viu...

–Cony, Bel, ets un tipus collonut –va afegir el noi–. Et prometo que em portaré bé, com un escolanet, seré... no tindràs cap queixa de mi, et juro...

–No juris, Giuseppe, no juris. El que sí que hauries de procurar és no dir tantes paraulotes. Sembles un carreter.

–Hòstia, Bel, d'ara endavant parlaré com un dat pel sac de casa bona. T'ho prometo, Bel, com un dat pel sac de casa bona.

Quan van tornar a la taverna d'en Lucas, l'amo, la Gianna i en Bertrand jugaven una partida de dòmino. Gombó pesava figues amb el quadern de dibuix en un racó de la taula. En una de les pàgines quadriculades, el gegant hi havia dibuixat la figura de tres dones entorn d'un barril de llauna d'on emergia un doll de flames que ocupaven mitja pàgina. Al nan no li va costar gaire identificar el dibuix amb les meuques itinerants de la Porta de Sant Ambrogio. La visió d'aquella escena va fer pensar a Mr. Belvedere en les necessitats eròtiques dels seus companys. En Giuseppe havia intentat tirar pel dret per resoldre-les, però en Gombó, com s'ho faria en Gombó? Mr. Belvedere es va adonar que aquell era un problema que no havia tingut en compte. L'absència de la Isabel posava la qüestió sobre la taula i el nan es va dir que bé li caldria trobar una fórmula per encarrilar l'assumpte. Que potser no era encertada l'actitud de girar-s'hi d'esquena.

12

La Força

ONZENA ETAPA

La serenitat domina la força bruta. La força dels instints i de les passions és sotmesa per l'energia de la voluntat i la intel·ligència. La Força personifica el domini de si mateix, el valor i el coratge, però també –els extrems es toquen– pot significar la còlera i la crueltat. Les barres de la bèstia no sempre poden ser subjugades i cal no defallir per tal que el tremp i l'enteresa no cedeixin el terreny a la violència cega.

La fórmula de fer participar Giuseppe en els beneficis havia anat com oli en un llum. El noi, a més d'encarregar-se de passar el barret, prenia part en l'espectacle com un veritable pallasso i havia afegit a la seva indumentària una vella americana de Gombó que li arribava als genolls i les mànigues li menjaven les mans, un llaç enorme de color verd al coll i uns sabatots que badallaven. Engavanyat com anava, continuava fent els maldestres exercicis gimnàstics, cosa que produïa uns efectes còmics evidents.

Cada nit, a la taverna, Mr. Belvedere passava comptes amb Giuseppe i li donava el deu per cent de la recaptació. No havien tornat a parlar més de les vint mil lires que costava una meuca, però el nan, sense proposar-s'ho, es trobava calculant quant faltava per arribar a aquella quantitat. En fer caixa, el dissabte a la nit, Mr. Belvedere havia pres una determinació. Feia un parell de dies que notava que Gombó estava més taciturn del compte; havent sopat havia deixat de dibuixar i si obria el quadern era per mirar entotsolat el dibuix de les maturrangues entorn del foc. El nan es va dir que la caixa podia permetre's una despesa extra.

Quan Giuseppe li va dir «recony nano, avui tastarem carn fresca», Gombó no va saber de què li parlava. Mr. Belvedere s'havia assegut a la taula d'en Lucas, la Gianna i el gitano de Perpinyà i observava els companys de reüll. Va veure com Giuseppe obria el quadern per la pàgina de les dones de la vida i com, amb una rialleta sota el nas, explicava a Gombó els seus plans convinguts prèviament amb Mr. Belvedere. El nan es va adonar amb una fiblada de tendresa que la cara de Gombó s'animava per dins i els ulls li brillaven. Es va dir que l'instint crida els homes i les dones amb una veu molt poderosa i que la força del sexe és un lleó molt difícil de domesticar.

La Gianna parlava molt poc. Si no ho feia en la intimitat amb el seu marit, a la taverna es limitava a dir les paraules imprescindibles que obligava la feina. Els comensals habituals eren una vintena escassa, encara que per les dimensions del local, semblaven una multitud. A la cuina l'ajudava l'Andrea, una dona gran de cabells grisos, que no s'apartava dels fogons ni de l'aigüera. Quan els homes conversaven, la Gianna no deia mai res. A tot estirar es permetia assentir amb un lleuger cop de cap o bé discrepar amb una mirada silenciosa i penetrant. En Lucas era un xerraire, li agradava relatar la seva participació en el maquis de la zona dels colls de Restefond, d'Allos i de la Cayolle i en la brigada mixta que van organitzar amb els partisans, a cavall de la frontera dels Alps. Ell era d'Arles, d'una família comunista de tota la vida. Només tenia catorze anys quan es va tirar a la muntanya. El seu pare i el seu germà gran havien estat detinguts al 42 i posteriorment foren traslladats a un camp de treball a Alemanya, d'on no van tornar mai més. Al maquis, en Lucas no va tirar cap tret. El comandament Gonzalo, un republicà espanyol, no li va permetre empunyar cap arma i el va destinar a la cuina com a ajudant del vell Polydore, que tenia la missió d'alimentar els trenta homes de la partida. En Lucas mai no havia partit tanta llenya ni havia anat a buscar tanta aigua com en els mesos que va passar a la muntanya. En Salvatore, un capità de l'exèrcit italià que havia desertat a causa de les seves idees marxistes i que havia pres el comandament de la brigada francoitaliana, tot just el va tolerar. Amb tot, en Lucas explicava els cops de mà del grup, els sabotatges i les emboscades com si hagués participat en primera línia. Evocava les hores heroiques dels combatents i els ulls se li entelaven quan entonava el Cant dels Partisans:

> No diguis mai que és el teu darrer camí,
> malgrat els cels de plom que amaguen el blau del dia,
> perquè sonarà per a nosaltres l'hora tan esperada:
> Els nostres passos faran ressonar aquest crit: som aquí!

El sol de l'aurora il·luminarà el nostre present,
les nits negres desapareixeran amb l'enemic,
I si el sol es retarda a l'horitzó,
aquest cant es transmetrà com una crida.

Aquest cant no ha estat escrit en llapis, sinó amb sang,
no és el cant d'un ocell en llibertat:
un poble, encerclat de murs que s'ensorren
l'ha cantat, amb el fusell a la mà.

Del verd país de les palmeres fins al país de les blanques neus
arribem amb els nostres sofriments i els nostres dolors,
I on hagi caigut la més petita gota de sang
romandrà el nostre heroisme i el nostre coratge.

Per això no diguis mai que és el teu darrer camí,
malgrat els cels de plom que amaguen el blau del dia,
perquè sonarà per a nosaltres l'hora tan esperada:
Els nostres passos faran ressonar aquest crit: som aquí!

Acabada la guerra, tot just complerts els divuit anys, en Lucas va tornar a Arles. La seva mare i la seva germana el van acollir com l'únic home de la casa, però el noi no va saber adaptar-se a la insípida monotonia de la pau. No tenia ofici ni benefici i estava acostumat a beure en les aigües de les emocions fortes. Molt aviat l'heroi dels Alps va esdevenir un petit delinqüent que al llarg de vint anys el va dur a un entra-i-surt de la presó fins que a la ratlla dels quaranta, quan les condemnes eren cada vegada més dures, va decidir canviar d'aires. Entretant la mare havia mort i la germana, casada amb un pastisser, ni el saludava. A Gènova hi tenia un amic dels vells temps de la guerrilla, en Bruno Cippiota, que havia rendibilitzat el seu pas per la resistència i s'havia convertit en un dirigent sindical comunista i, per persones interposades, en empresari de la construcció. L'amic li va donar feina. Una feina descansada de controlador d'obres i d'home de confiança. A mitjan dècada dels vuitanta, quan vorejava la cinquantena, va conèixer la Gianna i s'hi va ajuntar. Aquesta venia d'un matrimoni tempestuós amb un calabrès pel qual ella havia abandonat la família gitana feia vint anys. Cansada de rebre patacades del marit, la Gianna va fugir nord enllà fins que es va aturar a Gènova. El més sorprenent fou que el dia que la Gianna entrava a treballar a la cuina del restaurant La Griglia, al costat de la central sindical comunista, en Lucas arribava a Gènova i, tots dos, quan ho van saber, ho van interpretar com un designi del destí. Al cap d'uns mesos la parella obria la taverna al capdamunt de la ciutat vella.

Ben bé eren les dues de la matinada i Gombó i Giuseppe encara no havien tornat de la seva incursió amorosa. Quan la Gianna tancava els llums de la taverna i els homes pujaven escales amunt cap a les seves habitacions, Mr. Belvedere va tenir un mal pressentiment. Un rau-rau interior li deia que potser no havia estat una bona idea amollar les trenta mil lires perquè els amics es desfoguessin. L'aprensió va pertorbar-li el son. Quan a la cinc de matí es va despertar, va tenir la certesa que els amics es trobaven en un mal pas. Tot i que ho va intentar, no va poder tornar a adormir-se.

A les nou del matí va trucar per telèfon un agent de la comissaria del carrer de l'Hospedale on estaven detinguts en Giuseppe Bianco i en Baltasar Elvas. Al cap de mitja hora, Mr. Belvedere s'hi va presentar. Per tal de fer la millor impressió possible, es va posar el vestit nou, es va nuar la corbata i es va passar un drap per les sabates. No es va descuidar el passaport i va tenir la precaució de posar entre les pàgines dues estampes, una del Sant Crist de Lepant –objecte de devoció de la seva mare– i l'altra de la Verge de Montserrat (Mr. Belvedere havia observat que les estampes causaven molt bon efecte quan la policia li demanava la documentació).

El va rebre un agent uniformat de cabells grisos que estava darrere un taulell que el nan no podia abastar ni de puntetes. La petitesa de Mr. Belvedere va obligar el policia a sortir de darrere el taulell i va fer també que tractés el visitant amb una extrema amabilitat, com si s'adrecés a un infant. Mr. Belvedere estava acostumat a aquell tracte, moltes persones no sabien com parlar a un nan que feia menys d'un metre, i algunes tendien a tractar-lo com un nen gran. Tot i l'amabilitat de l'agent, li caldria esperar. Contra la imatge tan divulgada en les sèries de TV, en què les comissaries semblen un vesper de gent, amb policies malcarats, detinguts emmanillats, borratxos sorollosos i putes descarades, el local del carrer de l'Hospedale era un recés de pau, més proper a la sala d'espera d'un dentista que del bigarrat món d'un jutjat.

Mr. Belvedere va haver d'esperar mitja hora llarga abans no el van fer pujar al primer pis, on a la porta d'un petit despatx l'esperava el comissari Salvo Montalbano. El comissari era un home d'uns cinquanta anys, cepat, amb els cabells molt negres, que sense ser obès semblava ben peixat. El despatx es distingia per una sobrietat extrema, sobre la taula del comissari solament hi havia dos telèfons i una petita pila de carpetes de color groc sense gomes. A les parets hi penjava un mapa d'Itàlia i es veien quatre o cinc clapes més clares de quadres i diplomes que feia poc que havien estat retirats. L'home parlava un italià diferent del de Gènova, que al nan li va semblar identificar amb el que utilitzaven al sud. L'aspecte del comissari era el d'una persona seriosa, una mica ferrenya, però en la seva mirada hi havia una espurna d'interès –potser divertit?– per la singularitat del seu interlocutor.

Quan Mr. Belvedere li va passar el passaport, el comissari va deixar de banda les estampes sense ni mirar-les. El nan es va dir que el comissari Montalbano se les sabia totes i que no era fàcil impressionar-lo.

L'home, amb una veu neutra, va fer un relat succint de la situació: el menor Giuseppe Bianco estava retingut a disposició dels seus pares, els quals feia un parell de mesos n'havien denunciat la desaparició; el tal Gombó, que resultava que es deia Baltasar Elvas Carneiro, segons els seus papers portuguesos, estava detingut per desordre públic i, probablement per lesions, si els agredits es decidien a presentar la denúncia corresponent. D'acord amb la invitació del comissari, Mr. Belvedere va explicar amb el seu millor italià, ajudant-se quan calia amb el castellà i el català, d'on venien, què feien i on anaven. Amb la seva veueta de canya esquerdada i amb les pauses necessàries obligades per la seva persistent sensació d'ofec, va descriure la dissolució del circ Gabrielli a Sagunt, la lenta pujada per Espanya, el pas per França i l'hospitalització a Roccavione, on havien trobat el noi. Encara que va estar a punt de passar-ho per alt, Mr. Belvedere va declarar que sabia que en Giuseppe s'havia escapat de casa i que havia permès que els acompanyés mentre fossin en territori italià. Va mencionar l'acord del deu per cent i es va abstenir de parlar del petit robatori del noi i de la falsa trucada a la família. Respecte al noi, Mr. Belvedere es va permetre fer una reflexió general sobre la joventut, la crisi de valors de la societat occidental, les actituds de certs pares i del dret que tenia tot home, amb independència de l'edat legal, d'intentar trobar el seu propi camí. El comissari no el va interrompre en cap moment. Seguia la narració del lil·liputenc amb interès i, pel que semblava, amb respecte. El petit s'adonava que a través de la taula que els separava entre ells s'establia un corrent de simpatia. Això el va animar a fer una defensa aferrissada de Gombó. Va relatar els seus orígens, en un racó de món de Tras os Montes, en el míser Portugal agrari, la seva trista infantesa, una joventut atzarosa i l'entrada al circ sota la protecció del vell Enrico. Va manifestar que tot i la grandària de Baltasar Elvas Gombó, havia continuat essent un infant de no més de deu anys, malgrat la seva força i a pesar de les seves necessitats de mascle adult. També va dir que sense posar en dubte les paraules del comissari, li constava que Gombó era pacífic de mena –pacient com un bou, va afirmar– i que si havia utilitzat la força estava segur que abans havia estat agredit, que devia haver volgut defensar-se...

El telèfon va interrompre Mr. Belvedere. A la segona paraula del comissari el nan va notar que el policia parlava en un dialecte tancat, ple de mots incomprensibles. Mencionava la paraula Vigata com si fos una dona enyorada o una població i assentia a un tal comandant que parlava des de l'altre cap de fil. «Sí, sí, estic bé», deia el comissari amb un deix de melangia. Va preguntar per Fazio, Catarella i Mimí Augello i escoltava amb els ulls aclucats les notícies del comandant. En un moment de la conversa, el comissari va dir d'una manera tallant «és clar que l'enyoro, l'Adelina» i al cap d'uns moments l'home va penjar. Mirant-se molt seriós el nan, va dir, no se sap si per a ell mateix o per el seu interlocutor:

–Plou a Montelusa.

Giuseppe, en nom d'ell i de Gombó, va fer els tractes amb les dues meuques en menys d'un minut. La parella s'havia estat mirant les noies durant uns moments des d'una certa distància, però com que solament hi havia dues dones a la Porta de Sant Ambrogio i els qui voltaven per l'indret com abellots eren més de mitja dotzena, en Giuseppe va decidir que el millor era arribar i moldre. Les noies, vistes de prop, eren una mica més grans del que semblaven de lluny. Sense la perspectiva de les faldilles curtes, les bruses escotades i els talons alts, les dones mostraven sota capes de pintura la pell cansada de moltes nits sense dormir. El mateix color pèl-roig de la cabellera de la dona que va adjudicar-se en Giuseppe era massa brillant per a ser natural, i el mateix passava amb l'espessa massa rossa de la noia que va agafar Gombó pel braç.

Les dues parelles van anar cap a un carreró transversal i van pujar al segon pis del que semblava una mena d'hostal. Darrere la porta del primer pis se sentia música i les veus de gent fent gatzara. L'ocupació dels amants peremptoris no va durar ni vint minuts, tot i que en Giuseppe, en un excés d'optimisme, abans d'entrar a la cambra va dir al gegant que en acabar l'esperés al pis de sota i que no s'impacientés si trigava. Però va ser ell qui va haver d'esperar Gombó. La pèl-roja el va abandonar mentre es cordava els pantalons i el noi va entrar al saló del primer pis solament mig alleugerit de les urgències de l'instint i amb la recança que deixa l'amor mercenari. En canvi Gombó, cinc minuts després, va aparèixer amb el rostre radiant i en trobar Giuseppe que seia a la punta d'una llarga taula, va fer un signe amb l'índex i l'anular de la mà dreta que el noi va interpretar com a senyal de victòria, però que per al colós significava *dos*. «Ho hem de celebrar», va dir en Giuseppe quan Gombó va poder articular la frase: «dues vegades, l'he ficada».

A la sala on eren hi havia dues llargues taules paral·leles a les parets, amb sengles bancs de fusta adossats al mur i amb un parell de dotzenes de cadires i tamborets de procedència diversa. Al final de la sala s'obria una altra estança on, a banda i banda d'un piano vertical, s'hi estenien quatre o cinc sofàs i algunes butaques al voltant de taules baixes. La zona era reservada. En Giuseppe va observar que un tipus alt i prim, que duia un bastó de passeig amb el mànec en forma de cap de llebrer, les mànigues de la camisa arremangades i una insòlita corbata de llaç al coll, controlava el pas d'una peça a l'altra. A una banda del fons de la primera peça hi havia la cuina, que feia de dipòsit de begudes i redós d'un grup de mitja dotzena de noies. Entre la porta de la cuina i la sala del piano, tres tipus asseguts en tres butaques supervisaven amb cara de pocs amics els moviments de la gent. A la primera sala tot eren homes. Al saló dels sofàs hi havia tantes dones com homes i aquesta semblava que era la condició per entrar-hi: calia anar aparellat. Els de l'estança exterior feien més barrila que els de la sala del piano. Més de mitja taula on estaven asseguts Gombó i Giuseppe era ocupada per un grup d'amics que celebraven la victòria de la Sampdòria, el representant local de la lliga de futbol italiana. Feia estona que bevien i els ganàpies anaven bastant mamats.

Potser va ser per contrarestar la cremor de la grappa, o potser perquè estava fart d'escoltar la Sampdòria aquí, la Sampdòria allà que en Giuseppe, com si fos a la graderia del camp del seu equip, va cridar:

–Forza Inter!

I ho va fer de tal manera, que va fer emmudir tothom. Com si respongués a una provocació, un personatge petit i rabassut es va separar del grup i es va encarar amb el noi. Va dir:

–Tu, mitja merda, a veure si et poses la llengua al cul.

–La llengua li poso al cony de ta mare –va fer en Giuseppe amb la inconscient fatxenderia d'un marrec acabat de sortit de l'ou.

El rabassut no s'hi va pensar dues vegades: va engrapar el noi per la camisa i el va rebotre contra la paret. Quan el musculat agressor anava a girar cua, en Giuseppe va emergir de terra amb prou força per cridar-li:

–Cornut dat pel cul, em cago en ton pare i...

El mastegot que li va pegar l'altre no li va deixar acabar la frase. En Gombó, que fins aquell moment s'havia mirat l'intercanvi d'insults i l'empenta a Giuseppe com si presenciés una escena televisiva, quan va veure el nas del noi ple de sang, va pegar un cop de puny a l'espatlla del rabassut que el va fer caure a terra com un sac. Quatre o cinc companys de l'home que gemegava als peus de Gombó es van llançar damunt del gegant. Gombó, enardit per l'atac, s'expulsava els homes com si fossin ninots de palla. Algú li va obrir el cap amb un cop de tamboret, i a la vista de la pròpia sang, el colós es va enfurir. Va començar a fer anar el braços com un molí fins que es va quedar sol enmig d'un cercle d'assaltants que no gosaven fer un pas endavant. Fou llavors quan van intervenir els pinxos de la casa. El paio del llacet al coll li va clavar el bastó als ronyons i quan Gombó es va girar els tres valents de les butaques, més freds i més preparats que els seguidors de la Sampdòria, van escometre el gegant amb mètode i precisió. Dos d'ells duien punys de ferro i es movien com a veritables púgils per esquivar les manasses de Gombó que, tot i la seva força, no estava avesat a la lluita més professional que practicaven els fanfarrons de l'establiment. Amb tot, quan el gegant aconseguia tocar-los, els homes anaven per terra. L'alcavot del bastó, que el feia servir com una espasa, mirava d'encertar-li un ull. La baralla de Gombó amb els quatre arlots havia paralitzat la resta de gent que omplia la sala. El mateix Giuseppe, amb la cara plena de sang, continuava assegut a la taula, grogui del tot i oblidat de tothom.

Quan van entrar els policies amb les armes a la mà, els ànims es van calmar. Els pinxos van fer desaparèixer els punys d'acer i el sergent uniformat va imposar silenci. Una dona de mitja edat, exercint de mestressa de la casa, assenyalava en Giuseppe, l'home rabassut i el mateix Gombó com a responsables de l'esbatussada, oblidant-se dels *macarras*. Però el policia coneixia el terreny que trepitjava i no es va deixar aixecar la camisa. Amb quatre ordres precises va fer detenir els cinc homes, que foren emmanillats immediatament. Gombó s'havia quedat tot sol palplantat enmig de la sala. Un agent havia recollit de terra els punys de ferro i el bastó amb mànec de cap de llebrer. El sergent, acompanyat de dos policies amb les manilles preparades, es va encarar amb Gombó i li va parlar. El to de la veu no era amenaçadora i l'home s'adonava de la perillositat del gegant com si es trobés davant d'un ós salvatge. Amb els punys tancats i inclinat una mica endavant, Gombó semblava no sentir ni veure ningú. Va haver de ser Giuseppe qui, interposant-se entre el sergent i l'amic, apaivagués el gegant. Li va tustar el braç i amb la veu cansada, com si retornés d'una llarga dormida, va dir:

–Apa, Gombó, deixem-ho. La gresca s'ha acabat.

13

El Penjat

Dotzena etapa

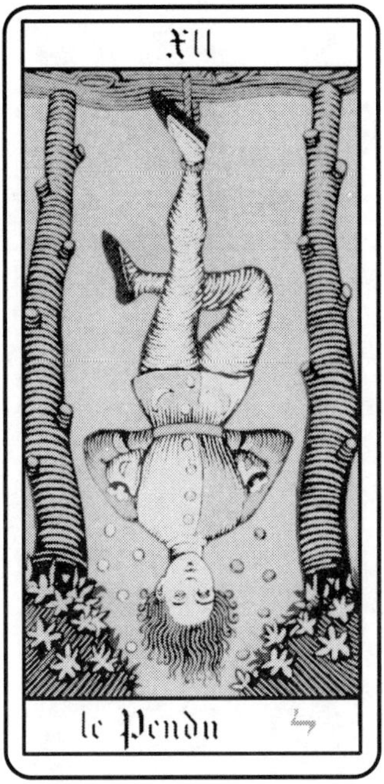

La figura del Penjat representa l'home al qual, arribat a un determinat punt del seu camí, les coses i els esdeveniments li revelen els seus aspectes ocults. Té el peu lligat i la mirada atenta, cosa que significa que no pot moure's i que cal que examini, del dret i del revés, el camí recorregut fins aquell moment. La generositat, l'oblit de si mateix i l'altruisme són la seva divisa.

Gombó i Mr. Belvedere van arribar a Verona a mitja tarda del 10 de juliol. Havien fet el viatge amb tren i gairebé no s'havien dit res. A l'estació de Gènova Mr. Belvedere havia comprat un *giallo*, amb l'esperança de poder mostrar la novel·la policíaca al comissari Salvo Montalbano el qual havia dit al nan que, si les obligacions li ho permetien, els aniria a acomiadar. Mr. Belvedere havia interpretat aquella notícia en dos sentits: l'un que el comissari es prendria la molèstia d'assegurar-se que, tal com havien convingut, els amics marxarien de Gènova amb el primer tren del matí, i l'altre, que Salvo Montalbano hi aniria per deixar constància del corrent de simpatia que s'havia establert entre tots dos. Però el comissari no va aparèixer i Mr. Belvedere, una mica decebut, va pujar al tren acompanyat de Gombó.

La tarda anterior havien tingut una conversa molt interessant. Una trucada a la taverna d'en Lucas l'havia emplaçat a acudir a la comissaria del carrer de l'Hospedale a quarts de cinc. A l'hora en punt el nan era en aquella mena de sagristia, on va topar-se amb un matrimoni que vorejava la quarantena. «Deuen ser el Renato i l'Hortènsia Bianco, els pares d'en Giuseppe» es va dir Mr. Belvedere. Segurament que encara ningú no els havia parlat d'ell, perquè la parella, que només li van adreçar una mirada encuriosida, va continuar discutint. Però fixant-s'hi millor, el petit es va adonar que el matrimoni no polemitzava, ja que l'home es limitava a entomar la xerrameca de la dona. Parlava en veu baixa, a batzegades. Les seves paraules semblaven ratxes de metralladora i encara que el lil·liputenc no aconseguia desxifrar el que deia, en captava perfectament el sentit de recriminació i reconversió pel to de la veu. La dona no parava. Després d'una rastellera de mots, s'aturava, reprenia l'alè i hi tornava sense abandonar el to queixós i acusador del primer moment. «Una corcó i un calçasses», va pensar el nan.

El policia de darrere el taulell, un jove barbamec a qui l'uniforme li venia massa ample, va dir a la parella que el comissari els esperava al pis de dalt. Abans de pujar l'escala, la dona va fer el gest de posar-se bé la faldilla i semblava que cercava un mirall per comprovar l'estat del seu pentinat. L'home, amb les espatlles caigudes, com si tingués vint anys més dels que tenia, va iniciar la marxa com aquell que ha de presentar-se a un examen i que se sap mal preparat.

Al cap d'un quart la parella va tornar a baixar precedida per en Giuseppe. El policia de la recepció havia dit al nan que el comissari Montalbano el rebria i en Giuseppe i Mr. Belvedere es van trobar al peu de l'escala.

–Hòstia, Bel, quina alegria! –va dir el noi abraçant-lo.

Els pares d'en Giuseppe es van aturar a mitja escala, ara mirant fixament el nan.

–Ja ho veus, Bel, cap a galeres –va fer el noi girant-se cap als seus pares, que havien arribat a baix i que es mantenien a un parell de metres de distància.

–No serà tant... –va començar a dir Mr. Belvedere quan el noi va presentar-lo als seus pares.

En Renato Bianco li va somriure, però la Hortènsia va continuar fent cara de pal.

–És el meu millor amic –va aclarir en Giuseppe–; un veritable avi. Això, collons, com un avi de debò. –Va concloure el noi mirant desafiadament el seu pare, que va aclucar els ulls.

–Ho sento, Giuseppe, el comissari m'espera –va dir Mr. Belvedere, i va començar a pujar les escales després d'haver fet una cortesa salutació amb el cap als pares del noi.

–Digue-li a Gombó que l'estimo –va fer en Giuseppe abans de travessar la porta del carrer seguit dels seus pares.

El comissari Montalbano el va rebre al mateix despatxet que la vegada anterior. Va esperar que Mr. Belvedere s'instal·lés a la cadira de les visites –no poder tocar de peus a terra era un turment al qual encara no s'havia pogut acostumar– i abans de dir res, li va anunciar que tenia bones notícies. Els arlots de ca l'Anunciata, i l'Anunciata mateixa, havien renunciat a presentar una denúncia. La mateixa mestressa de la pensió va procurar tirar aigua al vi i va disculpar els seus «invitats» que potser havien begut una mica massa. (La dona tenia molt interès que la policia no fiqués el nas en el seu negoci, va aclarir el comissari amb un somriure benvolent) i que el senyor Salvatore Galló, repartidor de la panificadora Il Convento, entusiasta seguidor de la Sampdòria, ho donava tot per conclòs gràcies a la victòria del seu equip. Situades així les coses, atès que la policia havia enxampat el grup en plena baralla, era preceptiu que actués d'ofici davant del jutge perquè havien comès faltes d'aldarulls públics i lesions. Ara bé, com que la trifulga s'havia produït en una zona privada de la pensió –el domicili de la mestressa–, era dubtosa la imputació d'aldarulls públics, i respecte a les lesions, com que no hi havia hagut necessitat de cap intervenció mèdica, també aquesta era una incriminació problemàtica.

Feta aquesta llarga explicació, el comissari va restar en silenci. Mr. Belvedere es va remoure en el seient i va dir una sola paraula:

–I...?

–Així estan les coses –va respondre el comissari amb una mirada entremaliada, com si jugués al joc del gat i la rata.

–Si es tracta d'una multa, jo...

–Les multes, senyor Beltran, les posa el jutge –el va tallar el comissari.

–Pel que entenc, senyor Comissari, tot depèn de vostè –va dir Mr. Belvedere una mica cansat del subtil combat d'esgrima.

Salvo Montalbano va somriure. Va tancar la carpeta oberta que tenia al seu davant i va dir:

–Entengui'm bé, senyor Beltran, no els vull perjudicar. Gènova és una ciutat difícil, de vegades violenta, plena de tensions. La policia i els carrabiners no donem l'abast. Hi ha centenars, potser milers de treballadors indocumentats, els empresaris no són gaire respectuosos amb la legislació laboral i s'aprofiten d'aquesta circumstància. Darrere els treballadors, gent que només busca guanyar-se el pa, s'hi ha esquitllat un munt de pintes, petits i no tan petits delinqüents que es mouen com rates en el submón de la misèria i l'explotació, un terreny adobat per als negocis clandestins, les prostitutes, els macarrons, els peristes i tota una rècula de gent de mal viure.

»El senyor Baltasar Elvas, a qui he tingut ocasió d'observar atentament, és una perillosa càrrega de dinamita. Té la força d'un toro i el cervell d'un ocell, una mescla perillosa que en segons quines circumstàncies, pot produir estralls. L'altra nit, afortunadament, va passar molt poca cosa potser perquè sant Calogero el va protegir. Francament, amic, és un home que no se'l pot deixar sol i, el que és més important, no se'l pot deixar anar a segons quins llocs. Prengui-s'ho com un advertiment. Vostè l'altre nit va cometre la imprudència que l'eixelebrat Giuseppe Bianco –a propòsit, els seus pares són encantadors, va dir amb tota la ironia– acompanyés aquella muntanya d'home prop de les meuques de la Porta de Sant Ambrogio. Aquest fet, dictat pel seu bon cor, ja ho sé, era com posar una bomba de mà a les mans d'un menor.

»Per tant, senyor Beltran, la meva recomanació és que no el perdi de vista. Li agrairia –no tinc cap autoritat per manar-l'hi– que canviés d'aires, que prosseguís el seu viatge. M'ha entès, senyor Beltran?

–Perfectament –va dir Mr. Belvedere–. Demà al matí agafarem el primer tren cap a Venècia.

–A dos quarts de deu. Surt a dos quarts de deu i si les meves ocupacions m'ho permeten, els aniré a acomiadar a l'estació.

Després d'una pausa, com si encara tingués alguna cosa més a afegir, el comissari Salvo Montalbano, mentre donava el passaport de Gombó al nan, va comentar:

–Per cert, vostè és de Barcelona, oi? No deu conèixer pas un escriptor que es diu gairebé com jo, Vázquez Montalban, que escriu novel·les policíaques?

–No, no el conec –va dir Mr. Belvedere–. No sóc gaire amant de la lectura de novel·les de lladres i serenos.

–Ah, no? Doncs fa mal fet, senyor Beltran, perquè el gènere

policíac és una escola de vida. Els llibres que tracten sobre crims i criminals reflecteixen perfectament, més que cap altre tipus de literatura, el món que ens ha tocat viure.

–El meu oncle, que era un savi, deia que l'amor fa plorar. Si aquesta és una condició general de tots els homes i totes les dones, ho és encara més en gent com nosaltres en la qual el caprici de la Providència ha reclòs l'ànima humana en el cos d'un infant. No m'he queixat mai de les dimensions de la meva persona, però he de convenir que pertànyer a la raça dels pigmeus no és precisament cap avantatge. Més aviat tot el contrari, sobretot pel que fa a l'amor. Si fóssim un poble com un altre, amb centenars de milers de membres, com ara els gitanos, hauríem pogut viure entre nosaltres, enamorar-nos i casar-nos, i fer fills que continuessin l'espècie. Però no som un poble, sinó una raresa, vivim entre gent que ens dobla l'estatura, hem d'utilitzar els seus objectes, les seves taules i les seves cadires, que sempre ens vénen grans. Els meus pares van tenir la sort de conèixer-se i de casar-se i la meva mare em va parir i va tenir el goig de poder-me criar. Però ni el meu oncle Jaume, ni Nen el Dandi, ni jo vam tenir la sort de poder estimar algú de la nostra mida. Senzillament els designis del Cel no ens ho van permetre. Ni el Milhomes ni Nen el Dandi no em van parlar mai dels seus amors, i no és perquè no n'haguessin tingut. Probablement el seu silenci era degut a la voluntat de no entristir-me. Aquesta era una pàgina de la seva vida sobre la qual passaven de puntetes. No van fer-me mai cap confidència, cap al·lusió a les palpitacions dels seus cors perquè, hi posaria la mà al foc, els feia vergonya mostrar-me la deserta cabana del seu desconhort, la runa de la frustració. Per tant, no puc parlar per ells, sinó per mi.

»Quan tenia quinze anys, quan ja treballàvem al circ Olímpia i encara vivíem al carrer de Bellver, a Gràcia, al costat de casa hi vivia la Marta, una nena de dotze anys que jo adorava. Era una nena tranquil·la, que no sortia al carrer, que anava de l'escola a casa. El pati de casa meva i el de la seva es tocaven. Els separava un muret de maons mig enderrocat per la part del fons. La senyora Clàudia, la seva mare, era molt amiga de la meva. Al seu pati criaven conills i gallines, hi tenien també un cirerer, que a la primeria de juny s'omplia de cireres gairebé morades i que la senyora Clàudia compartia amb nosaltres. La Marta, al migdia, en tornar del col·legi, s'asseia sota el cirerer en un pupitre que el seu pare havia recuperat d'una escola desafectada. El senyor Florenci era un tipus escardalenc que treballava d'escrivent en una gestoria del carrer Gran. Era un home molt pulcre, que sempre duia corbata i americana. Segons l'oncle, el senyor Florenci era una persona de dretes fins al moll de l'os, un conservador innat, d'aquells que, segons el Milhomes, no tenen res per conservar. L'arrel del problema radicava en el fet que l'home era catòlic i que els excessos del 36 l'havien traumatitzat fins al punt de considerar els anarquistes uns bàrbars, i les esquerres, uns autèntics fills de Satanàs. Amb tot, era un bon home que deixava que la senyora Clàudia portés els pantalons a casa, i per al qual la Marta era la nineta dels seus ulls.

»Des de l'altra banda del mur molts migdies parlava amb la noia. Ella aturava el que estava fent –els deures o llegint aquells volums grocs de la col·lecció Cadete– i em donava conversa. Malgrat la diferència d'edat, em passava quatre dits. Ella semblava no fer-ne gaire cabal i jo sentia el goig i l'emoció interna de poder-la tractar de tu a tu, amb la meva experiència d'home jove que ja treballava. A l'última festa major havia ballat dos balls amb ella a la plaça del Nord i encara que mai no vaig exposar-li el que sentia el meu cor, era evident que jo n'estava enamorat. Aquella tardor la Marta va estar malalta. Va tenir un problema de fetge i va estar allitada molts dies. Algun matí la passava a veure i m'asseia a l'espona del llit, i recordo que li vaig llegir, completa, *Miguel Strogoff*. Pels volts de Nadal va tornar a anar a l'escola i vaig descobrir amb gran astorament que em passava més d'un pam. Els dies de llit l'havien allargada i, tot i que continuaven parlant al pati els dies que feia bo, vaig començar a notar que no em mirava de la mateixa manera que abans. Em tractava com un amic, però la calidesa de la seva veu s'havia estroncat i mai més no va tornar a fer-me cap confidència. Va ser per aquesta època que l'oncle Jaume em va dir que l'amor feia plorar. En la propera festa major vaig entendre les seves paraules.

»La tarda de la xocolatada –era un dilluns que a l'Olimpia no hi havia funció–, la Marta es va reunir amb un grup de noies del carrer i vaig notar que em defugia. Jo era amb l'Octavi i l'Andreu i ens vam apropar al grup de noies. Els meus companys tenien si fa no fa la meva edat i tractaven les noies com si fossin unes criatures, encara que algunes presumissin de les corbes que s'insinuaven en els seus pits naixents. Entre uns i altres hi va haver algunes paraules feridores, insolents, sense arribar a ser barroeres. Les noies reien i ens plantaven cara. Llavors ella, la Marta, va dir aquella frase:

–Manu, no veus que ets massa petit, per a nosaltres?

»I la va dir, sortint-li de l'ànima, i encara que havia fet servir el plural, era ben clar que parlava d'ella.

»La desolació em va caure a sobre com si les urpes d'un lleó m'hagués arrencat el cor. Vaig sentir com si la terra em xuclés endins i em tornés molt més petit del que era, com un simi diminut i ridícul que hagués volgut enamorar una princesa. Però solament és en els contes de fades que les princeses besen els gripaus i aquests es transformen en bells galants. Jo, als ulls d'ella, continuava essent un lil·liputenc sense remissió. Un ésser estrany, a part, membre d'una raça de subhomes que la gent normal pot tolerar, i fins li pot riure les gràcies, però que mai o rares vegades veurà com un igual amb qui compartir els somnis o les il·lusions de la vida que creix i s'expansiona tocada per la vareta màgica de l'amor.

Gombó i Mr. Belvedere eren en un banc de la Piazza delle Erbe, prop de la font de la verge de Verona. Estaven instal·lats en una petita pensió de la Via Ponte Pietra, a uns cent metres del port del mateix nom de sobre el riu Adige, acabaven de visitar el Duomo i la seva intenció era arribar a la plaça de Bra, centre neuràlgic de la ciutat. Feia molta calor, per bé que una brisa suau començava a agitar les veles de les parades del mercat a l'aire lliure en aquell moment inactiu i desert.

Mr. Belvedere s'havia llançat a aquella disquisició sobre l'amor perquè només baixar del tren havia explicat a Gombó que es trobaven a la ciutat on Shakespeare havia situat la tragèdia de Romeu i Julieta. Li havia dit que si el seu oncle Jaume hagués tingut la talla necessària, hauria estat un gran actor: se sabia el drama de memòria. Li havia remarcat que Romeu i Julieta era la primera de les grans tragèdies del poeta de Stratford-upon-Avon, i que l'havia escrita a l'edat de vint-i-vuit anys. No era la seva primera obra, ja que abans havia publicat *Treballs d'amor perduts*, *Els dos gentilhomes de Verona*, i *La Comedia de les equivocacions*, comèdies delicioses que posaven en relleu el geni del jove Shakespeare. Durant molts anys l'oncle Jaume havia traginat una trducció castellana de la casa Espasa Calpe que reunia en un sol volum de tapes blaves les tragèdies Romeu i Julieta, Juli Cèsar i Hamlet, que llegia en veu alta en les hores fosques de la ingratitud humana. Segons el Milhomes, Shakespeare havia arribat al nucli central de l'ànima humana i n'havia explorat tots els topants, havia anat molt més enllà que no ho havien fet els pares de la psicologia, Freud, Adler i Jung, sense haver d'inventar-se teories sobre la naturalesa de l'home ni haver d'utilitzar conceptes abstrusos.

Mister Belvedere havia decidit prendre's uns dies de descans; les etapes anteriors, amb la deserció de la Isabel, l'estada a l'hospital, la regressió de Gombó fins a convertir-se en un bou, la baralla dels amics, el pas fugaç de Giuseppe, i les quaranta-vuit hores de detenció del gegant, li havien deixat un regust amarg a la gola i el nan havia pensat que li calia fer una pausa i reflexionar.

Des que havien sortit de Borriana, feia quatre mesos que estaven en marxa. Havien fet prop d'un miler de quilòmetres a peu, en tren, amb autocars i amb vehicles diversos que els havien recollit a la carretera. Havien dormit en tota mena de llits i havien compartit la taula amb gent molt diversa. Gombó, malgrat el disgust per la desaparició de la Isabel, continuava essent el forçut infant de sempre, amb la seva gana proverbial i insaciable, la seva mirada clara i aquella manera d'escoltar que predisposava a la confidència. Tot i que no s'ho volia confessar, els problemes respiratoris de Mr. Belvedere el mantenien una mica preocupat. La seva «asma» tradicional, per virtut d'un examen mèdic, s'havia convertit en un emfisema crònic, un nom nou per a una vella dolència que algunes nits no li permetia estar ajagut i li calia llevar-se per tal de poder respirar.

Quan alguna matinada l'alba el sorprenia darrere els vidres d'un balcó o d'una finestra, pensava en el seu amic Rûmî, que l'esperava a Konya. Llavors apareixien en la seva ment fragments de poemes, sentències obscures, que passaven com ocells fugissers deixant el rastre d'unes paraules lluminoses.

> Quan els meus ulls miren una altra persona, què he de fer?
> Oblida't de tu mateix, perquè tu ets la llum.

Xano-xano havien arribat a la plaça de Bra, on s'alçava el magnífic amfiteatre romà, l'Arcus, un autèntic circ reconvertit en teatre d'òpera a l'aire lliure on uns cartells, que tapaven quatre arcades de la façana, anunciaven la propera representació d'Aïda, de Verdi. Es van asseure a la terrassa d'un restaurant i van demanar el sopar.

Enllaçant amb els records de feia una estona, Mr. Belvedere va concloure la història del seu primer amor.

–Uns mesos després d'aquell dia tenebrós de la festa major, quan la *troupe* Belvedere es disposava a passar la frontera i començàvem a empaquetar l'equipatge, la Marta em va deixar sobre el mur que separava els nostres patis i les nostres vides una rosa i el llibre de Miguel Strogoff que jo li havia llegit quan estava malalta. A la primera pàgina de la novel·la la Marta hi havia escrit amb la seva lletra d'escola de monges: «Per a Manu, el meu millor amic, amb l'esperança que no m'oblidarà mai com tampoc jo no oblidaré la seva bondat i la seva generositat.»

«Un llibre, Gombó, que vaig portar més de trenta anys a la maleta i que un dia va desaparèixer misteriosament, com sol passar amb moltes coses d'aquesta vida. Però, la Marta, no l'he oblidada mai. El bàlsam de les seves darreres paraules m'ha acompanyat anys i panys, i sempre he pensat que el sentiment que va inspirar-les contenia una engruna de veritable amor.

A mig matí van haver de refugiar-se a l'església Sant Fermo Maggiore per fugir de la calor. Mr. Belvedere, que era poc amant d'entomar els raigs de sol, duia un panamà d'ales retallades i una camisa de coloraines. Gombó portava una samarreta dels Rolling Stones, amb la cara de Mick Jagger estampada a l'esquena. Tots dos calçaven espardenyes de pagès de vetes negres. La ciutat estava envaïda pels turistes, sobretot nord-americans i japonesos, en ruta cap a Venècia. Tot i que la gent de Verona estava curada d'espants, Gombó i Mr. Belvedere cridaven l'atenció, potser molt més quan passejaven tranquil·lament pels carrers que no pas quan actuaven. Havien visitat la tomba de Julieta i davant de la casa dels Capuleti, sota el balcó de l'adolescent enamorada, de només 14 anys, Mr. Belvedere va evocar les primeres frases del drama que, de tant sentir-les declamar al seu oncle, s'havia après de memòria.

«En la bella Verona, dues famílies de noble llinatge, enfrontades per antics rancors, desfermen noves disputes, en les quals la sang ciutadana tenyeix les ciutadanes mans.

De l'entranya fatal d'aquests dos enemics, sota una estrella adversa, sorgí la història de dos amants, la desventura dels quals i la seva llastimosa fi enterrà amb la seva mort la lluita dels seus progenitors.

Aquest és el relat dels tràgics episodis del seu amor, assenyalat amb el dit de la mort, i de l'acarnissat enfrontament dels seus pares que res no va poder aplacar sinó la fi dels seus fills.»

Gombó tenia una peculiar manera d'escoltar. Acotava el cap i la seva mirada quedava fixada en algun objecte proper. Rarament preguntava res. Prestava una atenció concentrada, com la d'un infant que escolta un conte de fades. Mr. Belvedere li parlava sempre com a un adult que no té problemes per copsar tots els matisos de la conversa, com si el gegant fos capaç de seguir-lo en les seves elucubracions. Mr. Belvedere pensava que els mecanismes de la comprensió tenen camins secrets, imperceptibles a primera vista, però tan reals i efectius com dos i dos fan quatre. S'adonava que, amb independència de les paraules concretes, Gombó era sensible al missatge intern dels seu discurs, probablement perquè percebia la música dels mots, l'emoció de les paraules. Si la conversa tenia el propòsit de tranquil·litzar Gombó, el colós s'assossegava; si pretenia advertir-lo d'algun mal, els ulls de Gombó s'encenien amb un senyal d'alerta; si simplement l'informava de coses del present o del passat, l'hèrcules brandava el cap i somreia agraït.

De vegades, hores o dies després, Gombó es despenjava amb un comentari que resumia una conversa de cinc quarts, o feia una observació que posava de manifest que havia entès perfectament el sentit d'una llarga peroració. Per això, Mr. Belvedere no es va sorprendre gens quan, després d'asseure's a la taula del restaurant, Gombó va dir:

–La Marta, Bel, va ser la teva Julieta, oi?

14

La Mort

Tretzena etapa

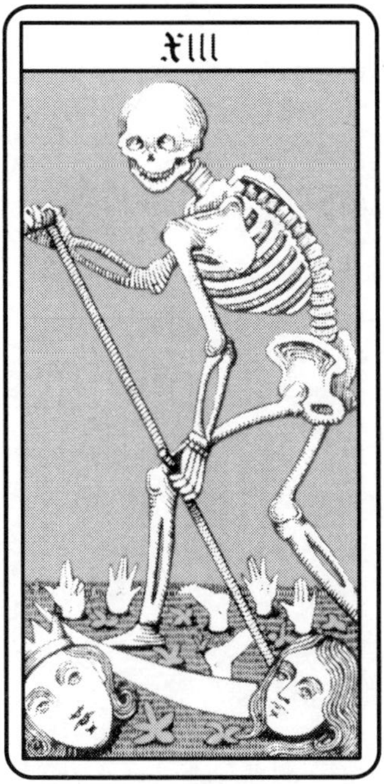

La Mort és la gran renovadora. La seva dalla sega tot allò que ha arribat a la fi: situacions, coses i persones. Després del pas de la mort, la terra pot tornar a ser adobada i sembrada per tal que hi sorgeixi una nova vida. Per ella mateixa la Mort no és negativa, perquè forma part del gran cicle de la Vida. En segons quines circumstàncies, pot representar la derrota i la destrucció, però la seva presència té una virtut igualadora. Esotèricament està associada al canvi interior, a l'evolució de l'home, a qui cal morir per renéixer; tal com va dir el poeta: «Sia'm la mort una major naixença.»

Van agafar el *vaporetto* a la plaça de Roma. Gombó duia sobre l'espatlla el seu sac de mariner i Mr. Belvedere arrossegava la bossa estampada de flors. Tot i que el cel estava cobert –una massa grisa de plom que ofegava els crits de les gavines–, feia una calor xafogosa i la multitud que omplia el petit vaixell accentuava la sensació d'asfíxia. Es disposaven a baixar al moll de la Piazzetta del costat del Palau Ducal, que dóna a Sant Marco. A la vista de la gentada, el nan es començava a penedir de trobar-se a Venècia.

La setmana anterior, després dels tres dies a Verona, havien estat a Vicenza i Pàdua, d'on aquell matí mateix l'autocar els havia dut a la terminal de la plaça de Roma. A Vicenza havien reprès les seves actuacions i les havien continuades a Pàdua amb notable èxit, encara que a l'hora de passar el platet notaven a faltar la figura de Giuseppe o la de la Isabel, ja que quan ells s'hi posaven la meitat dels espectadors havien escampat. Mr. Belvedere, però, no es queixava. Les reserves del darrer gir de la Isabel estaven per sobre de la meitat i Mr. Belvedere prestava una atenció menor a les qüestions pecuniàries, amb l'estranya seguretat que Déu els proveiria. La seva preocupació era una altra: cap a la matinada, l'ofec no el deixava dormir; la sufocació no li permetia estar estirat, i perquè l'aire li arribés als pulmons, s'havia de llevar. Fumava molt poc, per bé que tenia el convenciment que mig paquet de cigarrets al dia no podia influir gaire en l'estat del seu pit. Mai no havia dormit gaire i potser per això no es ressentia de la manca de son. El que l'amoïnava era la possibilitat d'emmalaltir, d'haver de fer llit i de no poder prosseguir el pelegrinatge, amb el problema afegit de Gombó, el qual sense la presència de l'amic al seu costat se sentia perdut com un infant en una ciutat estranya.

Venècia, a quarts d'una del migdia, era una ciutat envaïda,

ocupada, conquerida i presa per les hosts del turisme internacional, democràtic i igualitari, sense distinció de races, sexes ni edats. Solitaris somniadors de paradisos; parelles de nou casats que entreveuen el final amarg de les mels dels primers dies; trios de mestres barcelonines que ni riuen pensant en els seus sexes estèrils; pares i mares de família que contemplen com els seus plançons comencen la lenta i inexorable decrepitud; separats i separades; divorciats i divorciades; vidus i vídues que arrosseguen els seus cors eixarreïts per les llambordes humides de carrerons i places; homes de mitja edat que passegen sense ànima perquè l'han oblidada al despatx; actrius sense feina; pintors cecs a la bellesa del món; professors de filosofia que després de mil cabrioles pels espais estel·lars de les idees, preguen cada nit a la Verge Maria perquè els il·lumini; poetes incapaços d'escriure una línia; i centenars de vells i velles que han perdut tota esperança de viure i de morir. Un monstre de mil caps, pluriforme com una planta arrelada en un malson, que consumeix tot tipus de begudes, que omple els cafès i els restaurants, que menjuqueja pels carrers, que parla la llengua de Babel i que, sobretot, està en perpetu moviment, sense possibilitats d'aturar-se, mirar i posar-se a plorar.

Mr. Belvedere estava desassossegat, inquiet, nerviós, amb una ombra d'irritació recurrent que li havia arrabassat la poca gana que tenia habitualment. En canvi Gombó continuava esclau de la seva fam perpètua i, encara que dinaven asseguts a les escales del pont de Rialto, va devorar el seu entrepà en uns minuts i a continuació el del nan, que s'havia limitat a mirar-se'l dubtós com si fos la calavera de Iorick. No havien pogut trobar una taula lliure en cap restaurant i solament els cafès de la plaça de San Marco, a uns preus astronòmics, oferien alguna possibilitat de seure. De trobar allotjament, ni parlar-ne. Tots els hotels, hostals, albergs i pensions exhibien el cartell de complet a la porta.

A mitja tarda, quan Mr. Belvedere sospesava la possibilitat de sortir de la ciutat o bé de passar la nit sobre un banc de l'estació, al Campo Sant'Angelo, darrere els vidres de l'aparador d'un antiquari, va veure-hi un lil·liputenc. Sabia per experiència que entre els nap-buf hi havia un pacte de solidaritat implícit, un lligam secret, com si formessin part de la maçoneria dels diminuts. El petit home seia darrere una gran taula de roure, en una mena de trona, amb els peus recolzats en un escambell. Era estranyament ros, gairebé albí, duia unes ulleres rodones de ferro i un mocador de seda lligat al coll. Mr. Belvedere li va fer uns quaranta anys.

A la pregunta «Amb què us puc ajudar, germà?» Mr. Belvedere li va explicar que buscaven allotjament. Va presentar el seu amic Gombó, que es limitava a fer un somriure beatífic, i li va fer un resum del seu viatge. L'antiquari, que s'havia identificat com a Carlo Pensotti però que tothom coneixia com a Piccolo Carlo, va escoltar el germà català i, sense dilacions, va fer tres trucades. L'homenet va parlar en el dialecte de Venècia que, a les orelles de Mr. Belvedere, tenia sorprenents ressonàncies catalanesques. Les notícies de Carlo no eren gaire esperançadores. Tot era ple i en un sol cas hi havia una possibilitat remota, tanmateix caldria esperar fins a les deu del vespre per saber si s'havia produït una anul·lació. Però el somriure de Carlo els va tranquil·litzar. Dipositant les ulleres en un estoig de plata, va fer una darrera trucada per encarregar el sopar. En Piccolo Carlo va haver d'insistir perquè semblava que a l'altre cap de fil no se l'acabessin de creure. Quan va penjar, va declarar tot seriós que havia demanat sopar per a cinc, ja que –ara va somriure– suposo que l'amic –es referia a Gombó–, menja per tres de nosaltres.

Carlo Pensotti vivia al pis de sobre la botiga. Només d'entrar a l'habitatge, a Mr. Belvedere li va fer recordar la casa del carrer de Bellver on vivia amb els pares. Els mobles –les taules, les cadires, els armaris– eren de la mida del petit i de la pròpia, i, enmig d'aquell parament en miniatura, com el d'una casa de nines, Gombó semblava una il·lustració de Gulliver a Lil·liput. Per una vegada els papers van canviar, i mentre Mr. Belvedere s'havia assegut còmodament en una cadira, el gegant va haver de fer-ho a terra.

Carlo, que no era gaire conversador, va escoltar atentament el relat d'algun dels encontres dels amics –el de Joan el mariner, que havia mort un home a Pernambuco; el d'Isaac el Cec; el de

Stan Laurel i el del gitano venedor d'amulets–. En un moment de la conversa, el nan antiquari va dir «Ja ho tinc» i sense fer cap més comentari va anar cap al telèfon. Quan va tornar al cap d'una estona el seu petit rostre estava radiant.

–He hagut de dir alguna mentida, però us he trobat un allotjament excel·lent.

Melissa Cottrell, que es feia dir Daisy Barker, havia tingut cinc noms més: Melissa Goodwill, Melissa Flett, Melissa Davenport, Melissa Taylor i Melissa Wingate, tants cognoms com marits havien passat per la seva vida. El seu darrer espòs, Leonard Cottrell, propietari de la cadena de supermercats Cottrell, que s'estenia al llarg de dos mil quilòmetres de la costa oest dels EUA, feia vint anys que l'havia deixada vídua i milionària i, per tal de no perdre's en el bosc de la pròpia identitat, la dona, que llavors vorejava la setantena, havia recuperat el nom de quan era una actriu del cine mut, Daisy Barker, amb el qual va fer vint-i-dues pel·lícules i es va casar i divorciar tres vegades fins a l'esclat de la Segona Guerra Mundial, quan va posar fi a la seva carrera cinematogràfica.

Feia vint-i-dos anys que vivia al vell palau de la família Foscani, adquirit pel seu marit per trenta-cinc mil dòlars de l'any 1970, amb els mobles, els tapissos, les pintures, els criats, la humitat i els fantasmes de la casa. El palau era al carrer de Sant Luca, prop del Gran Canal, entre el Campo Sant'Angelo i el pont de Rialto. Una tanca de ferro separava el jardí de darrere la casa del petit canal que queia perpendicular al Canal Gran de Venècia. Un breu embarcador donava a una minúscula porta tancada amb pany i forrellat per on, segons la tradició, s'hi havia escolat Giacomo Girolamo Casanova poc abans de ser empresonat per pràctiques ocultistes a la presó dels Ploms de la ciutat.

Daisy Barker era una persona menuda, revellida, amb el rostre arrugat i les mans com sarments de vinya defoliada. Seia com una reina en una butaca folrada de ras blau, amb un coixí als peus i un patge –el seu darrer amant– dret a la seva esquerra.

Advertida per la trucada de Piccolo Carlo, la dona va tenir temps de maquillar-se com una nina de porcellana, amb les galtes rosades sobre un fons de pólvores mat i els llavis vermells en forma de cor. Si no hagués estat pels seus ulls, refulgents com els d'una gata en zel, la dona feia pensar en una figura de cera: estava estàtica, immòbil i quan parlava només movia els llavis.

Quan Mr. Belvedere li va dir que li portava records de Federico Fellini el rostre acartonat de la dona es va animar. Va ordenar amb una mena de barreja angloitaliana a Marco, el patge amant, que servís de beure els seus tres visitants. Carlo i Mr. Belvedere ocupaven el sofà de la dreta de Daisy i Gombó seia una mica apartat en un puf de pell de tigre amb el sac de mariner entre les cames. Mr. Belvedere, a instàncies d'ella, que havia preguntat: «Què fa aquell esbojarrat?», s'inventava notícies plausibles del vell director de cinema procurant de no comprometre's gaire. Però no li va caldre insistir. Daisy Barker estirant un dels fils de la memòria, va explicar les relacions que havia mantingut amb el director italià.

–El meu marit, el pobre senyor Cottrell, que tinc enterrat al jardí, tenia interessos en el món editorial i en el de la indústria cinematogràfica. Era un autèntic gurmet del cinema i tenia la col·lecció de totes les meves pel·lícules. Potser per això, després del meu cinquè divorci, m'hi vaig casar. Era un antic admirador, i quan una arriba als cinquanta no pot perdre el temps esfullant margarides. Era un home molt llegit, el meu marit, i molt entès en algunes matèries. De jove havia estat uns anys a Mèxic –ell era de Texas– i havia experimentat amb el peiot i altres drogues. Quan Carlos Castaneda, a final dels anys seixanta, va publicar *Els ensenyaments de don Juan*, el senyor Cottrell, que havia passat per unes experiències semblants, li va escriure. En aquella època Castaneda es deixava veure de tant en tant i contestava les cartes. Encara no havia creat entorn seu aquell núvol de fum darrere del qual, després, s'amagaria. La correspondència va prosseguir. Després de l'èxit del primer llibre l'estrella de Castaneda va decaure, però entorn de la seva obra començava a emergir una colla d'estudiosos i de crítics. Els uns es prenien al peu de la lletra els estranys llibres de Castaneda i els altres l'acusaven de ser un impostor, un novel·lista imaginatiu que s'ho inventava tot. El meu marit estava entre els primers. Potser no combregava amb tots els plantejaments de l'autor, però solia dir que la percepció de la realitat és elàstica i que per sota de l'aparent món real hi ha una altra realitat molt més complexa i profunda.

Mister Belvedere estava admirat per la coherència i la claredat de l'explicació de l'anciana Daisy Barker. El seu mateix italià, a mesura que es desenvolupava l'exposició, s'havia anat depurant d'anglicismes i les seves paraules adquirien la cadència i la musicalitat d'un text dit sobre un escenari. El més xocant de tot, però, era el contrast entre la fluïdesa del discurs i la rigidesa de la figura que l'emetia, molt semblant a la d'una mèdium que parla des de la catalèpsia. El segon personatge que li cridava l'atenció era Marco, un home encara jove, d'uns quaranta anys, tot vestit de negre, de braços musculats, mirada fosca, amb els cabells brillants enganxats al crani i de color d'ala de corb. La seva posició, sempre a l'esquerra de la vella dama, era la d'un servidor i guardià i si Mr. Belvedere se l'havia mirat com un patge amant era perquè Carlo Pensotti l'havia definit així abans d'entrar a la casa. En tot cas no tenia la descarada expressió del *gigoló* ni la desimboltura provocadora i irònica de l'home que se sap estimat per una rampoina humana.

–El meu marit i Fellini es van conèixer en aquesta casa. No feia un any que érem a la ciutat, però cada mes, amb la complicitat del síndic de la vila, organitzàvem sopars per a visitants il·lustres. Recordo el que vam fer a la primeria del 1971 per a Luchino Visconti i Dirk Bogarde amb ocasió del rodatge del *Mort a Venècia*. Al final d'aquell mateix any o potser l'any següent, la memòria de vegades és molt esquiva, va venir Federico Fellini acompanyat de dues amants, una blanca i una negre. No sé com la pobra Giulietta Masina ho suportava, però ja se sap que hi ha homes que no saben dormir sols. Va ser en aquell sopar que va néixer la idea de fer una pel·lícula sobre Don Juan Matus, el bruixot iaqui, mestre de Carlos Castaneda. El meu marit es va oferir com a mitjancer entre l'antropòleg i el director cinematogràfic.

Després de moltes cartes –el senyor Cottrell era un treballador infatigable–, Castaneda i el meu marit es van trobar a la ciutat de Mèxic en un cafè de la zona rosa, prop de la casa d'Octavio Paz, de Rio Lerma, el qual Castaneda havia de visitar aquella tarda. Era a principi de 1975, gener o febrer, i l'aprenent de bruixot va donar el seu consentiment per a col·laborar en el film que projectava Fellini. Però la pel·lícula no es va fer mai. Castaneda, sempre a través del meu marit, es va fer enviar el guió del film a l'adreça dels seus editors de Nova York, i fins i tot va arribar a citar Fellini a l'entrada del Museu d'Antropologia de Mèxic un diumenge al matí al final d'aquell mateix any. Federico va explicar al meu marit que, malgrat que l'havia esperat tot el sant matí, Castaneda no s'hi va presentar. Amb tot, Fellini afirmava que tota l'estona que va estar a les portes del museu i, després mentre passejava, solitari, pel bosc de Txapultepec, es va sentir observat com si una colla d'actors disfressats d'indis l'hagués estat rondant sense donar-se a conèixer. També explicava que, quan es disposava a agafar un taxi al passeig de la Reforma per tornar a l'hotel, se li va acostar un vell amb uns grans sabatots i un grotesc barret de *charro* mexicà que amb una insistència enervant li volia vendre dos globus infantils que duien pintada l'àliga asteca i que –després hi va pensar– podria haver estat ben bé el mateix Juan Matus.

Venècia era una ciutat difícil per a fer de saltimbanqui. Als llocs concorreguts hi havia massa gent i molt aviat apareixia un guàrdia que obligava els artistes a escampar la boira. En més d'una ocasió no havien pogut acabar l'espectacle. Mr. Belvedere havia tingut la pensada de manllevar del Palau Foscani una de les màscares de l'extensa col·lecció de miss Daisy, i la utilitzava en el número del gegant convertit en geganta.

Al matí actuaven al jardí de la casa, sota el balcó de la senyora Daisy Barker, envoltats d'una colla de criatures –cinc o sis– sota la mirada ombrívola de Marco. Amb aquella actuació, els amics pagaven, sense haver-ho convingut prèviament, l'allotjament i la manutenció que els oferia l'exactriu que, des del primer vespre, havia declarat: «Vostès són els meus convidats.» A la tarda, quan la calor amainava, Gombó i Mr. Belvedere representaven el seu espectacle al *campo* del costat de l'església de Sant Trovaso, prop de la Galeria de l'Acadèmia, a l'altra banda del Gran Canal.

Les actuacions del matí al jardí del palau Foscani eren més un assaig que una representació en tota la regla. El número de la corda, que necessitava un públic ampli, no el feien, en canvi, però, la inventiva del nan trobava sempre noves variants com la de posar-se sota la samarreta del gegant que imitava una embarassada amb la protuberància del lil·liputenc sobre la panxa o un vell geperut amb Mr. Belvedere arrapat a l'esquena. Amb tot, el número de més èxit era el de la geganta, amb el nan sobre les espatlles de Gombó, cofat amb la pamela i amb una màscara veneciana a la cara, amb el vestit de serpentines de colors i els passos maldestres de dansa del forçut a imitació del Gegant del Pi.

Miss Daisy no dinava. Gombó i Mr. Belvedere s'instal·laven sota la pèrgola coberta de pàmpols amples i foscos de dues parres enfiladisses acompanyats de tres nens i una nena entre cinc i nou anys, i de Marco, a qui les criatures tractaven d'oncle. Maria era la cuinera, una dona d'uns trenta-cinc anys, caravermella i de pits potents, cunyada de Marco i mare de la mainada. Era la sola serventa de la casa ja que, pel que es veia, Marco no feia res. Es passava el matí assegut al jardí amb la camisa espitregada amb un diari esportiu a les mans que gairebé no mirava. I havent dinat desapareixia cap a la seva cambra, contigua a la de Miss Daisy i comunicada amb la d'aquesta per una porta interior que sempre restava oberta.

Durant el dia Daisy Barker no es deixava veure, excepció feta de l'estona que treia el cap al balcó per contemplar l'actuació dels saltimbanquis. La resta de la jornada, la passava a la seva habitació, al costat d'una gran taula plena de papers, llibres i àlbums de fotografies, que repassava una vegada i una altra. També llegia. Un dels panys de paret de la seva cambra estava cobert per una biblioteca amb llibres en anglès, francès i italià. La dona es passava hores immòbil amb el cap vinclat sobre un faristol il·luminat per un llum flexible més vell que ella. Probablement la lectura li permetia lluitar contra la decrepitud de les seves cèl·lules, contra la lenta, persistent i insidiosa penetració de la mort. Era desconcertant intuir la flameta que es resistia a claudicar darrere els seus ulls, petits i vius com els d'una fura, que no necessitaven lents per resseguir els textos de lletra menuda.

Sopaven al menjador principal, una gran sala que separava el saló de les habitacions que ocupaven Gombó i Mr. Belvedere. La cuina donava a la part de fora, al costat del rebedor i distribuïdor de la casa, sota l'escala de marbre de Carrara que duia al pis superior, al qual feia anys que no havia pujat ningú. Servia la Maria, ara abillada amb uniforme de cambrera, amb còfia i guants blancs. Els sopars eren més consistents que els dinars del migdia, encara que miss Daisy es limitava a tastar una mica de cada plat. Les criatures no hi eren i el paper de les xarrupades i la tosquedat a taula l'acaparava el gegant, incapaç de menjar amb forquilla i ganivet com la gent delicada. Però els presents l'ignoraven. Daisy Barker presidia la taula. Mr. Belvedere seia a la seva dreta i Marco a la seva esquerra, sempre atent a la copa d'aigua de la dama, que procurava que fos plena. Gombó seia al costat del nan, una mica enretirat, amb la panera del pa davant d'ell, que baixava amb una celeritat vertiginosa.

La conversa sempre començava amb la mateixa pregunta:

–Com ha anat, avui?

A la qual Mr. Belvedere tot just tenia un minut per a respondre, perquè Miss Daisy es llançava a evocar els seus records. El seu tema preferit era el món del cinema dels anys trenta, quan ella era una artista bonica i jove, que mai no va aconseguir fer un paper de primera actriu i s'havia d'acontentar amb papers de secundària.

–Vaig entrar en el món del cinema de la mà del meu oncle Fred, germà de la meva mare, que tenia una agència artística a Nova York que proporcionava personal per als teatres de Broadway. Fou ell qui em va presentar Howard Hawks, que em va contractar per a fer un petit paper –només deia dues frases– a *A girl in every port*, el 1927, quan jo solament tenia 18 anys i somiava a ser una gran actriu dramàtica. Amb aquell paperet al meu historial Pabst i Erich von Stroheim em van fer dues proves que no van arribar enlloc. L'any trenta vaig tornar a treballar amb Hawks, a *Scarface*, un dels millors films de la sèrie negra que mai s'han produït. Durant el rodatge d'aquesta pel·lícula vaig conèixer el meu primer marit, Frank Goodwil, un guionista borratxo, autor de novel·les policíaques d'escàs èxit, de qui em vaig divorciar abans de l'any de casada. Llavors ja vivia a Los Angeles amb una amiga bibliotecària, que estava enamorada de mi i que vetllava per la meva formació intel·lectual. Jo servia en un drugstore, a la secció de llibreria; llegia tot el dia. Gràcies al meu segon marit, Keth Flett, que hi treballava de comptable, vaig ingressar a la Paramount amb un contracte d'un any. Hollywood, en aquella època, era com una gran família. Una noia jove i bonica, encara que fos una actriu de res, tenia la possibilitat d'alternar amb les grans figures de *l'Star System*. Les festes a les grans residències eren contínues i t'hi podies trobar Charles Chaplin o la Greta Garbo, Cary Grant o Marlene Dietrich, acompanyada de l'insuportable Von Stenberg. La llunyana guerra d'Espanya i el degoteig de jueus –tècnics, directors i escriptors–, ens va fer adonar del perill del nazisme. Feia pocs anys que havíem sortit de la gran depressió i començava a manifestar-se el gran corrent aïllacionista que s'enfrontava amb els simpatitzants del socialisme. Alguns idealistes, com el meu pobre marit Keith, van anar a Espanya a lluitar contra el feixisme i molts no van tornar. El 1938 no sabia si era vídua o si el senyor Flett s'havia enamorat d'una miliciana. El fet és que va desaparèixer al front de Madrid i mai més ningú no en va saber res. Quan els Estats Units van entrar a la guerra, el món del cine es va revolucionar, es van fer centenars de pel·lícules bèl·liques amb el sol propòsit de mantenir la moral dels nostres soldats a Europa i al Pacífic. Per a contribuir a la causa, em vaig presentar voluntària a la marina i vaig acabar en una oficina de Washington fent de mecanògrafa. Quan al 45 vaig tornar a Los Angeles, la meva carrera artística estava acabada. Tenia trenta-sis anys i les portes dels estudis estaven tancades per a mi. A Washington, el 43, m'havia tornat a casar amb un funcionari del servei de reclutament, Ned Davenport, que no amagava les seves simpaties per Stalin, llavors el nostre aliat, i que a principis dels cinquanta el senador McCarthy va incriminar per activitats antiamericanes. La meva vella amiga bibliotecària, que vivia obertament el seu lesbianisme, em va fer entrar a la Biblioteca Municipal de Los Angeles. Llavors la meva sort va fer un gran tomb. En una festa a casa d'Elaine, la meva amiga, vaig conèixer James Taylor, un solter ric que tenia fama d'homosexual. Me'n vaig anar a viure amb ell a Long Beach, en una residència amb sis criats xinesos, on vivia amb la seva mare, la vella Adela Taylor la qual va tenir la delicadesa de morir-se al cap de nou mesos. No vaig saber mai del cert si James era marieta o no. Elaine ho afirmava rotundament, però ja se sap que els homosexuals, homes i dones, tenen la dèria de pretendre que tothom és de la seva corda. En tot cas devia ser ambidextre perquè, encara que sense gaire entusiasme, complia el seu deure com el qui més. M'hi vaig casar al mes just de morir la seva mare, i no pas per això vaig deixar la feina de bibliotecària. Ho vaig fer, però, dos anys després quan, sense cap raó aparent, em va demanar el divorci. El divorci m'assegurava una petita fortuna, que va compensar amb escreix els inconvenients de tornar-me a trobar sola. Me'n vaig anar a viure a Pasadena, dues cases enllà d'on vivia la Bette Davis. Tenia com a veïns el senyor i la senyora Wingate, l'Alec i la Dorothy, un matrimoni relacionat amb la indústria conservera. La Dorothy i jo ens vam fer amigues. Era una dona amant de les flors i la seva especialitat eren els pastissos de gerds, móres i groselles. A mig matí entrava a casa i preníem un cafè a la cuina. Cada setmana em duia un dels seus pastissos i m'explicava les seves intimitats. El seu fill treballava d'advocat a Chicago i cada nit hi parlava mitja hora per telèfon. El desfici que la Dorothy tenia pel seu fill no era normal, com tampoc no n'era la fredor amb què tractava el seu marit, el pobre Alec, que arrossegava una mirada de gos apallissat. La Dorothy va acabar marxant a Chicago i jo em vaig quedar amb el senyor Wingate. L'Alec era una bona persona, un empresari exemplar, un filantrop sempre disposat a signar un xec per a les bones causes, però tenia un greu defecte: era impotent. A més, no tenia la més mínima imaginació eròtica i molt aviat vaig entendre el menyspreu amb què el tractava la Dorothy.

Daisy Barker va fer una llarga pausa. Feia estona que havien acabat de sopar i Gombó capcinejava mort de son. Marco i Mr. Belvedere havien seguit l'itinerari verbal de la dona amb interès divers. El primer, impassible, amb l'esguard perdut sobre les tovalles, sense cap signe de cansament, tot i que s'endevinava que no era la primera vegada que escoltava aquell relat; el segon, amb una total atenció. L'anciana, després d'aclarir-se la gola, va prosseguir amb una entonació que donava a entendre el propòsit de concloure la narració.

–El senyor Wingate tenia un cunyat, marit d'una germana que el visitava un parell de vegades a l'any. En Leonard Cottrell vivia a San Francisco en un apartament de tres-cents metres quadrats amb la dona, dos fills adolescents, dues minyones i tres gossos pequinesos. Semblava un home feliç i estava ple de vitalitat. Vorejava la cinquantena i, com que era molt alt, em recordava en James Stewart, a qui vaig tractar una mica en els meus temps de la Paramount. En Leonard tenia, com l'actor, un aire desmanyotat i feia goig sentir-lo parlar. La seva vida havia donat moltes voltes. Havia estat uns anys a Mèxic; havia fet de minaire a Oregon; de periodista a Nova York; de crupier a Nova Orleans, i de venedor de roba interior femenina a Sacramento. Quan el vaig conèixer era un home ric que dirigia personalment la cadena de supermercats Cottrell. En la seva joventut s'havia interessat pel cinema i això ens va unir. Estava enamorat platònicament de l'alemanya i quan li vaig explicar que la Dietrich era una mala pècora de cames llargues, que bevia absenta i que se n'anava al llit amb la primera noia o home que li agradava, ens vam mig barallar. L'Alec, encara que vivia a casa meva, conservava la seva residència com una premonició del que havia de passar. I el que va ocórrer va ser que, sis mesos després d'haver anat al llit, en Leonard em va fer arribar un passatge d'avió a San Francisco amb una nota de poc més de mitja dotzena de paraules proposant-me el matrimoni. Quan vaig arribar a Frisco, al seu immens apartament de l'avinguda La Fayette em vaig trobar amb un parell d'adolescents que em miraven suspectes i un anell de brillants de vint-i-cinc mil dòlars. La dona i els gossos havien desaparegut, però encara se'n sentia l'olor. Llavors vaig començar una nova vida. Fins als quaranta-set no vaig conèixer el veritable amor. Deu anys després, quan els fills d'en Leonard es van casar, vam fer les maletes i vam venir a Europa. *Voilà*! A partir d'aquí ja és una altra història.

Mister Belvedere dormia malament. Després d'un primer son, que no anava més enllà de tres hores, feia dormides curtes obligat a despertar-se per la sensació d'ofec. Normalment, a altes hores de la matinada s'asseia al balcó en una petita cadira de palla i fumava un cigarret. Aquella nit, però, havia baixat al jardí i passejava sota els arbres quan va sentir la veu de Daisy que el cridava. La dona era al balcó submergida en l'ombra i, si no hagués estat per la cara blanca de la senyora Barker que destacava en la foscor, no l'hauria vista. El pàl·lid rostre de la vella semblava una màscara de carnaval, que el va fer pensar en la imatge de la mort.

–Pel que veig tampoc no pot dormir –li va dir el nan quan va ser al seu costat.

–Dormo poc, la veritat –li va confirmar ella.

Van estar uns moments sense dir res. A Mr. Belvedere li feia la impressió que la dona volia dir-li alguna cosa i per això callava.

–Pensa en la mort, vostè? –va dir l'anciana finalment.

–Sempre l'he tinguda molt present –va respondre el petit–. El meu oncle, que era un home savi, deia que la mort sempre ens acompanya. Que camina darrere de nosaltres, frec a frec de la nostra ombra.

–I no li fa por, la mort?

–No gens –va afirmar Mr. Belvedere el qual es va veure obligat a precisar el seu pensament–. El que em fa és respecte. Però no més que un naixement. Sempre he pensat que la naixença i la mort formen part del mateix procés de la vida, que l'una sense l'altra no tenen cap sentit. Fa temps que penso que és precisament la mort la que dóna un veritable significat a la nostra vida. És més, si es té en compte la mort, les angúnies de l'existència es relativitzen, sota la llum de la mort el valor de les coses adquireix la seva veritable dimensió, i així moltes de les il·lusions humanes acaben mostrant la seva petitesa.

–Potser sí –va replicar miss Daisy–. Però vol que li digui una cosa? La mort em fa una por terrible. I sap per què? Perquè la sento aquí –la vella dama s'havia posat la mà al pit –dins meu, sento com va prenent possessió del meu cos, com lentament em va envaint sense que jo pugui fer-hi res. Per això...

La senyora Barker semblava dubtar o, potser, cercava les paraules adients per explicar el que sentia.

–... l'amor... Per això m'aferro a l'amor com a un clau roent. Cada nit Marco m'abraça fins que m'adormo. El que ell fa no té preu, encara que li pagui esplèndidament el seu gest. El que ell em dóna val molt més que tots els diners del món perquè m'ofereix part de la seva vida, la seva joventut, la seva vitalitat. No cregui que m'enganyo. Sé perfectament que ell actua com un servent que fa la seva feina, potser a contracor, amb la malícia pròpia del criat que en el fons menysprea l'amo. Però no me'n queixo i ell sap que quan em mori serà ric. Marco és un home molt estrany, no sé si se n'ha adonat (Mr. Belvedere va estar a punt de dir que se n'havia adonat perfectament, per què no li havia sentit dir més de dues paraules seguides), que s'ha pres el seu paper amb una seriositat total, molt propera a la vocació artística. És clar que ell té els seus propis interessos, com jo tinc els meus. La ironia de tot plegat és que Marco voldria que aquest període fos al més curt possible i jo que durés com més temps millor. Arribarà un dia, però, que Marco i la mort guanyaran. La dèbil sang de les meves venes s'aturarà i Marco prendrà possessió de la casa i del compte corrent. Aquell dia podrà dir als seus fills, que ara passen per nebots, que és el seu pare i podrà estimar la Maria com a dona pròpia sense haver de fer creure a tothom que és la seva cunyada, vídua d'un germà inexistent. Com pot veure, Mr. Belvedere, sé moltes més coses del que la gent es pensa. No cal tenir espies per acabar de lligar caps, solament cal conèixer el cor humà i disposar d'una bona vista per entendre les cuites de la comèdia humana.

Mister Belvedere no va tornar a la seva habitació. Les paraules de miss Daisy Barker –la tristesa serena de la vella i la seva fèrria voluntat d'arrapar-se a la vida– l'havien desassossegat. Caminava pels silenciosos carrers, deserts de gent però plens dels ecos de la mort implacable, quan els va veure. El jovencell Tadzio travessava un pont i al seu darrere el professor Von Aschenbach, a una cinquantena de passes, sota les ales de la Parca, perseguia la llum de la Bellesa que s'extingia.

15

La Temperància

Catorzena etapa

La dona alada representa l'equilibri i l'estabilitat. Resumeix la capacitat d'utilitzar els esdeveniments de la vida d'una manera pràctica, simbolitza el necessari transvasament de les idees, la riquesa oculta de les relacions quotidianes, la serenitat i la facilitat per a l'adaptació i la tolerància.

A pesar d'haver-se acomiadat la nit anterior, quan Gombó i Mr. Belvedere es disposaven a marxar, miss Daisy va fer cridar el nan. La dona estava asseguda al costat de la gran taula de la seva estança i tenia el rostre net de pólvores i pintura. Era la primera vegada que Mr. Belvedere li veia la cara al natural i li va semblar molt més bella del que mai s'havia imaginat. Solament tenia clivellada la zona entorn de la boca i els extrems de les òrbites oculars mostraven unes discretes potes de gall, la resta, tot i tenir la blancor marfilenca de la cera, conservava la finor de la pell en la qual destacaven els carbons encesos dels seus ulls que, a aquella hora del matí, tenien reflexos de maragda. El petit va pensar que Daisy Barker devia ser en la seva joventut una dona molt bonica, bellesa que, gràcies a una ment desperta i a un esperit en activitat, es resistia a abandonar-la.

Miss Daisy li va allargar un sobre. «Li prego que ho accepti», va dir la dona sense cap més comentari. Mr. Belvedere, que va endevinar immediatament que la dona li donava diners, va balbotejar el mot gràcies i va besar la mà de la dama, que era freda com el marbre. No va ser fins al tren, quan el comboi es va posar en marxa, que Mr. Belvedere va obrir el sobre. Va comptar sis mil dòlars en bitllets de cent. Amb un lleu somriure el nan va recordar Marco –el patge amant de miss Barker–, a qui la dona, amb un gest de sobirana, havia reduït l'herència.

El compartiment i tot el vagó anava ple de joves de tots dos sexes amb poca roba i carregats de bosses i motxilles. Ben bé durant un parell d'hores els amics van haver de suportar les estridències i les desafinades cantúries de la jovenalla, o potser solament les va patir Mr. Belvedere, ja que Gombó estava fascinat per la lluminosa presència de la carn femenina, la de la noia que seia davant seu i que exhibia unes magnífiques cuixes, un inquietant melic i una bona part de la seva turgent pitrera.

Trieste, a primera hora de la tarda, tenia una atmosfera especial. Tot i ser al pic de l'estiu, no s'hi veien gaires turistes i la ciutat tenia un regust provincià, d'antiga capital de frontera, gresol de gent i cultures diverses. Van trobar un discret hotel a la via Galatti, prop de la plaça d'Oberdan, l'heroi de l'irredemptisme triestí que fou penjat per planejar un atemptat contra l'emperador austríac. La presència germànica es feia present en l'arquitectura i en el tarannà de la gent, més calmada i menys gesticulant que a la Itàlia meridional. En sortir de l'hotel van anar cap al passeig de mar, el *Lungomare*, fins a la plaça de la Unitat d'Itàlia, amb el palau de l'Ajuntament i centre vital de la ciutat. Lentament van pujar fins al Teatre Romà i la plaça Goldoni, on van sopar en una trattoria, a l'aire lliure, tot contemplant com el sol declinant s'enfonsava al mar.

Havent deixat Gombó instal·lat a la cambra de l'hotel, Mr. Belvedere va anar a fer un volt més amunt de la plaça d'Oberdan, fins que a la cantonada del carrer de Battisti va descobrir el cafè San Marco. Era un cafè de començament de segle, amb les cadires decorades amb el lleó alat venecià, símbol de la italianitat d'una ciutat que s'havia resistit a l'absorció per l'Imperi austrohongarès. El local tenia dues grans sales amb forma de ela, amb dècades d'història a les parets: una rastellera de màscares somrients pintades sobre la barra de fusta fosca, les parets decorades amb frescos i medallons i una vitrina amb plaques i fotos dedicades dels clients il·lustres. Mr. Belvedere va seure prop de la porta i va prendre un dels diaris locals.

–La història –va dir l'home que seia al seu costat– té per objecte recordar-nos tot el mal que hem fet.

Va fer el gest de brindar amb la gerra de cervesa bavaresa i el vell –era un home escardalenc d'una setantena d'anys– va prosseguir com si el nan fos un contertulià de cada dia, com si es trobés al costat d'un vell camarada de lluites irrisòries i verbals.

–És clar, no em refereixo a ningú en particular, sinó a la humanitat en general, en tot cas a la de la vella Europa que aquest cafè simbolitza perfectament. Almenys, austríacs, croats, eslovens i italians han coincidit entorn d'aquestes taules. Sobre la seva pàtina s'hi han escrit manifestos patriòtics, poemes irredemptistes, novel·les sentimentals i didàctiques per una causa o altra. El senyor Joyce, aquell del bigotet i les ulleres rodones de la vitrina –l'home assenyalà una de les fotos de l'armariet envidriat–, va rumiar la seva estranya novel·la *Ulisses* en una d'aquestes taules; una obra, segons diuen –perquè no he pogut mai passar de la pàgina vint–, que va capgirar la literatura mundial. Encara que jo prefereixo els llibres del seu amic Italo Svevo, que són menys espessos. Però si li he de ser franc, em quedo amb l'obra d'Umberto Saba que, acabada la guerra, escrivia al fons de la sala, a la taula del costat dels serveis. Però com li deia, és la història el que m'interessa, perquè és el relat de la follia humana, del mal disfressat de bé, de l'ambició sota la casaca dels ideals. Fixi's en una cosa: tot el mal que s'ha fet en aquest món sempre ha estat sota la bandera del bé. Els seus avantpassats, perquè vostè és espanyol, oi?, van destruir civilitzacions antiquíssimes d'Amèrica amb l'excusa de portar-hi la salvació de Crist. En nom de Déu s'han comès barbaritats increïbles: guerres, inquisició, crema d'heretges, tot el que vostè vulgui. Amb el pretext d'expandir els imperis, és a dir, de dur la civilització entesa d'una certa manera, no s'ha dubtat a sacrificar pobles sencers, amb la violència i la mort com a arguments darrers. Els ideals patriòtics, d'un i altre signe, han causat més mort i desolació que la pesta, el còlera i totes les malalties juntes. Els europeus, fins que no hem posat seny, ens hem entrematat els uns als altres sense descans, amb una obstinació notable. Després de la Segona Guerra Mundial, quan semblava que el verí del feixisme s'havia debolit, han calgut poques excuses per continuar-se matant i, això a uns passos d'aquí, com qui diu a la cantonada. Serbis contra croats, croats i serbis contra bosnians i, ara mateix, serbis contra albanesos a Kosovo. I què direm dels grans ideals per a fer un home nou? Una societat sense classes, un món on cadascú dóna el que pot i rep el que necessita. Eh que fa goig, sentir-ho? Doncs no senyor, res de res, el comunisme ha mort tanta gent o més que el boig de Hitler.

Això sí, tot per la causa. De la mateixa manera que els anarquistes posaven bombes a Barcelona, a Roma o aquí en nom de la llibertat. Ja veu, amic, que la història de l'home és la història de la infàmia, la història del dolor i la violència dels uns contra els altres, de tots contra tots. I ara què? em pregunto. N'aprendrem algun dia?

El vell s'havia acabat la gerra de cervesa i en demanava una altra. Mr. Berlvedere continuava amb la copa de conyac perquè la cara d'estranyesa del cambrer li havia fet desistir d'explicar-li en què consistia un grog. Fora de les paraules que havia dit al principi, presentant-se, el nan no havia badat boca. Havia seguit el raonament del vell i en certa manera el compartia, encara que en el seu interior es deia: «Això no és tot» i afegia per a ell mateix: «Hi ha l'abnegació, la solidaritat i la bondat humanes.» Mr. Belvedere no era gens amic de controvèrsies i per això callava. Pensava en els últims temps del seu oncle, que d'alguna manera havia fet un discurs semblant al del vell, Cesare Rossi, però que havia entrevist en el camí individual de l'home una sortida particular, aquella que li feia recordar els versos de l'amic de Konya:

> L'àngel se salva pel seu coneixement
> i la bèstia per la seva ignorància;
> l'home està en litigi entre l'un i l'altra

–Abans –va continuar el vell– he mencionat el patriotisme i li voldria precisar la complicada qüestió de les pàtries. Els homes, com el arbres, són d'un determinat lloc. Ja sé que, tal com diuen, les comparacions són odioses i, per exemple, un salze neix i arrela en una terra concreta i no se'n mou; l'home, en canvi, pot anar amunt i avall, d'ací d'allà, i arrelar en terres molt llunyanes. Aquest fet, però, no desmenteix la primera afirmació, la que diu que els arbres i els homes pertanyen a un determinat lloc de la Terra, el qual els dóna caràcter i configura els seus trets essencials. Si ens limitem als homes i deixem els arbres de banda –quan dic homes vull dir homes i dones, no vingui ara una d'aquestes modernes i m'ho critiqui–, és evident que les persones nascudes en un mateix rodal, marc o àmbit tenen trets comuns que les uneixen: la llengua, els costums, la història... Això és tan obvi que gairebé fa vergonya assenyalar-ho. Aquestes característiques comunes són el fonament de les pàtries, jo diria que constitueixen la seva base natural. Però una pàtria és una cosa una mica més complicada perquè hi intervé la política. Entenguem-nos, la política en el seu sentit més ampli, en el sentit de la necessària organització social, les regles del joc que permeten i faciliten la vida en comunitat. Les formes d'organització política han estat molt diverses al llarg del temps, i, per resumir-les ras i curt podríem dir que van de la tribu a les pàtries actuals. I, és clar, la política la fan els homes. I, ja se sap, les obres humanes sempre resulten imperfectes. Sigui per idealisme o per ambició de poder, sigui per càlcul o per ceguesa, els homes, a través de la política, han configurat les pàtries, i la idea bàsica que sustenta que a cada poble li hauria de correspondre una pàtria, no s'ha aconseguit ni de bon tros. El resultat és que hi ha pàtries que comprenen diversos pobles i pobles que no tenen pàtria. Per exemple, i per a assenyalar-ne solament dos casos: Iugoslàvia i els kurds. El senyor Tito –un home que em mereix tots els respectes perquè va tenir prou dallonses per plantar cara a Stalin– es va inventar la pàtria dels iugoslaus, una entelèquia que va funcionar, el temps que va funcionar, però que ha acabat com el rosari de l'aurora. Perquè de pàtria, pàtria, Iugoslàvia no n'era. En tot cas era un conjunt de pàtries sota una sola fèrria mà, la seva, vull dir la de Tito, que pretenia que el nom acabés fent la cosa, com si això fos possible. Vista des d'aquesta perspectiva, moltes pàtries del passat i força de les actuals no són sinó pàtries dels pobles més forts que s'imposen als pobles més febles, com ara els kurds o, si vol un cas que vostè deu conèixer, els bascos, que són pobles sense pàtria. La pregunta que em faig és si aquest estat de coses és legítim. Vostè què en pensa?

Mister Belvedere va tenir la sensació que la pregunta de Cesare Rossi responia més a la necessitat de repòs del vell que no pas a un veritable interès per saber l'opinió del nan. Com que l'interlocutor callava, potser esperant la resposta, Mr. Belvedere, mogut per la mera cortesia, va dir:

–Realment és una qüestió en la qual no hi he pensat gaire. Perquè, si vol que li sigui sincer, la meva pàtria és el món.

–El món, el món –va replicar el vell animat davant la perspectiva d'una polèmica–, és molt gran el món, sap?

Com que el petit es va limitar a escoltar-lo sense ganes d'afegir-hi una paraula més, Cesare Rossi va prosseguir:

–A mi els internacionalistes sempre m'han fet una mica de por. Perquè si bé és veritat que amb el nom de patriotisme s'han perpetrat moltes desgràcies, els qui pretenen estar per sobre les diferències, amb una actitud diguem-ne olímpica, sempre m'han semblat còmplices dels poderosos i dels dèspotes –no es molesti, que no ho dic per vostè–; és massa fàcil amagar el cap sota l'ala i dir ja us ho fareu. M'entén el que vull dir? En aquesta terra de bojos, cregui'm, s'ha de prendre partit. No s'hi val a voler estar per sobre del bé i del mal. Els escèptics i els passius no fan sinó fer el joc als opressors. I no ho dic per vostè que... potser... per la seva talla –perdoni– tot ho veu d'una altra manera.

Mr. Belvedere va sentir que li havien tocat el voraviu, que el vell Rossi acabava de posar el dit sobre la nafra. En efecte, Mr. Belvedere sempre havia contemplat el món des de la seva petita altura i invariablement aquest li havia semblat perillós i agressiu, prepotent i amenaçant. Potser per això s'havia reclòs en un medi relativament limitat, el circ, que era una mena de tribu de gent excèntrica, amb les mateixes passions que les de la gent de fora però al marge de segons quines lluites i ambicions. Ell pertanyia a la raça dels nans, un subgrup humà que no havia donat ni dèspotes ni tirans. Si en l'antigor havien participat en conxorxes del poder, ho havien fet com a bufons, simples objectes de diversió de reis i nobles, més per rancúnia o simpatia personals que pel gust d'intervenir en els afers d'estat. Per l'edat, Mr. Belvedere havia viscut les conseqüències de la guerra civil del 36, la gana, la por i l'opressió, i havia seguit al costat del seu oncle Jaume, a través d'*El Noticiero Universal* i de la ràdio, l'evolució de la Segona Guerra Mundial. Havia tingut notícia de la guerra freda i de les guerres de Corea i Vietnam, però sempre ho havia contemplat com una cosa aliena. Havia tal·larejat a mitjan seixanta *We shall overcome* i *Donna Donna* escoltant la cristal·lina veu de Joan Baez, que s'alçava lliure i potent entre els joves americans que es negaven anar a la guerra i que es coronaven de flors. Amb un gest d'estranyesa havia vist a la televisió la revolta dels joves a París el maig del 68 i, fins i tot, s'havia adonat que el seu cor bategava al costat de la joventut que s'enfrontava a la policia al barri llatí. Però tot això, guerres, revoltes i il·lusions, ho havia observat des de la distància, com si no formessin part del seu món minúscul, ínfim, lil·liputenc. Se n'havia mantingut al marge, potser no havia amagat el cap sota l'ala, però gairebé. Per pur egoisme? Per un mer instint de conservació?

La idea d'haver estat un egoista recalcitrant el desassossegava. Sentia l'angúnia de no haver estat prou solidari amb el dolor dels altres i això li produïa el ròssec d'un vell sentiment de culpabilitat. Per això havia experimentat una fiblada quan el vell del cafè San Marco havia fet referència a la seva talla. Perquè Mr. Belvedere a causa de la seva altura s'havia situat en la posició de l'infant, en el punt de vista de la pura innocència, sense ser una criatura ni estar exempt de la part de responsabilitat que li corresponia com a ésser humà.

Cada nit que passava li costava més de respirar. Havia decidit aturar les actuacions i prosseguir el viatge cap a l'est al més aviat possible. No tenia pressa, però a Mr. Belvedere li feia la sensació que el temps se li acabava. Aquell matí al jardí públic del final del carrer Battisti n'havia parlat amb Gombó, asseguts prop de l'estany, sota un castanyer, prop del pedestal de marbre a la base del qual hi ha la inscripció «Italo Svevo. Novel·lista 1861-1928» però sense el bust de l'escriptor, que feia anys que havia desaparegut i ningú no l'havia restituït. El gegant va acceptar amb resignació suspendre l'espectacle i haver-se de limitar a fer de viatger ociós, com un turista qualsevol. La inactivitat li recava, perquè no hi estava gens acostumat. Sempre havia treballat; d'ençà dels dotze anys havia trescat com un home i la perspectiva de no fer res l'anguniejava. Potser la força acumulada en la seva musculatura necessitava desfogar-se de la mateixa manera que un cavall jove té fretura de córrer i galopar a camp obert. Per tal de no esverar l'amic, el nan li havia parlat que es fatigava, sense insistir gaire en la qüestió de l'ofec.

–Que estàs malalt, Bel?

–No, no estic malalt, Gombó, no et preocupis. Només és que tinc la manxa una mica fatigada.

Pel que ell recordava, la família Beltran Espinós, abans i després d'haver adoptat el nom de Belvedere, no era gaire propensa a les malalties. No havia vist mai els seus pares malalts, ni l'oncle Jaume, i ell, fora de les indisposicions de petit, d'ençà que li havien tret les amígdales al voltant dels deu anys, no havia tornat a tenir un constipat. Els únics problemes de salut que havia contemplat en el si familiar van ser els del Nen el Dandi, que tenia un cor de persona gran i sempre estava alt de pressió. També és veritat que Nen el Dandi no vigilava gens la salut i que la seva afició als àpats forts, els licors d'alta graduació i els cigars havans no contribuïen gaire a controlar la hipertensió. Les malalties, com moltes altres coses, sempre havien estat un problema dels altres. Ara, en pensar-hi, sentia el mateix desassossec que havia experimentat la nit anterior després de la conversa amb el vell del cafè San Marco.

Fins a quin punt havia estat un egoista? Reconeixia que no hi havia pensat mai seriosament. Probablement era que s'havia sentit tan distant de la resta dels mortals, que el dolor dels homes –perquè es tractava del dolor i de la joia–, li arribava atenuat, com si el mal, en totes les seves formes, hagués hagut de travessar un espès mur de boira que abans no el tocava. El mateix petit i tancat món del circ, per més allunyat que estigués dels conflictes comuns de la Humanitat, constituïa un microcosmos de la condició humana. Les guerres, les ambicions, la gelosia, la traïció, la maledicència, la còlera, l'odi tenien el seu reflex, la seva versió particular, sota les lones de l'envelat i entre els carruatges de les diverses famílies del circ. Havia contemplat molts plors des de darrere la seva petita altura i, fins i tot, la seva espatlla havia estat el suport de moltes llàgrimes, però de fet no s'hi havia sentit mai implicat. Alguna cosa –potser l'egoisme– l'havia preservat i el seu paper havia estat el de simple testimoni. Havia de culpar-se'n?

No n'estava gens segur. Assegut sota l'ombra del castanyer, en una ciutat fronterera, plena de ferides sense cicatritzar, contemplava com un gat negre perseguia infructuosament un grup de mitja dotzena de coloms. El felí i els ocells jugaven a un estrany joc: el gat esperava que els coloms estiguessin picotejant per terra per atacar-los, i els ocells s'envolaven quan el gat era a tocar, i així una vegada i una altra com en una partida de tres en ratlla en la qual no hi ha mai un guanyador. Però els ulls de Mr. Belvedere també miraven endins. Repassava la seva vida i se sentia com un d'aquells colomins, perseguit pel gat –símbol del mal– però mai atrapat. Com tothom, Mr. Belvedere havia assaborit la seva dosi amarga de dolor. Una bona part del sofriment que havia experimentat es remuntava als anys de la seva adolescència quan –la història de la Marta n'era solament un exponent– va descobrir la seva singular petitesa. Acceptar que tota la vida seria un patufet –Patufet, on ets?– un petarrell, un nap-buf, un esquitx, un nan, no li va ser gens fàcil. Va haver de fer un gran esforç de voluntat per a sostenir l'estandard de l'autoestima. Potser es va tornar esquerp i petulant fins que el vent dels dies va amorosir les arestes del seu caràcter. Fins i tot, als quinze o setze anys, es va regirar contra Déu i el va acusar d'haver comès una magna injustícia: posar ànima humana en un cos de lil·liputenc. Si Déu l'hagués fet curt de gambals talment com l'havia fet curt de talla, potser no li ho hauria recriminat. Però el sarcasme, la infàmia flagrant, era que havia nascut amb un cor d'home comdemnat a viure en un cos d'infant.

Després la vida havia anat fent el seu fet. Mr. Belvedere es va integrar en el clan familiar i el seu oncle, el Milhomes, li va ensenyar a conformar-se amb la petitesa de les seves mans. La dita: «En el pot petit hi ha la bona confitura», va esdevenir el lema i el consol de la seva vida. Va aprendre a alçar la veu per a fer-se escoltar i es va refugiar en l'orgull per a no sentir-se trepitjat. L'orgull, esgrimit com una arma de defensa, el va anar apartant de la resta dels homes. Es va convertir en arrogant, la seva altivesa s'amagava darrere l'exercici de la ironia i si, en aparença, tenia un cor de glaç no era sinó el mur que preservava el castell de la seva íntima sensibilitat.

L'amistat amb Gombó havia modificat les coses. Per primera vegada a la seva vida es trobava al costat d'algú que era més petit que ell. Gombó, malgrat els seus dos metres vint d'alçada i els seus cent seixanta quilos de pes, era un infant que necessitava protecció. Aquell gegant, lliurat a les urpes de la gent del carrer, hauria estat una víctima de l'estultícia humana i sense la presència de Mr. Belvedere hauria acabat com un bou arrossegant una arada. On era, doncs, l'egoisme de Mr. Belvedere?

L'amor, ni que sigui entre amics, sempre conté una engruna d'interès propi. Mr. Belvedere havia embarcat el gegant en el seu pelegrinatge i el nan ho havia fet sense calcular-ne les conseqüències i només tenint en compte el seu desig de trobar l'amic de Konya. En certa manera, no havia fet res més que seguir els impulsos del seu cor, perquè a Sagunt, el matí que el vell Gabrielli havia dissolt el circ, Gombó s'havia quedat al seu costat amb la mirada perduda en l'horitzó enmig d'una desolada solitud. El gegant no s'havia mogut del seu costat i Mr. Belvedere no va tenir cor per treure-se'l de sobre. Quan el camió de bestiar els va deixar a les portes de Borriana, sota la pluja, el nan va adoptar Gombó com el caminant que acull al seu costat un gos sense amo. No va pensar ni en els avantatges ni en els inconvenients de la companyia. Si algun interès va tenir el nan va ser aprofitar el respecte que suscitava el volum del company, que compensava amb escreix la vulnerabilitat de la pròpia petitesa.

La darrera nit de Trieste, Mr. Belvedere va tornar al cafè San Marco. Unes hores abans havia decidit endinsar-se cap a l'est a través d'Eslovènia, Croàcia, Iugoslàvia, Bulgària i Turquia. Havia calculat aturar-se a Ljubljana, ciutat que estava a unes tres hores de tren. Al cafè hi havia la mateixa animació de la nit anterior. El cambrer, un home gran d'espatlles corbades i peus plans, el va rebre amb un somriure de reconeixement i li va servir el didal de conyac que solament cobria el cul de la copa. El vell Cesare Rossi no hi era. Prop de la taula del nan cinc joves discutien sense alçar gaire la veu, però amb una tal intensitat verbal que Mr. Belvedere fou incapaç d'entendre res. Unes taules més enllà hi havia dos grups de jugadors d'escacs, els jugadors pròpiament dits i una colla d'observadors que no s'estaven de comentar les jugades. A la taula immediata a la del nan, a la seva dreta, hi havia un home de mitjana edat amb unes ulleres de cul de got, amb tres llibres estesos sobre la taula i un plec de fitxes que omplia amb lletra menuda.

A Mr. Belvedere li hauria agradat tornar a parlar amb el vell Cesare Rossi. De fet s'havia passat el dia en un procés d'introspecció i, encara que no havia arribat a cap conclusió definitiva, no estava gaire d'acord amb la idea que ell fos dels qui amagaven el cap sota l'ala davant del dolor dels altres. De l'autoanàlisi havia passat a consideracions més generals i tenia la impressió que davant de tots els horrors de la Humanitat tothom n'era culpable o, si es vol, per la mateixa regla de tres, tothom n'era innocent. Hi havia, és clar, les víctimes i els botxins directes, els actors del drama, per dir-ho d'una altra manera, i els instigadors de la tragèdia. En certa mesura, uns i altres representaven els papers del tigre afamat i la gasela trossejada entre les urpes de la fera. I de la mateixa manera que a ningú no se li acut acusar el tigre pel seu instint depredador, tot i compadir la gasela, Mr. Belvedere dubtava de condemnar directament i personalment els botxins de la història, fos quin fos el seu grau de participació. Al llarg de tot el dia, el nan havia tornat a veure, en la pantalla de la memòria, totes les imatges de la ignomínia i la crueltat humanes. Curiosament, més que no pas la ferocitat freda dels exterminis dels camps de concentració, l'havien colpit les imatges dels generals asseguts en confortables despatxos entestats a mantenir una absurda guerra de trinxeres durant la Primera Guerra Mundial. I darrere d'ells, darrere aquells patètics instruments de la història, Mr. Belvedere veia amb el cor en un puny les desfilades dels soldats somrients que marxaven cap a l'escorxador amb l'escalf, els aplaudiments, els crits i el voleiar de banderes de les multituds de París o Berlín. Era massa fàcil carregar els neulers a Hindenburg, Poincaré, Hitler, Stalin, Hiro Hito, Roosevelt o Truman i els seus immediats col·laboradors, atiadors de les passions patriòtiques o senyors de la guerra. Però les coses no eren tan senzilles. El món pot ser immensament cruel, però qui n'és culpable, de la crueltat humana? es preguntava el petit. Cal condemnar la naturalesa humana? Cal culpar Déu, en definitiva? No disposava de respostes per a totes aquestes preguntes. O tothom o ningú, havia acabat pensant. O tots som culpables o ningú no n'és, havia conclòs amb una paradoxa irreconciliable.

Amb tot, Mr. Belvedere no estava gaire segur del seu raonament. «Em caldria tenir una saviesa que no posseeixo per aclarir totes aquestes incògnites», va pensar el petit. Però a Mr. Belvedere no se li escapava que al costat de la cadena d'horror i de crueltat protagonitzada per la raça humana hi havia un corrent potser menys vistós però igualment potent dels homes que personificaven la bondat: una llarga corrua de gent neta de cor, sants i artistes, cercadors incansables de la Bellesa i la Veritat. Aquesta intuïció el reconfortava i esperava que en algun lloc de l'Univers, en l'espai o en el temps, hi devia haver la Resposta. Per això conservava l'esperança de trobar l'amic de Konya, que havia escrit:

> Tinc un Amic darrere el vel.
> La resplendor del vel prové
> de la llum del Seu Rostre:
> tot allò que et plau d'ambdós mons
> és Aquell que està darrere el vel.

16

El Diable

QUINZENA ETAPA

La figura del Diable simbolitza les forces obscures de la ment. Personifica el poder ocult, el desig i la passió, que actuen sovint d'una manera incontrolada. Sense les brides de la raó, la passió del Diable interior pot desbordar-se i produir tota mena d'aberracions. Ben canalitzada, l'energia de les capes més profundes de l'ànima esdevé l'astúcia de l'home, necessària per a fer front als perills de l'existència.

Després de dues hores llargues de tren, havien agafat un Intercity directe, Gombó i Mr. Belvedere van arribar a Ljubljana, la capital d'Eslovènia. Feia una calor enganxosa, humida. El cel estava cobert per una immensa capa grisa, densa, que esmorteïa el brogit de l'estació i que amenaçava de descarregar d'un moment a l'altre. L'arribada del seu tren havia coincidit amb el de Munic i una gentada, especialment gent jove carregada amb enormes motxilles, s'abocava cap a una mena de rambla on hi havia l'estació d'autobusos. Davant de l'estació del ferrocarril hi havia tres cafès, l'un al costat de l'altre, amb les taules sobre les voreres i sota uns para-sols atrotinats. Tres homes asseguts a una taula del cafè del mig observaven Gombó i Mr. Belvedere amb interès. El nan i el colós s'havien quedat palplantats al peu dels quatre graons que pujaven a l'estació a l'espera que la multitud que acabava d'arribar es dispersés una mica, amb el sac de mariner i la bossa florejada als peus.

Des de l'altra banda de la rambla Gombó i Mr. Belvedere, immòbils entre la gent que anava i venia, semblaven l'anunci d'un producte nou, l'agosarada idea d'un creatiu publicitari acabat d'arribar de l'oest disposat a mostrar les excel·lències del mercat als eslovens, que duien mig segle de retard en el món de la lliure competència. Però els tres individus que els escodrinyaven no pensaven en cap oferta comercial. El qui semblava portar la veu cantant, després d'intercanviar uns mots amb el de la seva dreta, va fer anar el més jove a l'encontre dels amics.

El noi, d'uns vint-i-cinc anys, se'ls va adreçar en alemany i italià. Després va continuar amb el segon dels idiomes i els va oferir d'acompanyar-los a una pensió, neta i barata, va repetir insistentment, fins que arronsant-se d'espatlles Mr. Belvedere va decidir de seguir-lo. El jove, que va dir que es deia Janez, tot i tenir les cames llargues es va adaptar a la marxa del nan i al cap d'uns minuts es va plantar davant d'un edifici de finals del segle passat del carrer Komenskega 25. Encara que l'immoble reclamava a crits una mà de pintura i probablement un parell de setmanes d'una colla de paletes, tenia l'aspecte de ser una casa sòlida vinguda a menys. Al final del primer tram d'escala hi havia un gran pis principal amb signes evidents d'haver estat partit, ja que una de les portes, la meitat de gran que l'antiga, tenia l'aparença d'haver estat oberta recentment. Janez va trucar al timbre de la porta gran, que va ressonar llunyà, i al cap d'un moment es van sentir unes passes que s'acostaven al llindar. Els va obrir una dona d'una cinquantena d'anys amb una trossa de cabells recollida a la nuca. Era una dona més aviat grassa, sense arribar a ser obesa, de braços molsuts i cara ampla que vestia una bata d'estar per casa. El jove i la dona van intercanviar unes paraules en eslovè encara que ella no parava de donar llambregades a Gombó i Mr. Belvedere, una mica sorpresa per la singularitat dels personatges. Janez, retornat a l'italià, va establir les condicions de la casa: una cambra doble incloent-hi els dos sopars i els esmorzars per 3.000 tolargi –uns vint-i-dos dòlars, va aclarir el noi– amb la prohibició de portar-hi cap dona, amb el sopar a les vuit en punt i l'esmorzar de set a nou. Durant l'estona que el jove explicava les condicions de la senyora Zana Jenko, la dona observava molt seriosa els nouvinguts i no va mostrar les seves dents –tenia un somriure de bona persona– fins que Mr. Belvedere va donar el seu consentiment. Tots quatre –ara Mr. Belvedere va deixar agafar la seva bossa a Janez, que ho havia intentat sense èxit un parell de vegades camí de la pensió– es van endinsar pel passadís i, passada la segona porta, la mestressa de la casa els va mostrar l'habitació. Era una cambra àmplia, de sostre alt amb una motllura escrostonada que recorria les quatre parets; el llit era de matrimoni amb un capçal de ferro d'arabescos florals; hi havia una taula i una cadira de braços prop del balcó, dues butaques més aviat baixes d'estil *art nouveau* i un canapè; com a única decoració hi havia sobre el capçal del llit la reproducció d'un mapa antic de la ciutat i, entre les dues butaques, un llum de peu. El bany

–una simple dutxa i un rentamans sota un mirall picat– era al final del passadís. Després d'haver pagat i de recollir les claus de l'habitació i del pis, Mr. Belvedere va anotar-se l'adreça de la casa i els amics van sortir disposats a trobar un lloc on anar a dinar.

Tal com els havia suggerit Janez a la plaça Presernov, prop del pont que condueix a la ciutat antiga van trobar un petit restaurant italià. Gombó i Mr. Belvedere s'hi van entaular observats de lluny pel trio de personatges que els havien estat escrutant a la sortida de l'estació. El cap de colla, un home d'uns cinquanta anys, alt com un sant Pau i amb els cabells rossencs esclarissats, va tustar l'esquena de Janez i el grup es va dissoldre.

Havent dinat –els preus eren irrisòriament barats– els companys van travessar el riu i es van endinsar en la ciutat vella, que s'estenia sota el turó del castell de Ljubljana, una fortalesa del segle XVI en procés de reconstrucció. Van visitar els patis interiors de l'Ajuntament, els frescos de la Catedral i es van entretenir pel mercat de verdures de darrere la Seu i van refer el camí –els problemes respiratoris del nan van desaconsellar-li pujar al castell– cap a la pensió. Mr. Belvedere estava fatigat, però comprenia que era massa d'hora –quarts de sis de la tarda– per enclaustrar Gombó entre quatre parets. Potser per això va permetre que el gegant es quedés al petit solar enjardinat que hi havia a quatre passes de la pensió, on una colla de criatures jugava a fet i amagar. El nan es va assegurar que Gombó reconeixia la porta de l'edifici de la dispesa i el va deixar assegut en un banc de pedra del petit jardí.

Gombó experimentava una fascinació especial pels jocs d'infants. Era capaç d'estar-se contemplant les anades i vingudes de la quitxalla, la concentració seriosa dels nens i les nenes quan jugaven a un joc tranquil, les mostres d'alegria quan s'escapolien d'un parany, les expressions de contrarietat quan eren enxampats i havien de parar. El que no li agradava gens era que els marrecs es barallessin; moltes vegades davant d'un altercat infantil havia sentit veritable por, com si la ira d'uns galifardeus pogués fer-li algun mal.

Mister Belvedere, amb les portes del balcó mig obertes, s'havia reclinat sobre el canapè i tenia una de les seves llibretes de tapes dures a les mans. La calor xafogosa del migdia havia anat cedint terreny a un ventet del nord que la feia molt més suportable. Repassava el quadern. No era pròpiament un dietari sinó un conjunt de notes, la majoria sense datar, que reflectien les seves impressions. Feia uns deu anys que hi escrivia i havia omplert mitja dotzena de llibretes. En conservava quatre, les dues restants s'havien perdut no sabia on. Havia obert una pàgina a l'atzar i llegia:

«L'home ha perdut el sentit d'allò que és sagrat. Avui res no és sagrat. Fins i tot l'Església ha deixat de parlar del sagrat. Parla de moral i d'ètica sense fer referència a la transcendència. Per a mi encara hi ha alguna cosa sagrada: la vida, aquesta força misteriosa que no sabem d'on ve ni cap on va.»

«De vegades em costa distingir allò que la gent aparenta ser d'allò que realment és.»

«Hi ha dies grisos que semblen la continuació de la nit. Són plans, monòtons, gairebé immòbils. De sobte, però, sorgeix una idea, l'espurna d'un sentiment, potser el record d'una hora blanca i brillant, i llavors la grisor s'il·lumina i el dia s'omple de vida. És com si el tedi quedés darrere la porta i la clofolla d'una magrana s'esberlés per a mostrar-nos la polpa del fruit saborós.»

«Porto tots els meus errors tatuats a la pell.»

«Hi ha nits que tinc la sensació de lliscar sota una gran volta, potser les restes de l'ombra de l'Esperit.»

«La vanitat dels altres és insuportable; la pròpia, una singularitat inofensiva.»

«Ignoro els mecanismes de la màgia, però n'he vist alguns dels seus efectes. Em refereixo al poder d'aquell príncep àrab llegendari que va fer caure el cavall del seu missatger a milers de milles de distància tot trabucant d'un cop sec l'alfil del seu tauler d'escacs.»

«Mai no he temptat el Maligne. Ni tan sols sé si existeix. Però pel que pugui ser, és millor que faci saber que el respecto en la distància. Sobretot en la distància.»

«Malgrat l'agitació pròpia de viure dins meu, hi ha alguna cosa que pugna per a fer-se escoltar. És una petita veu silenciosa, una música suau, una espurna de llum. Quan em sembla sentir-la i paro l'orella per escoltar el seu cant, es produeix en mi un canvi: esdevinc humil i pur com un infant.»

«He arribat a una edat en la qual puc saber del cert que hi ha coses que no tindré mai ni llocs que mai no veuré.»

«La solitud és un bé del qual l'home ha d'aprendre a gaudir.»

«La generalitat de la gent no s'adona que viu en un món màgic. Des d'un cert punt de vista la màgia constitueix l'arquitectura interna que governa l'Univers.»

«Sovint la família és el teatre de la perversió dels sentiments, la cel·la de càstig de la individualitat, el mercat dels xantatgistes morals, la processó dels fariseus, el caldo de cultiu de la hipocresia.»

«Hi ha tanta bona gent que segueixen els impulsos dels seus bons cors que, quan els veig actuar, em recorden aquella escena de Frankestein en la qual un cec guia el monstre.»

«De vegades penso que l'expressió pública dels sentiments i les emocions ha arribat a un punt tan baix que fa l'efecte d'estar inspirada pel departament de publicitat d'uns grans magatzems.»

«Comprenc que per a guanyar-se la vida un home hagi de fer tots els papers de l'auca. El que és més difícil d'entendre és que hi ha gent que es presta a fer paperots indignes i grotescos sense que això els reporti cap guany ni els proporcioni cap plaer.»

«No he entès mai el proselitisme dels qui pretenen posar Déu a l'abast de tothom, com qui tracta de trobar seguidors per a un líder qualsevol. Si Déu o l'Absolut és alguna cosa real, em sembla evident que no pot ser-ho per a tothom. Amb això sóc molt elitista; l'experiència de Déu, o de l'Absolut, no és cosa de molts, diria que es cosa de molts pocs. Sempre he tingut la sensació que si els qui omplen els temples trobessin Déu, ho aprofitarien per a demanar-li coses irrisòries.»

La senyora Zana Jenko presidia la taula. Els comensals, a més de la mestressa, de Gombó i Mr. Belvedere, eren el coronel Struga, un home corpulent que vorejava la seixantena, amb un gran bigotàs i el cap rapat al zero; Simon Tudina, poeta, un tipus d'una quaranta anys i pàl·lid, molt prim, amb unes mans fines i delicades; Haxhi Volnik, l'home que encapçalava el tercet que havia estat observant Gombó i Mr. Belvedere a la sortida de l'estació, i Valentin Gaba, un individu vulgar d'uns trenta-cinc anys, de complexió atlètica amb la mandíbula prominent i el nas aixafat, com de boxejador. Havien sopat relativament bé i prenien te. El sopar havia consistit en una sopa de pistons i verdures amb uns fils de vedella (*joveja juha*, havia pres nota mentalment el nan), una amanida a base de patata i un pastís de carn (*burek*), especialitat de la mestressa i fet expressament per als nous hostes, que va animar els altres comensals.

Després de les presentacions –en italià–, la conversa va adquirir una certa animació gràcies al coronel Struga que, partint de la Segona Guerra Mundial, havia volgut explicar als nouvinguts el complicat entramat de la política i la història recent dels països balcànics. A part de Zana Jenko i de Simon Tudina, que eren eslovens, la resta eren estrangers. El coronel Struga, croat; Haxhi Volnik, albanès i Valentin Gaba, bosnià, tot i que aquest últim va tenir molt interès a aclarir que no era musulmà. El que els unia a tots, segons va notar Mr. Belvedere, era el rebuig i l'hostilitat que sentien envers els serbis.

El coronel, que tenia una manera d'expressar-se ampul·losa, es va declarar nacionalista croat i no es va estar de dir que havia fet la guerrilla primer contra els alemanys i després contra Tito, sota les ordres directes del gran líder Draga Mihailovich. Per la cara que posaven els presents, es veia d'una hora lluny que no era la primera vegada que el coronel explicava les seves aventures de guerra. Davant la indiferència general, l'exmilitar va anar amainant el seu discurs, sobretot perquè la mestressa de la casa li va dir «política, no, si us plau», i l'home es va anar decandint fins al silenci total. Haxhi Volnik, que es va presentar com a antiquari, es va posar a parlar de París i de Londres i va declarar que pensava fer un viatge a Madrid per a visitar el museu del Prado. Amb la imprecisió pròpia que tenia d'Espanya, l'antiquari es mostrà verament estranyat que Mr. Belvedere no hagués estat mai al museu de Velázquez, el Greco i Goya. El tema de la pintura va donar entrada al poeta Simon Tudina el qual va semblar que reprenia una vella discussió amb el senyor Haxhi Volnik sobre pintura contemporània. Qui no va dir res en tot el sopar va ser Valentin Gava, que no va aixecar el cap del plat i que es va prendre el te d'una manera precipitada i que, després de donar una ullada al rellotge –un cronòmetre que semblava d'or– va abandonar la taula amb l'excusa que la feina el reclamava.

Havent marxat l'home de cara de boxejador, el coronel va fer un comentari en eslovè que tots els altres li van riure.

Mister Belvedere i Haxhi Volnik van sortir plegats a prendre una copa. L'albanès el va dur a un vell cafè de prop de la pensió on un grup de quatre músics de corda i una senyoreta que tocava l'arpa interpretaven, entre la indiferència general, peces curtes de Liszt, Schubert, Vivaldi, Mendelssohn i Mozart. El cafè li recordava a Mr. Belvedere els establiments de Barcelona, el Oro del Rin, de la rambla de Catalunya cantonada Granvia, i el Tèrminus, del costat de l'estació del passeig de Gràcia xamfrà amb Aragó, on alguns dilluns a la tarda, el dia que no hi havia funció a l'Olímpia, anava amb el seu oncle Jaume. Davant de dues copes del licor local Pleterska Hruska, una mena de grapa elaborat pels monjos cartoixans, el senyor Volnik va explicar al nan la vida i miracles de la gent de la pensió.

La senyora Zana Jenko era la vídua d'un exdirigent comunista de l'extinta República Popular Federativa de Iugoslàvia, que a la mort de Tito es va suïcidar. Com molts d'altres de la Nomenclatura, el matrimoni, que no tenia fills, van estalviar el seu raconet i, amb l'arribada de la democràcia, la senyora Jenko va posar la pensió pensant sobretot en els professors de la Universitat que, a partir d'octubre, envaeixen la casa. El coronel Struga era l'estadant més antic de la pensió. Semblava que entre l'exmilitar i la senyora Jenko hi havia una relació molt més íntima del que podien fer pensar les seves habitacions separades. Només calia preguntar a la minyona Sonia per assabentar-se dels moviments nocturns del vell estrateg i de l'especial situació del coronel en relació al deute amb la pensió, que creixia dia a dia, imparable. Segons el senyor Haxhi, l'exmilitar estava més pelat que una rata i feia uns anys que havia estat condemnat en rebeldia per un tribunal de Zagreb per l'intent de reconstituir una unitat armada Txetnika amb la intenció de reunificar la República Federal Iugoslava. Del senyor Simon Tudina, que era empleat de banca, va dir que era un poeta autèntic amb dos llibres publicats i que posseïa una gran cultura. Va afegir, però, que el punt flac del poeta eren els homes, especialment si eren grossos i més aviat grans, la prova d'això era la fotografia del canceller alemany Helmut Kohl que el poeta duia amagada a la cartera i a qui havia dedicat mitja dotzena de poemes, més o menys críptics, d'amor. Tot i que el senyor Tudina procurava dissimular els seus gustos particulars, l'any passat havia estat detingut dues vegades –això no és París, va puntualitzar l'antiquari– per abordar desconeguts als urinaris públics de la ciutat. Segons el senyor Haxhi el darrer estadant, Valentin Gaba, era un bandarra. Dormia de dia i treballava de nit i vivia d'explotar tres senyoretes que feien el seu ofici en un antre dels afores de la ciutat, a la carretera de l'aeroport. En Valentin Gaba era un autèntic proxeneta que, d'ençà que va abandonar la boxa, sempre havia viscut amb l'esquena dreta. D'ell mateix, el senyor Haxhi Volnik va dir molt poca cosa. La seva especialitat, com a antiquari, eren els llibres impresos fins al segle XVIII –a partir del vuit cents hi ha massa cosa– i va afirmar que per les seves mans havien passat mitja dotzena d'incunables degudament repertoriats al *Gesamt Katalog der Wiegendrucke.*

L'endemà al matí l'amic Haxhi –«li prego que no em digui senyor Volnik, amb Haxhi n'hi ha prou», li havia dit l'home– els va fer de cicerone. Els va acompanyar a l'Església dels franciscans, a la font barroca de davant de l'Ajuntament, a la Galeria municipal on hi havia una exposició d'una trentena d'obres de Francis Bacon –a Gombó les pintures li van fer feredat– i van pujar al Castell, on a la cafeteria ultramoderna construïda amb vidre i marbre, van prendre un refresc. El dia era assolellat però la calor era menys intensa i notablement menys enganxosa que la del dia anterior. Anit Mr. Belvedere havia dormit sense ofecs i estava descansat, potser per això no va permetre que Gombó se'l carregués a collibè per pujar al Castell. La vista des de la cafeteria era impressionant –el nan havia refusat pujar a la torre de la fortalesa– amb la ciutat als peus i la corba del riu Ljubljanica encerclant la ciutat antiga. Van dinar al costat de la Catedral, on l'amic Haxhi va triar un menú consistent en plats del país: una sopa agre (*Kisla juha*) una amanida verda variada (*solata*), un plat de caça, llebre amb xampinyons i unes postres a base de gelat de grosella, iogurt i nous.

Durant el dinar, l'amic Haxhi els va parlar d'una pensió còmoda, neta i barata de Zagreb regentada per una compatriota seva, Madame Vilma, que els recomanà vivament i per a la qual va oferir-los escriure una nota per tal que els atenguessin com uns senyors. Al llarg de tot el matí l'amic Haxhi es mostrà deferent, educat i afable. La seva conversa es va limitar a la d'un guia turístic, amb alguna pinzellada crítica sobre l'estat d'alguns edificis i monuments i amb una reprovació total de la restauració del Castell i les innovacions modernes –la cafeteria i el centre d'estudis– realitzades recentment. L'amic Haxhi era encantador, s'hi esforçava tant que Mr. Belvedere va pensar durant un instant fugisser que l'antiquari acabaria volent-los vendre alguna cosa. El nan, però, una mica avergonyit per la seva malfiança, va rebutjar aquella ombra de dubte i es va deixar agombolar per l'amabilitat del nou amic.

El sopar de la pensió es va desenvolupar, si fa no fa, com el del vespre anterior. Aquesta vegada el coronel Struga, probablement advertit per la senyora Zana, es va abstenir de parlar de política i es va limitar a escoltar les explicacions del senyor Haxhi sobre la visita turística del matí. La referència a l'exposició de Francis Bacon va suscitar la intervenció del poeta Tudina, que semblava sorprès que l'antiquari no l'hagués visitada fins aquell matí, dos dies abans de la clausura. El to crític del poeta va fer reaccionar l'amic Haxhi que, passat a l'eslovè, va intercanviar una dotzena de frases, probablement agres, amb l'invertit empleat de banca. Com en la nit anterior, el macarró Valentin Gaba no va obrir la boca i gairebé no va alçar la vista del plat. Tot i el seu silenci, l'exboxejador no semblava incòmode i tenia un posat més aviat desdenyós respecte als seus companys de taula, excepció feta de Gombó, a qui va somriure un parell de vegades potser seduït per la corpulència del gegant. L'arlot lluïa una camisa negra de seda, el seu cronòmetre d'or i duia els cabells planxats sobre el crani, lluents de brillantina i una clenxa a l'estil del Carlos Gardel dels anys trenta. Sobre l'estat de conservació de la ciutat, la mestressa Zana hi va dir la seva amb un to de crítica que palesava la seva idea que els temps passats eren infinitament millors.

Al cafè del costat de la pensió l'amic Haxhi, després de passar a Mr. Belvedere l'adreça i la nota per a Madame Vilma de la pensió de Zagreb, li va parlar del llibre. Una obra de no gaire valor del naturalista Athanasius Kircher, traduïda a l'alemany i impresa a Magúncia el 1796, i per a la qual havia trobat un comprador en la persona d'un bibliòfil de Zagreb. Ateses les deficiències del servei de correus, l'amic Haxhi va demanar a Mr. Belvedere que li fes el favor de portar-la a la pensió de Madame Vilma on, advertit per telèfon, el bibliòfil l'aniria a recollir. L'afabilitat mostrada al llarg de tot el dia –l'amic Haxhi de totes totes s'havia entestat a pagar el dinar– va impedir que Mr. Belvedere es pogués negar a fer-li aquell servei.

Gombó i Mr. Belvedere, acompanyats a l'estació per l'amic Haxhi, van prendre el tren de Zagreb de dos quarts de nou del matí. El comboi era vell i atrotinat, amb els bancs de fusta i les portes dels compartiments que no tancaven bé. Hi havia poca gent i el tren parava a cada estació. Mr. Belvedere portava el paquet del llibre en la seva bossa de flors, i la nota per Madame Vilma a la butxaca interior de la sahariana de criatura que la Isabel li havia comprat a Niça, per tal de substituir l'americaneta de primera comunió que duia en sortir de Sagunt. Una vegada el tren es posà en marxa, el senyor Haxhi Volnik es reuní amb els seus companys al mateix bar de davant de l'cstació.

–Tot arreglat? –va preguntar Janez.

–Tot arreglat –va contestar Haxhi-. Tenim l'ocell a la gàbia.

–Aquest parell són tan vistosos que cap duaner del món pensaria a escorcollar-los l'equipatge –va concloure el tercer.

Quan feia un parell d'hores que circulaven, dos policies croats van entrar al compartiment de Gombó i Mr. Belvedere. Amb cara de sorpresa, els agents els van demanar els passaports i van consultar una llarga llista de paper d'ordinador que el més jove dels policies duia a la butxaca. Van donar una mirada distreta al sac de Gombó i a la bossa del nan, van dir *drobro jutro* i van girar cua.

Gombó mirava per la finestra i Mr. Belvedere, assegut de cantó amb les cames estirades en el seient, intentava desxifrar un diari de Zagreb que havia trobat al portaequipatges. Quan encara no feia una hora que havien passat els primers policies, uns altres dos amb els mateixos uniformes i pistola en mà van entrar al compartiment. Un d'ells es va quedar dempeus estintolat a la porta amb l'arma apuntant directament al cap de Gombó, que mirava l'agent sense entendre res. Mr. Belvedere ni es va moure. Esperava que els policies diguessin alguna cosa, però ningú no va obrir la boca. Un dels policies, sense deixar la pistola, va obrir el sac de Gombó i va començar a buidar-lo amb un cert nerviosisme. Com d'una caixa de Pandora, van sorgir samarretes, calçotets, pantalons, paquets de serpentines, la pamela plegada i lligada, diversos còmics infantils i un *Play Boy* tot arrugat que Mr. Belvedere no sabia que el gegant tenia. A la vista de les pertinences que s'escampaven pel terra del compartiment, Gombó començà a emetre un gemec gutural, previ al plor, que va obligar el petit a dir amb la seva veu més calmada:

–Tranquil, Gombó.

Amb la bossa del nan el policia de l'escorcoll no va tenir gaires miraments. Simplement en va abocar tot el contingut sobre la part del seient que les cames de Mr. Belvedere deixava lliure. El policia va agafar el paquet del llibre de l'amic Haxhi i amb el punt de mira al canó de la pistola va esquinçar el paper d'una de les bandes. Els homes uniformats van intercanviar una mirada i, enduent-se el paquet, van marxar després de dir una frase en un idioma desconegut, que pel to semblava amenaçadora. Uns minuts després, com si el temps hagués estat perfectament calculat, Mr. Belvedere va veure els dos policies travessar la petita estació on el tren acabava d'aturar-se.

Mister Belvedere no sabia què pensar. Tenia la sensació d'haver-se-les hagut més amb dos assaltants que amb un parell d'agents de l'ordre. Tot era molt estrany: les pistoles, que els homes no haguessin dit res fora de la darrera frase d'amenaça, la recerca del paquet, perquè no hi havia cap dubte que els homes sabien què cercaven; tot plegat sumia Mr. Belvedere en un mar de confusió. Els amics van tornar a posar les coses al seu lloc –incloent-hi el *Play Boy*, que el nan va fer veure que no havia vist– i quan el tren es va tornar a posar en marxa tots dos, arrossegant els respectius equipatges, van anar al lavabo. El primer d'entrar al servei va ser Gombó, que en va sortir immediatament.

–Mira, Bel –va dir el gegant– allargant-li un llibre amb les restes del paper d'embalar que l'havia protegit. L'obra del mateix gruix i de la mateixa grandària que els del llibre de Kircher que la nit anterior l'amic Haxhi li havia mostrar, era un vell diccionari enciclopèdic en llengua alemanya la singularitat del qual consistia en el fet que des de la pàgina vint fins a la pàgina mil nou cents el llibre era buit, amb els fulls retallats amb una fulla d'afaitar, un lloc que havia pogut contenir una arma o un paquet de ben bé un quilo de cocaïna.

17

La Casa de Déu

SETZENA ETAPA

Un llamp abat la part superior de la Casa de Déu –el cor de l'home– de la qual cauen persones i objectes. La base continua perfectament assentada, així l'home que per imperatiu extern veu com les seves idees són sotraguejades sense que la base del seu edifici sofreixi cap mal. La imatge simbolitza el coratge davant de les situacions de risc. És un moment de prova, de crisi, que pot portar a la destrucció o a l'afirmació.

La primera cosa que va descobrir Mr. Belvedere en arribar a Zagreb va ser que les comunicacions amb Iugoslàvia estaven tallades. Es va acusar de ser un pèssim organitzador de viatges i d'haver seguit massa al peu de la lletra el sistema d'Enrico Gabrielli el qual afirmava que en el món del circ projectar etapes que superessin els cent cinquanta quilòmetres era una pura especulació inútil. Mr. Belvedere es va dir que el que era perfectament plausible per al circ, que anava de població petita en població petita i sempre no més enllà dels cinquanta quilòmetres, no ho resultava pas per a dos viatgers que havien deixat de fer de saltimbanquis.

L'incident del tren i aquella nova contrarietat van fer posar de mal humor al nan. Es va acostar a una de les oficines bancàries i va canviar cent dòlars en kunes, la moneda del país. En cap moment li va passar pel cap acudir a la pensió de Madame Vilma, l'adreça de la qual duia a la butxaca. Tal com es temia, al mateix vestíbul de l'estació se'ls van acostar almenys tres persones oferint-los una *zimmer, room* o *sobe*, en la llengua del país, però, vista l'experiència de Ljubljana, Mr. Belvedere no els va fer gens de cas. A les portes de l'estació, al costat de la parada de taxis, hi havia quatre autocars amb sengles cartells ben visibles dels respectius hotels: Jadran, Esplanade, Sheraton i Central. Es va decidir per aquest últim, potser perquè va veure dues famílies amb criatures que s'hi ficaven.

L'hotel era a quatre passes de l'estació. Un carrer després de travessada l'avinguda, en un edifici de quatre plantes, d'estil centreuropeu de principis de segle. L'establiment era car. Calia pagar en dòlars o marcs alemanys i l'habitació doble costava vuitanta dòlars per nit incloent-hi l'esmorzar. Del que no es va adonar Mr. Belvedere va ser que els havien seguit. Un home calb, més aviat rabassut i amb cara de camàlic, els havia estat esperant a l'estació darrere un diari que, per les fotografies de portada, semblava esportiu. L'home havia observat com Gombó i Mr. Belvedere pujaven a l'autocar de l'hotel i, sense pressa, havia travessat l'avinguda i havia arribat a l'hotel abans que el vehicle. Amb el diari sota l'aixella, l'home s'havia mantingut prop del taulell de recepció i havia presenciat com Mr. Belvedere omplia la fitxa de l'hotel, com lliurava el passaport i com recollia la clau de la cambra 412. Quan el gegant i el nan s'havien acostat cap a l'ascensor, acompanyats d'un grum que portava els equipatges, l'home, des del telèfon públic del mateix hotel, va fer una trucada.

Mister Belvedere no va dir res del seu enuig a Gombó. Aquest, però, el coneixia prou per captar les vibracions negatives del nan i estava preocupat perquè temia ser la causa de la irritació del petit. Sempre li passava igual. Era com si entre ells dos hi hagués un sistema de vasos comunicants i l'humor del nan, tant si era bo com dolent, arribava al gegant. Així, si Mr. Belvedere reia, estava content; si s'enfadava, es posava trist i tenia la sensació de ser el culpable de l'enuig de l'altre.

Ni Gombó ni Mr. Belvedere van desfer l'equipatge. De fet, d'ençà que havien sortit de Borriana no havien utilitzat mai cap armari i sempre havien mantingut el sac de mariner i la bossa florejada a la vista, generalment als peus del llit. Gombó, després de furgar entre les seves coses, va treure el vell *Play Boy* i, amb els ulls acalats, el va donar al nan. Semblava una escena d'escola en la qual l'alumne enxampat *in fraganti* dóna al professor l'esca del pecat. Aquell gest va commoure Mr. Belvedere.

–No és això, Gombó. Pots guardar-te la revista –va dir el nan.

El gegant, però, continuava palplantat enmig de l'habitació amb la revista a les mans sense comprendre què li passava, al seu company.

–Estic emprenyat perquè ens han ensarronat. Em temo que m'he comportat com un passerell amb la història del llibre (Mr. Belvedere anava a afegir que sospitava que l'assumpte portaria cua, però se'n va abstenir per tal de no preocupar Gombó).

–L'amic Haxhi no era un bon home, oi Bel?

–Em temo que no. Aquest paio, amb les seves bones paraules, ens ha aixecat la camisa. El que m'indigna més és que va callar com un mort quan li vaig dir que després de Zagreb volíem anar a Belgrad i ell sabia que entre Croàcia i Sèrbia les fronteres estaven tallades. Tenia tant interès que portéssim el paquet del llibre a la pensió de Madame Vilma, que ens va deixar caure en un cul-de-sac.

–I què farem, Bel?

–No et preocupis Gombó. Després de la nuvolada sempre surt el sol. De moment anem a dinar. Aquestes collonades m'han obert la gana.

Van agafar un taxi. A l'hotel havien recollit un plànol de la ciutat i Mr. Belvedere es va fer portar al Grades, el turó on hi ha la ciutat medieval amb l'encàrrec de passar per davant del número 31 del carrer Masarykova –l'adreça de la pensió de Madame Vilma– que va resultar que era al costat del Turist Express Restaurant el qual, segons el xofer del taxi, que xampurrejava l'anglès, era dels millors de la ciutat.

Es van entaular en un petit restaurant hongarès del costat de l'església de Sant Marc. El barri era ple de turistes, la majoria dels quals havien acudit en ramat al canvi de guàrdia del Palau Presidencial, la residència oficial del president Franjo Tudjman. Van menjar un plat de tallarines amb formatge fresc i petites rostes de cansalada i un *goulash* regat amb una gerra de cervesa de Karlovac. Van prendre un cafè turc que ressuscitava els morts i Mr. Belvedere es va oferir una copa de *pelinkovac*, un licor d'herbes.

Havent dinat, els amics van contemplar els immòbils soldats de la guàrdia del palau del president de la República que, amb els vistosos uniformes vermells, semblaven estaquirots d'opereta i xano-xano van anar baixant fins al centre comercial de Zagreb, reconstruït de nou després del terratrèmol de 1880, segons indicava la breu explicació que donava el plànol de la ciutat en anglès, francès i alemany. A quarts de set tornaven a ser a l'hotel.

Els qui havien estat abans que ells a l'habitació no s'havien escarrassat gens a dissimular el seu pas. Les pertinences de Gombó i Mr. Belvedere estaven esbarriades per terra; els matalassos eren fora dels llits; l'armari i els calaixos oberts, la tapa posterior del petit televisor, esfondrada, i la coberta del dipòsit del vàter, arrancada del seu lloc. Feia tot l'efecte que la fúria dels vàndals havia passat per la cambra.

Mister Belvedere no s'ho va pensar ni un moment. Van tornar a recollir les seves pertinences i al cap de deu minuts travessaven l'avinguda en direcció a l'estació. Abans d'arribar-hi, però, el nan va veure davant de Croatia Express un autocar que deia Dubrovnik i en el qual començava a pujar un grup de gent. Es van afegir a la cua. L'home que controlava els passatgers els va indicar que calia comprar els bitllets a les oficines de l'agència i després de pagar en dòlars els tiquets, van embarcar els darrers. A les set en punt l'autocar iniciava el seu viatge cap a la costa.

Totes aquelles maniobres, la sortida precipitada de l'hotel, l'anada a l'estació, la desviació cap a l'agència Croatia Express i la partida de l'autocar amb Gombó i Mr. Belvedere a dintre van ser contemplades per l'home que els havia estat seguint des del matí. El tipus, que devia haver abandonat el diari esportiu en algun moment del dia, tenia una traça especial per a passar desapercebut. El seu sistema era mantenir-se al més allunyat possible de la parella seguida, sempre que les circumstàncies no l'obliguessin a fer una arriscada aproximació com en el cas de l'hotel, en que calia conèixer el número de la cambra. Un altre element que tenia en compte era procurar no estar mai sol, caminar al costat d'altra gent, asseure's en un banc concorregut, situar-se en una parada d'autobús entre les persones que esperaven.

Van viatjar tota la nit. Les carreteres estaven en mal estat i fins a quarts de deu no van fer la primera parada als afores de Plitvice, en una gasolinera amb una cafeteria on Mr. Belvedere va comprar quatre entrepans i una ampolla d'aigua. L'autocar anava mig buit i la majoria dels viatgers eren gent jove que havien estat fent tabola fins que el cansament els va rendir. A partir de Plitvice es van apagar els llums i tothom es va acomodar per a intentar dormir, tothom llevat del nan, que no va aclucar un ull en tota la nit. L'autocar parava cada dos-cents quilòmetres aproximadament. El xofer baixava del vehicle, encenia una cigarreta, donava una volta al bus i s'aturava al costat de cada roda, a les quals pegava una puntada de peu per a comprovar-ne la pressió. Alguns dels passatgers aprofitaven l'ocasió per perdre's darrere la gasolinera mal il·luminada on hi havia els serveis i al cap de cinc minuts l'autocar reprenia la marxa.

A les sis de la matinada van arribar a Split. Aquí la parada va ser de mitja hora. Començava a clarejar i cap a l'est el cel es tenyia d'una tonalitat glauca. Fresquejava. Se sentia la proximitat del mar, amb la remor persistent de les ones encara invisibles. Darrere el taulell del bar de l'estació de servei, dues noies joves servien cafès amb llet i croissants secs del dia anterior. El xofer, acompanyat d'un home gras, l'encarregat de la gasolinera, s'havia assegut en una taula del local i prenia un tassó de cafè aigualit. Els homes reien. Gombó, que estava ensonyat –al matí li costava desvetllar-se–, va endrapar un parell de croissants i s'havia begut d'una tirada el cafè amb llet bullent. Mr. Belvedere tot just havia tastat el cafè aigualit i estava cansat. Afortunadament, però, no havia tingut problemes de respiració en tot el viatge, talment com si la preocupació de fugir dels seus perseguidors –estava segur que els amics del senyor Haxhi l'encalçaven– l'hagués allunyat dels seus propis pulmons.

A les vuit del matí van arribar a Dubrovnik. L'autocar els va deixar al costat de la muralla, prop de la porta de Pile protegida per sant Biagio, patró de la ciutat. Només de passar el pontet, els viatgers es van trobar davant la font de sant Onofre, a l'entrada del carrer Placa, que travessa la ciutat de cap a cap. Encara no havien fet quatre passes quan una dona que anava tota vestida de negre se'ls va acostar. De sota el davantal va treure un cartró que deia Rooms-Zimmers i amb el mateix traç insegur hi figurava, a sota, la paraula 25 $ USA i 45 DM. Mr. Belvedere estava tan fatigat que no va tenir esma i, com que el cop d'ull circular que havia donat no li havia permès descobrir cap hotel, va brandar el cap afirmativament davant la dona i la va seguir.

Van enfilar el carrer Placa, que estava flanquejat de palaus, la majoria dels quals amb impactes de metralla i alguns amagats darrere bastides, fins al carrer Zudioska, on davant mateix de la casa de la dona hi havia la vella sinagoga. El pis era particular, petit, fosc. La dona els va mostrar una habitació amb el sostre travessat de bigues que donava a un jardí interior on hi havia tres tarongers amb alguns fruits revellits en les branques més altes dels arbres que, en obrir el balcó, van perfumar la cambra. Un jove d'una trentena d'anys es va sumar al grup. La dona li va donar el cartró-anunci que no havia deixat anar de les mans i el jove es va presentar. Es deia Ante i era el fill petit de la dona. Amb un italià fluid els va explicar que havia estat treballant a Milà i que havia tornat a casa durant el setge de la ciutat de l'any 92 i que pensava tornar a Itàlia a la primeria de setembre, ja que Dubrovnik no oferia gaires possibilitats de treball a un restaurador de pintura. Feta aquesta declaració, el xicot els va informar que el preu –«pagaran en dòlars?», va preguntar– era per persona, que no incloïa l'esmorzar i que era la sola habitació que llogaven.

Dubrovnik era una ciutat magnífica. Encerclada per una muralla, s'obria al mar per un petit port guardat per la fortalesa de sant Joan, el carrer Placa dividia la ciutat en dos sectors, amb dues línies de palaus a banda i banda del carrer. Tota la ciutat vella era illa de vianants i l'absència de vehicles amorosia el panorama urbà, d'una blancor d'ivori amb reflexos rosats. Gombó i Mr. Belvedere van esmorzar –el segon del dia– al costat de la torre del rellotge, davant del palau Sponza amb una *loggia* de columnes de marbre. Sense presses, van fer la volta de la ciutat. Van visitar la catedral barroca i tres esglésies més. Es van asseure al claustre del convent de Sant Francesc i van anar a mirar el mar des de la terrassa del palau gòtic del Rector. Van dinar, a base de peix, en un restaurant del port, sota unes arcades de pedra, arran del moll ple de petites embarcacions privades, moltes d'elles amb banderes britàniques, italianes i franceses.

Havent dinat van anar a fer la migdiada. A mitja tarda, devien ser pels volts de les sis, uns sorolls els van despertar. Mr. Belvedere no havia tancat amb clau i la porta de la cambra es va obrir d'una revolada. Darrere la mestressa del pis hi havia dos homes que, empentant la dona, van entrar a l'habitació. Els homes eren Janez i el senyor Haxhi. Un tercer individu, que Mr. Belvedere no va arribar a veure bé, romania al costat de la porta. Aquest personatge i Janez anaven armats. El senyor Haxhi va ordenar a la dona que marxés i l'home de la porta li va engrapar el braç i la va fer sortir de l'habitació. Gombó i Mr. Belvedere continuaven asseguts al llit. El gegant només duia uns calçotets en forma de pantaló i anava sense res més al cos. La seva musculatura i el color pàl·lid de la pell destacaven sobre la vànova de color fosc que cobria el llit. Janez apuntava amb la pistola el cap de Gombó amb un posat idèntic al que havia adoptat el policia jove al compartiment del tren de Ljubljana, a Zagreb.

–Hem de parlar –va dir el senyor Haxhi i, adreçant-se a Janez, va ordenar alguna cosa que Mr. Belvedere no va entendre.

Janez, amb un moviment ràpid, es va treure unes manilles de la butxaca de darrere dels pantalons i les va posar al canell esquerra del gegant. La pistola continuava, amenaçadora, a dos pams del cap de Gombó. El noi, tibant de l'altra argolla de les manilles, intentava moure el braç del colós però l'esforç resultava inútil. Gombó havia enrigidit el braç i era com voler doblegar una columna de pedra. El senyor Haxhi es va treure un revòlver de canó curt de la butxaca de l'americana i el va posar a la galta del nan. Mr. Belvedere va dir:

–Deixa fer, Gombó.

I el gegant, relaxant-se, va permetre que Janez fixés la segona abraçadora de les manilles a la barra superior del capçal del llit. La tensió va caure en picat i Janez es va enretirar una passa del costat del llit sense deixar d'encanonar Gombó. El senyor Haxhi es va posar la pistola a la butxaca i, asseient-se a l'espona del llit, va repetir:

–Hem de parlar.

Mister Belvedere es va arronsar d'espatlles i no va dir res. Va estendre una mà invitant el senyor Haxhi que comencés.

–No ha estat gaire amable que desaparegués de Zagreb d'aquesta manera tan precipitada. Madame Vilma encara l'espera i el meu client em reclama el llibre, sap?

Mister Belvedere va explicar l'incident del tren, es va guardar per ell que havien recuperat el diccionari alemany de les pàgines foradades –que havien llençat a la paperera del lavabo del tren– i va mantenir que els falsos policies s'havien endut el paquet. El senyor Haxhi va escoltar la narració dels fets sense interrompre ni fer cap comentari. Després va demanar una descripció detallada i precisa dels personatges uniformats i es va fer explicar el tipus d'arma que els policies empunyaven, com si aquest detall tingués una significació especial per a ell. Va voler saber exactament a quina estació havien baixat els assaltants. Mr. Belvedere no en sabia el nom, però va afirmar –tampoc no n'estava segur– que va ser quatre parades abans d'arribar a Zagreb.

El senyor Haxhi no va preguntar res del que havia passat a l'hotel Central perquè ja ho sabia, tal com va suposar el nan. El senyor Haxhi es va alçar del llit, va travessar la cambra i es va quedar darrere el balcó que donava al pati dels tarongers i que havia tancat. Va mirar enfora una estona i quan va girar-se semblava que havia pres una determinació. Va fer un gest amb el cap adreçat al jove Janez i es va posar a parlar.

–M'ha causat, Mr. Belvedere, greus perjudicis materials i morals –va començar a dir al mateix temps que Janez enroscava un silenciador al canó de la pistola.

–El meu prestigi com a antiquari n'ha sortit molt malparat. El meu client de Zagreb em demana responsabilitats i, no cal dir, vol que li retorni la suma que em va transferir a Ljubljana. I sap? això són molts diners. Però no en té prou, amb això. En el nostre ofici, sap?, hi ha coses que són sagrades i em reclama que els meus missatgers assumeixin la seva responsabilitat per haver perdut el llibre. Ho sento per vostè, que m'era un home simpàtic, i pel seu amic que, pel que he observat, és un dinosaure amb cervell de mosquit. Haurien fet molt bé de no moure's d'Espanya. La seva cultura i la seva vida li haurien agraït que en comptes de venir cap aquest racó de món, s'hagués pres la molèstia d'anar a Madrid, a veure el museu del Prado. Li he comentat que d'aquí a uns dies me n'hi vaig?

Des del primer moment que l'home havia començat a parlar, Mr. Belvedere es va adonar del risc que corria. El va envair una suor freda i com una mena de corrent elèctric li recorria l'espinada, de la base del crani al còccix. L'alarma, confirmada pel silenciador de la pistola de Janez, provenia de la veu deseixida de Haxhi, que feia tot l'efecte de ser un comiat. Llavors, va recordar una conversa que havia tingut amb el seu oncle, el Milhomes, feia més de vint-i-cinc anys. Aquest li va explicar que hi havia una tècnica per a dominar la voluntat d'un home. Calia penetrar amb la imaginació dintre de l'altre i retorçar un feix lluminós que tots els homes tenen a la regió del plexe solar.

Ho va fer. Va tancar amb força el puny esquerra i va fer que la seva mà dreta penetrés en el ventre del senyor Haxhi. Va tenir la sensació d'engrapar una mena de corda feta de llum negra i va començar a retorçar-la. Les seves orelles i els seus ulls estaven pendents del senyor Haxhi, però tot ell estava concentrat en la mà que recargolava la voluntat de l'altre. S'hi havia projectat d'una manera total, absoluta, com aquell que pretén emergir de les profunditats d'un pou. Sabia que li anava la vida, però la força i la determinació provenien de la innocència de Gombó. Li feia l'efecte de tenir la força del gegant i en tot el seu cos sentia la pressió de la molla interna de l'home entre els seus dits.

El senyor Haxhi va badallar, una, dues, tres vegades seguides, com si el seu organisme necessités tot l'aire de l'habitació per a seguir vivint. Va somriure. Va dir alguna cosa relativa a Goya i Velázquez, com si li calgués estar en un lloc diferent d'allà on era.

De sobte alguna cosa es va trencar. Mr. Belvedere va sentir un espetec dintre del seu propi cos i va veure amb els ulls de la ment que la seva mà dreta es movia entre una massa fangosa. L'home es va acostar a Janez, li va demanar la pistola i amb un fil de veu va ordenar al jove que deslliurés Gombó de les manilles. Llavors el senyor Haxhi va fer un gest insòlit. Es va acostar a Gombó i, mentre aquest es fregava el canell que havia estat emmanillat, li va allargar un caramel de pal que s'havia tret de l'infern de l'americana. Quan travessava la porta Mr. Belvedere va sentir que el derrotat senyor Haxhi deia:

–Que tingueu bon viatge.

Mitja hora després d'haver marxat el senyor Haxhi i els seus amics va arribar Ante. El noi venia amb tota la salabror a la pell i els cabells encara humits d'haver estat tot el dia a la platja de Grua, on intentava practicar el seu excel·lent italià. Brikena, la mare d'Ante, continuava trasbalsada malgrat la tassa d'herbes que s'havia pres i les paraules amables que Mr. Belvedere li havia adreçat encara que sabia que la dona no les comprenia. La presència d'Ante va fer reviure a la dona les escenes viscudes amb un punt de dramatisme que potser evocava experiències anteriors d'un país acabat de sortir de la guerra. Mare i fill van parlar en croat davant el testimoni silenciós de Gombó i Mr. Belvedere, que no van entendre res. A Mr. Belvedere li va semblar captar diverses referències a Sèrbia però solament era una impressió, no en tenia cap seguretat. Ante, però, el va treure de dubtes.

La senyora Brikena, alleugerida després d'haver buidat el pap i reconfortada per la presència del fill, se'n va anar cap a la cuina. En la mirada del jove hi havia un punt de solidaritat, que les seves paraules van confirmar:

–La mare em diu que han estat assaltats per un grup d'agents serbis. Cregui'm que són mala gent. Si els puc ajudar en res, estic a la seva disposició pel que calgui.

Mister Belvedere va pensar que era millor mantenir l'equívoc del noi, fos la que fos la composició de lloc que s'hagués fet, i per això va dir:

–Necessitem arribar a Turquia al més aviat possible.

–Entenc –va replicar Ante i es va sumir en una reflexió profunda. Va mirar el rellotge –eren quarts de vuit–, va preguntar si viatjaven amb passaport de la Unió Europea i quan Mr. Belvedere li ho va confirmar, va dir:

–No hi haurà cap problema.

Com si es tractés d'ajudar uns agents secrets occidentals –la capacitat de fabulació d'Ante era considerable–, va dir que a quarts d'onze sortia del port marítim el vaixell d'Ancona rumb a Durrës, que estava a uns cinquanta quilòmetres de Tirana, la capital d'Albània i que des d'allà podrien arribar en tren a Istanbul a través de Grècia o de Bulgària. Els va dir que els costaria uns cinquanta dòlars per cap, sempre que estiguessin disposats a viatjar en coberta, ja que en aquella època de l'any –primeria d'agost– era molt difícil trobar cabines lliures.

Empès per la seva fantasia –Ante imaginava un grup de pistolers serbis disposats a eliminar els amics– va suggerir que fessin l'equipatge i que el seguissin. Abans de sortir del pis, la dona tot just va treure el cap de la cuina per dir-los adéu, el noi es va ficar a la seva cambra d'on va sortir al cap d'uns moments amb una pistola que es va posar a la butxaca posterior dels pantalons, sota la preocupada mirada del nan, i que va tapar amb el pany de la camisa.

Van travessar la ciutat antiga i van sortir per la porta Pile, la mateixa que havien travessat aquell matí, i van agafar un taxi fins a l'estació marítima, que es trobava enllà de la platja de Gruz, amb els seus hotels moderns i les obres inicials del projectat passeig de mar. Van sopar a la cafeteria de l'estació marítima i al voltant de les deu Gombó i Mr. Belvedere embarcaven al vaixell Ligúria, de bandera italiana.

S'havien instal·lat a la zona de popa. Mr. Belvedere jeia còmodament en una gandula i Gombó s'havia col·locat en un racó arrecerat, a terra, amb el cap sobre el sac de mariner. Compartien l'espai amb d'altres persones: una parella entortolligada en una altra gandula, un home que contemplava immòbil el solc del vaixell, dues dones de mitjana edat que xerraven en veu baixa estintolades a la barana, una adolescent que somicava en un racó i un vell àrab que passava entre els dits les denes d'un rosari. El ple de la gent, però, era dins del gran saló central del vaixell on, com si fos un cinema, ocupaven les fileres de butaques davant d'una gran pantalla. El so del film que projectaven arribava a través de les finestres obertes de la sala que Mr. Belvedere va identificar com a pertanyent al film de Gene Kelly *Singing in the rain*. Gombó, que també havia oït la cançó, s'havia alçat i contemplava a través de la finestra les evolucions de l'actor sota la pluja. El nan, interpretant els desitjos de l'amic, li va dir:

–Vés-hi, si vols.

I Gombó, sense fer-s'ho dir dues vegades, va anar a seure's a la primera fila més content que un gínjol.

Mister Belvedere pensava en la mort. Aquella mateixa tarda l'havia tinguda a prop; no li havia vist el rostre però n'havia sentit la veu a través de les cordes vocals del senyor Haxhi. Curiosament no havia tingut por. Havia temut més per Gombó que no pas per ell. Potser, si hagués estat sol, no li hauria vingut a la ment les paraules del seu oncle sobre la possibilitat de desviar la voluntat d'un home.

El cel era atapeït d'estrelles. La immensa volta celeste glatia plena de punts lluminosos. Al nan li semblava sentir el cant de l'Univers, que es mesclava amb els sorolls de la pel·lícula, el brogit de l'hèlice del vaixell i la remor de l'aigua. Era com un himne a la vida, comparable a la cançó de l'aire entre el brancatge d'un gran bosc. En el passat, moltes vegades, Mr. Belvedere s'havia quedat encisat contemplant les estrelles del firmament però mai, fins aquell moment, no s'havia sentit tan a prop del polsim còsmic. Se sentia absolutament sol, aliè i estrany als centenars de persones que, amb els seus secrets particulars, poblaven el petit món del vaixell. No era insolidaritat, era una altra cosa. Un sentiment més pregon que el simple reconeixement de la individualitat. Potser la certesa que l'home, a l'hora de totes les veritats, està absolutament sol davant el misteri de l'univers.

L'home que mirava el mar havia desaparegut. Un jove s'havia atansat a l'adolescent que ploriquejava i la tristesa de la noia s'havia transformat en un somriure. L'àrab s'havia adormit i el rosari entortolligat al canell tocava a terra. Els joves de la gandula continuaven besant-se en silenci, agombolats pel vaivé de la nau. Les dones, callades, fumaven un cigarret.

L'acabament de la projecció va dur a l'àrea de popa una glopada de gent bigarrada. L'espai es va omplir d'una bonior de veus i de puntes de cigarret enceses. La presència de la gent va descavalcar el nan de les seves cavil·lacions. La majoria dels presents parlava italià, d'altres francès, alguns alemany, uns pocs, idiomes desconeguts per Mr. Belvedere. El lil·liputenc es va dir «quanta gent fora de casa!».

Aquella observació el va dur a reflexionar sobre les multituds que viatjaven. D'ençà dels vint anys sempre havia estat en moviment, en un viatge perpetu. El circ era un món itinerant que rodava i rodava per a no arribar enlloc. Havia viatjat molt però sempre ho havia fet empès per les obligacions professionals, per això no acabava d'entendre del tot la dèria que tothom tenia per viatjar. Li feia l'efecte que la necessitat de moure's d'allà on eren corresponia a un desig no expressat, obscur i recòndit, de fugir d'ells mateixos, de sortir de les petites vides sense objecte amb l'esperança de trobar el camí de Damasc. Però per més lluny que anessin tothom acostumava a arrossegar la pròpia casa, com caragols humans, la qual cosa els privava de trobar res de radicalment nou. Com el circ Gabrielli, la massa dels rodamons moderns, amb les seves etiquetes de turista enganxades al front, tampoc no arribaven enlloc. S'escampaven en totes les direccions de la rosa dels vents, arribaven als confins de la Terra i, retuts de cansament, retornaven als seus punts d'origen amb la il·lusió d'haver aplegat en el seu interior unes imatges que la sorra del temps aviat esbandiria.

Gombó dormia. La majoria dels llums eren apagats i el cel, amb el seu carregament d'estrelles, refulgia. Prop de Mr. Belvedere l'àrab continuava dormint, a la resta se'ls havia empassat l'ombra. El vapor costejava. A la dreta del vaixell, al lluny, es veien els llums de la costa. De tant en tant apareixia el parpelleig d'un far que estenia el seu dit de llum sobre la mar platejada. Mr. Belvedere no podia dormir. Cada vegada que intentava posar-se en posició horitzontal la sensació d'ofec el tenallava.

La va veure arribar per l'esquerra. Era de la seva mida i tenia la cara blanca. Es va aturar a uns tres metres d'ell i el nan no distingia clarament com anava vestida. El seu perfil es perdia entre les ombres.

–La cita no era per avui –va dir la Mort.

–Acosta't –va replicar Mr. Belvedere.

–Ja veig que no et faig por.

–No t'he temut mai, sempre t'he considerat una amiga.

–Per cert, ara que esmentes l'amistat, aquesta matinada m'he endut miss Daisy. Ella no ho volia reconèixer, però feia temps que teníem tractes. A la fi ha estat contenta de venir amb mi, a molta gent els passa. Els fa l'efecte que fugen i fugen de mi però el que realment fan és que em persegueixen a grans crits. Tu ets diferent.

–Jo no t'he perseguit mai perquè sempre t'he tingut com a companya.

–Això està bé. La meva amistat reconforta. Molts dels errors humans la gent se'ls estalviaria si em tingués present. Si s'adonessin que cada matí els miro a través del mirall.

El silenci era total. La remor del mar, el brogit de l'hèlice havien desaparegut com si aquella escena tingués lloc en una altra dimensió, tot i que Mr. Belvedere era perfectament conscient d'estar assegut a la gandula, amb la massa de Gombó arraulida al seu costat.

–Et puc preguntar una cosa? –va demanar el nan.

–Depèn del que vulguis saber. Hi ha coses que no m'està permès de dir-les.

–Després on anem?

–Després de què?

–Ja m'entens. Després que hem marxat amb tu.

–Aquesta és la gran pregunta, sí senyor.

–I...?

–Tu mateix trobaràs la resposta. Abans miraves el cel. T'he observat com ho feies i m'ha semblat que senties el bategar de les estrelles. Són com milions d'ulls que miren. Centenars de milers d'aquests ulls ja no existeixen i el que veus és solament el record de la seva mirada. No pateixis perquè res no es perd. El gran secret és que tot perdura, així la petita estrella del teu cor. La qüestió, amic, no és on anem, sinó què som. No sé si m'entens.

–Ho intento perquè...

–No, amic, atura les paraules. La veritable comprensió està feta de silenci. És en el silenci on hi ha totes les respostes.

Com si obeís una ordre, Mr. Belvedere es va submergir en el

silenci interior. La Mort el mirava. Va somriure i es va dissoldre sense acomiadar-se.

–Perdó –va dir l'àrab que acabava de despertar-se.

Com disculpant-se, l'home va afegir:

–Estic esgarrifat. Acabo de somiar la Mort i l'he trobada molt bella.

18

Les Estrelles

DISSETENA ETAPA

La imatge de les Estrelles simbolitza la magnanimitat de l'Absolut. El Cosmos aboca tots els seus dons a la Terra. A través de la puresa de la dona nua, flueixen la sensibilitat, la llum i la bellesa. És l'hora dolça de l'home que, si és receptiu, rebrà la inspiració de la creativitat. Els cors purs se sadollaran d'amor i de poesia.

El Ligúria va arribar a Durrës a les vuit del matí. Mr. Belvedere havia descansat poc, tres o quatre hores d'un son prim en plena matinada. En canvi Gombó havia dormit tota la nit com una rabassa. Les maniobres d'amarratge van durar una mitja hora i a les nou Gombó i Mr. Belvedere emprenien el camí de Tirana en el primer dels autocars que s'esperaven a pocs metres del moll.

Tot i que a la parada de l'autocar diverses persones, principalment noiets a l'entrada de l'adolescència, oferien habitacions en cases particulars, Mr. Belvedere va decidir trobar un hotel tranquil on reposar i replantejar-se les darreres etapes del viatge. Van entrar a l'agència Albània Travel i una senyora bigotuda es va ocupar de trobar-los una bona habitació. D'entrada els va informar que a la ciutat no hi havia gaires cambres disponibles, ja que els hotels més populars i econòmics, amb cambres sense bany ni dutxa, no admetien estrangers. Després d'un parell de trucades la senyora que, malgrat el seu aspecte feréstec, va resultar atenta i molt servicial, els va reservar una habitació doble a l'hotel Tirana, que estava a uns centenars de metres de l'agència, a la plaça Skanderberg, el centre neuràlgic de la ciutat.

Recentment restaurat, l'hotel Tirana era l'edifici més alt de la capital. La clientela, pel que va poder observar Mr. Belvedere, estava integrada per turistes occidentals, amb una preeminència d'italians i alemanys. Li va cridar l'atenció l'abundància de grums, una colla de bordegassos de menys de divuit anys que es disputaven entre ells l'honor de traginar els equipatges dels clients.

Mister Belvedere no tenia humor per a fer turisme. Les emocions dels tres dies anteriors havien deixat el nan en una situació meditabunda, reflexiva, propícia a la introspecció i a la calma. A l'agència de viatges els havien informat que el camí més directe per anar a Turquia era volar a Istanbul o agafar un autobús que sortia cada dilluns i dijous al migdia des de l'agència Albtransport, a quatre passes de l'Albània Travel. Aquella opció, tot i que era un viatge molt llarg, de més de vint hores, era la preferida del nan perquè no havia viatjat mai en avió i, ara, als seus seixanta anys, li semblava que ja havia fet tard per provar-ho.

L'hotel disposava de dos grans salons i d'un pati interior enjardinat, imitant un claustre. Al centre del jardí hi havia una font amb tres dofins que feien de brolladors i, situades en els quatre punts cardinals, quatre gàbies d'ocells exòtics omplien l'espai de piuladissa. Gombó, des del finestral de la cambra, contemplava embadalit el jardí i els ocells. Mr. Belvedere s'havia mig reclinat en una de les dues butaques d'orelles davant de l'aparell de la televisió, apagat, i intentava descansar. Per la finestra penetrava l'aire calent i la xerradissa dels ocells.

–Anit he vist la mort –va començar a dir el nan.

Gombó es va girar i es va anar a seure a l'altra butaca. Al gegant li agradaven les històries que li explicava Mr. Belvedere. Potser no acabava de capir-ne tota la significació, però la reposada manera de narrar de l'amic el complaïa com si escoltés un conte de fades. Per al gegant aquelles estones adquirien el sabor, el color i la textura de l'amistat, una dimensió que aturava el temps. Mr. Belvedere ho sabia. Parlar a Gombó s'havia convertit en una de les formes de parlar-se a ell mateix, de dir en veu alta les coses que li desbordaven el cor davant d'un testimoni perfecte, que no l'interrompia ni el contradeia mai.

–La darrera vegada que la vaig veure va ser a Bruges. Tu encara no formaves part del circ. A Amsterdam, Gisèle s'havia posat malalta. El seu pare, el vell Rupert, menava una colla de mitja dotzena de ximpanzés que anaven en bicicleta, ballaven el vals i feien altres monades. El vell Rupert era un alcohòlic. Feia uns quants anys que la dona l'havia deixat i s'havia aferrat a l'ampolla per fer més suportable la seva desesperació i la seva vergonya. La filla el cuidava. Procurava mantenir-lo serè fins a l'hora de sortir a la pista. Gisèle es desvivia per ell. El peixava, li rentava la roba, li tallava els cabells i procurava no deixar-lo un moment sol perquè l'home no s'ensorrés en el deliri de la beguda. El vell Rupert es deixava dur per la filla com si fos cec, depenia tant d'ella que la noia havia esdevingut una mena d'esclava. No tenia ni vint anys i la mirada de Gisèle era la d'una anciana. Estava molt prima. La preocupació pel pare havia creat un buit en ella, un esvoranc fondo i negre que la xuclava endins. El vell Rupert cada nit s'embriagava. Prenia una ampolla de ginebra i se n'anava a seure a qualsevol racó del circ, lluny de la baluerna de la família. La noia el deixava fer. S'asseia als graons de fusta de la porta del remolc i esperava plorant que el seu pare s'acabés d'engatar. Jo m'hi acostava. La noia agraïa la meva presència però rarament em deia res. De vegades ens passàvem tres i quatre hores sense parlar-nos. Ella continuava somicant una estona, però a la fi s'aturava. Miràvem les ombres. La nit del circ està feta d'una simfonia de sorolls inconnexos darrere la qual hi ha un silenci ombrívol, una criatura enorme i fantasmagòrica, fill del son dels animals i de les persones. Ens deixàvem embolcallar per aquell silenci espès. Jo l'estimava. L'estimava en secret. Vivia pendent d'ella, formant la darrera baula de la cadena: el vell alcohòlic, la filla abnegada i el nan sentimental. Què no hauria fet per ajudar-la! De vegades el vell Rupert tornava al seu furgó fent tentines, d'altres calia anar-lo a recollir de terra, on dormia la trompa. Ajudava la Gisèle a acomboiar son pare fins a l'entrada del carruatge. El vell, retut per la beguda, es deixava dur com un autòmat, trabucant-se pel camí, amb la camisa fora dels pantalons i, de vegades, amb els camals molls de pixum.

»La malaltia de la Gisèle es va manifestar amb un gran vòmit de sang. Havíem hivernat a Bremen i a finals de febrer havíem iniciat el camí cap a l'oest. Els plans de l'Enrico Gabrielli eren arribar fins a Brest i després baixar cap al sud costejant l'Atlàntic. Estàvem acampats als afores d'Amsterdam. Feia encara força fred. Havia notat que la noia tossia però no hi havia prestat gaire atenció. El vell Rupert, aquella nit, s'havia tancat al seu carruatge amb l'ampolla de ginebra. La noia, embolicada amb un xal, estava asseguda en els esglaons de la porta. Com cada nit, jo l'acompanyava. No plorava, però vaig notar que tenia els ulls vidriosos. Quan no feia ni deu minuts que érem junts, Gisèle va fer una gran glopada de sang. Es va mig desmaiar. Una capa espessa i roja li regalimava per les faldilles. Li vaig tocar el front i la noia cremava. Enfurit, pres d'una sorda desesperació, amb el convenciment que Gisèle es moria, vaig colpejar la porta del furgó fins que el pare va obrir. Alguna gent, alertada pels cops i possiblement pels meus crits, van dur la noia dins del carro. El vell Rupert, que s'havia begut mitja ampolla, s'ho mirava tot amb els ulls esbatanats. L'Enrico, com un comandant en plena batalla, va imposar silenci. Va ordenar que algú avisés un metge, va arrabassar l'ampolla de ginebra de les mans del vell i va buidar-la a la petita pica del remolc, sota la mirada astorada del vell Rupert.

»Quinze dies després, Gisèle moria a l'hospital catòlic de Bruges. El seu pare d'ençà de la nit d'Amsterdam no havia tornat a beure i fèiem torns per acompanyar Gisèle, que es fonia en una cambra blanca d'hospital. Cada nit m'hi arribava. M'asseia al costat del vell Rupert i no ens dèiem res. La noia postrada al llit, amb la pell transparentant-li els ossos, de vegades consolava el seu pare. Gisèle es culpava de no haver-lo cuidat prou i de no haver sabut esborrar el dolor de l'home abandonat. El vell Rupert li prometia que mai més no tornaria a beure i, quan no podia més, per tal de no plorar davant de la seva filla, sortia de l'habitació i anava a fer les cent passes al llarg del corredor. La darrera nit el vell Rupert dormia i la Gisèle m'havia demanat que li agafés la mà. Semblava de vidre. El seu rostre mostrava reflexos de color de rosa i un somriure de beatitud li il·luminava la cara.

»–Sempre t'he estimat molt, Bel, i mai no he tingut el valor de dir-t'ho.

»No vaig poder retenir el plor. Hauria volgut dir-li tantes coses! Però vaig ser incapaç de dir res. Segurament no calia. Llavors, amb els ulls entelats de llàgrimes, vaig veure la Mort. Havia pres la forma d'un jove molt bell i era sota el marc de la porta. Anava molt ben vestit, amb corbata i americana blanca, com si acabés de sortir d'una festa o com si hagués vingut a recollir la parella per anar a l'òpera. La presència no va dir res. Vaig veure que mirava les nostres mans enllaçades i em va semblar percebre que un polsim de somriure tocava els seus llavis. El noi va desaparèixer i Gisèle va expirar enduta per una mort molt dolça.

–És una història trista, oi Bel? –va dir Gombó.

–Sí que ho és, Gombó.

–I el pare, què va fer?

–No va tornar a tastar l'alcohol mai més. Va viure uns anys més al circ i, després de vendre's els ximpanzés, es va retirar al seu país de l'Auvèrnia. No en vam tenir cap més notícia.

Tirana era una ciutat pobre. Hi circulaven pocs cotxes i la majoria eren atrotinats, encara que, de tant en tant, se'n veia algun nou de trinca, flamant, com a testimoni dels nous temps. Tots els grans edificis pertanyien a la passada època comunista, el Palau de la Cultura, la Biblioteca Nacional, la Universitat, l'antiga seu del Comitè Central, el Palau de Congressos, la residència de l'ex-president Enver Hoxha. Moltes dones anaven amb la cabellera recollida sota un mocador de cap i amb vestits amples i tirats que dissimulaven les formes femenines. Al costat d'aquelles musulmanes destacaven les poques noies joves que anaven amb samarretes ajustades i minifaldilles, tant les del país com les estrangeres, i que els homes, des de les terrasses dels cafès, es menjaven amb els ulls. Mr. Belvedere va observar que molt pocs homes consumien alcohol en públic. Cap al migdia i l'hora baixa els cafès s'omplien de gent que prenien te o cafè turc.

Havent dinat van travessar el riu i es van arribar al parc Kombëtar, on en un teatre a l'aire lliure anunciaven per aquell mateix vespre la representació de *La Flauta Màgica*, de Mozart, per la companyia de teatre de titelles de Salzburg. Uns metres més enllà del gran llac artificial, encamellat sobre una escala de pintor, un personatge amb una gran barba blanca anunciava amb to apocalíptic la fi del món. Una vintena de persones se l'escoltaven. Eren sobretot homes grans acompanyats de criatures que anaven o tornaven del zoo de la ciutat. Al peu de l'escala, al costat d'una tauleta amb cames de tisora, una dona de mitjana edat repartia fulls volants impresos en ciclostil. Malgrat el dramatisme del discurs del vell barbut, els espectadors semblaven més aviat divertits i adoptaven una actitud entre escèptica i burleta. De tant en tant, algun dels concurrents feia una observació en veu alta que la resta dels assistents li reia amb l'evident irritació del predicador, que replicava amb energia la interrupció. Mr. Belvedere contemplava divertit l'espectacle amb el temor que el vell que seia dalt de l'escala no anés per terra a causa del seu apassionament.

–La fi del món la vivim cada dia –va comentar en italià un vell desvagat adreçant-se al nan.

L'home que havia parlat semblava vorejar la setantena. Anava amb una camisa sobre els pantalons que un dia havia estat blava i que grisejava a causa de mil rentades. Calçava unes sabatilles de tires de cuir i la cavitat dels seus ulls s'accentuava sota unes espesses celles rebels que li donaven un aire feréstec. El vell va prosseguir amb una veu cansada:

–Cada nit a l'hora d'anar-me'n al llit tinc la sensació que quan em llevi l'endemà el món s'haurà aturat. Que la terra s'haurà cansat de donar voltes a l'entorn del sol i que el planeta s'anirà assecant com una poma abandonada en un racó del rebost. El sol, aturat en un punt fix del cel, ens devorarà amb el seu ull enorme i a les antípodes la vida s'extingirà en una nit perpètua. I sap per què s'aturarà el món? Per vergonya! Arribarà un dia que la vergonya dels homes s'enfilarà fins als peus de Déu i clamarà que s'aturi l'absurd espectacle de la Creació. Potser llavors Déu rectificarà la seva obra i després de mil anys ho tornarà a provar amb gent pastada amb una altra mena de fang.

El vell barbut havia baixat de l'escala i la dona dels fulls volants havia plegat la taula. Gombó i Mr. Belvedere s'havien assegut en un banc acompanyats de l'home de les celles grosses. El vell, com si hagués de concedir uns moments de reflexió, callava.

–Aquí on em veu– va continuar l'home– he treballat quaranta anys al servei d'aquest país. Encara que la meva feina fos tan modesta con la d'obrir i tancar les portes d'un museu durant els tres-cents deu dies laborals de l'any, sempre em vaig sentir útil. Fa cinc anys que sóc jubilat i en aquests anys he vist reduir-se la meva paga mensual a una quarta part del seu valor. D'acord amb les lleis de la matemàtica i a partir del dia 10 de cada mes, no hauria de menjar, hauria de viure de l'aire. Però hi ha una inèrcia, sap?, una cosa misteriosa que t'empeny a seguir endavant i un sempre acaba trobant alguna cosa per portar-se a la boca. Sort en tinc, que les necessitats d'un vell són mínimes. He acabat vivint en una habitació del meu piset, que comparteixo amb dues famílies. Aquesta cessió d'espai em permet arribar fins al dia vint i per als deu dies que falten fins a la nova paga sempre es produeix un petit miracle. Fins l'any passat un dels meus fills de Kosovo m'enviava uns centenars de lekë; ara, quan no tinc ni un lek, me'n vaig a veure els mormons i després de parlar-me de Jesús em donen de sopar. Amb una menjada al dia passo. Si li he de ser franc, els mormons no m'agraden gota. No són mala gent, uns xicots sans que no es treuen la corbata per res, vinguts dels llocs més inversemblants dels Estats Units d'Amèrica. Però el seu món és un altre. Es pensen que perquè són rics i tenen una fe infantil i primària esborraran la memòria dels qui ens vam fer homes cantant la Internacional. Però la gana, sap?, és molt humiliant. I ells no sembla que se n'adonin. Vénen a aquest racó de món amb el mateix esperit dels jesuïtes que van anar a la Xina sense adonar-se que es trobaven davant d'una cultura mil·lenària. Però són rics, sap?, i es pensen que ens compren l'ànima. Per això no m'agraden.

»Els meus fills, les seves dones i els meus tres néts, van morir a Kosovo. I no cregui que eren guerrillers, ni polítics; eren paletes. Els nens tenien set, nou i onze anys. Les dones tot just havien passat la trentena. Vivien als afores de Pec o Pejë, com en diem aquí. Una matinada els homes de Belgrad van incendiar la casa amb les dues famílies a dins. Aquell mateix dia més de la meitat dels homes de la ciutat els van passar per les armes.

»Si no fos per alguns actes d'abnegació i sacrifici un sent la temptació de renegar de la raça humana. Sort que hi ha encara gent com el petit Smail, un petit musulmà d'onze anys que va travessar tot Kosovo a peu, amb els seus dos germans petits i l'àvia cega. De Pristina a Kukës, per les muntanyes, caminant de nits i dormint de dia. Alimentant-se de glans, pinyons, bolets i petits animals del bosc. Per no perdre's, sempre marxant cap al sud-est, va lligar els seus germans i l'àvia amb una corda, com si fossin una rècula d'animals de càrrega. Els germans petits tenien cinc i set anys i la vella, més de setanta. Cada dia, en sortir el sol, s'encauaven en un racó dels bosc i Smail explicava un conte de la tradició islàmica als seus germans o narrava les facècies de Mullà Nasrudim. De fet, aquelles narracions van mantenir la moral dels fugitius durant els tres mesos que va durar el seu periple. Quan van arribar a la frontera tots quatre tenien els peus destrossats i l'àvia s'havia tornat boja. Estaven amb la pell i l'os, malalts d'enteritis, bruts com una guilla, vestits amb quatre parracs, amb tot el cos ple d'esgarrinxades. Però els nens somreien davant de la màquina de fotografiar i la seva foto va ser publicada a tots els diaris del país com un testimoni d'esperança. Aquells tres infants, el relat de la seva travessia, va fer més tolerable l'incomprensible assassinat dels meus néts. Encara que no he estat mai creient, la tarda que vaig llegir l'odissea de Smail i els seus germans i l'àvia cega vaig descalçar-me i vaig entrar a la mesquita per agrair a Al·là aquell exemple d'amor i d'enteresa d'un noiet d'onze anys que, per a vergonya del món, somreia tímid des de les pàgines del diari com si acabés de fer una petita malifeta.»

L'eclipsi estava previst que s'iniciés cap a les 12,30 hores i que mitja hora després arribés al seu punt àlgid amb una ocultació del vuitanta-cinc per cent del sol. Tot i que feia setmanes que l'esdeveniment astronòmic era notícia a tots els diaris d'Europa, Gombó i Mr. Belvedere no se'n van assabentar fins al vespre anterior gràcies al vell de les celles hirsutes que, a la sortida de la representació de *La Flauta Màgica*, va ironitzar sobre els profetes de pa sucat amb oli que amb motiu de l'eclipsi vaticinaven la fi del món i d'altres catàstrofes, com la que havia fet el modista parisenc sobre la destrucció de la ciutat del Sena.

A quarts de deu l'hotel Tirana era un vesper de gent que s'apressava a adquirir ulleres per a veure el fenomen. La partida de lents especials acabava d'arribar d'Alemanya i una cua llarguíssima s'havia format al taulell de la recepció. Els responsables de l'establiment havien habilitat el terrat de l'edifici –fins a aquell moment destinat a penjar-hi la bugada– on els clients compartien l'espai amb les càmeres de la televisió pública del país. Malgrat la calma i l'escepticisme de Mr. Belvedere, Gombó no podia amagar el seu nerviosisme. L'excitació general se li havia encomanat i el gegant oscil·lava entre el temor d'un cataclisme i l'afany de presenciar l'últim eclipsi del mil·lenni. Mr. Belvedere va haver d'emplear-se a fons per tal de foragitar la inquietud de l'amic i apaivagar les il·lusions de Gombó, que semblava esperar no se sap què de l'espectacle astronòmic. Pel que fa als mals averanys calamitosos, li havia resultat bastant fàcil contrarestar la basarda del colós argumentant que els pronòstics apocalíptics dels endevins generalment se n'anaven en orris i que les visions de Nostradamus, formulades en uns versets críptics, solament s'havien confirmat a jugada passada; del modista de París ni es va dignar parlar-ne. Allà on el lil·liputenc va fracassar fou en la qüestió de l'espectacle perquè Gombó s'hi havia aferrat amb el desfici propi d'un infant que glateix per l'arribada dels Reis d'Orient. Per tal de fer-lo content i de tranquil·litzar-lo es va gastar els vint dòlars que costaven les ulleres alemanyes i, descartat el terrat de l'hotel, que semblava una parada de metro en hora punta, es van encaminar cap al parc de Kombëtar, on podrien contemplar la representació celestial sense aglomeracions ni empentes.

Cap a tres quarts d'una el cel va començar a empal·lidir. La claror es va anar esgrogeint i a Mr. Belvedere li va semblar que els ocells emmudien. «És com una tallada de meló» repetia Gombó, entusiasmat. El quinze per cent del sol, en aquella hora en el seu zenit, era, però, suficient per il·luminar el paisatge amb una claror d'horabaixa, suau i matisada, que va accentuar la brisa fresquejant que bufava de l'oest. De mica en mica la llum va anar guanyant intensitat i al cap de poca estona la gent es va desentendre de la cita que havia tingut lloc sobre els seus caps. Els qui no es van perdre ni un minut del fet astronòmic van ser Gombó i una colla de vailets que, mentre va durar la funció, es van passar els uns als altres les ulleres de paper metal·litzat del gegant.

A quarts de dues Gombó i Mr. Belvedere dinaven al restaurant del zoo. El nan estava una mica decebut amb l'eclipsi perquè, fora de la disminució de la intensitat lumínica, no havia passat res de res. Ni el planeta Terra s'havia aturat ni la multitud d'espectadors havia deixat de fer les coses habituals. No sabia si la torre Eiffel restava en peu, si les gàrgoles de Notre-Dame continuaven observant silencioses el traüt dels turistes procedents dels cinc continents; no ho sabia però intuïa que al marge de l'eclipsi, els cataclismes de la natura es continuarien produint amb l'habitual regularitat atzarosa i que les inundacions, els tifons i els terratrèmols acudirien puntualment a la cita sembrant de mort i destrucció la turmentada terra dels homes. Va pensar en el procés de construcció i destrucció que senyorejava la vida i es va estranyar que la majoria de la humanitat visqués d'esquena a aquella realitat ineluctable. La vida i la mort formaven una mateixa roda, en un fer i desfer continu a través dels segles, i, malgrat aquella evidència, repetida incessantment, els homes no perdien la il·lusió de perpetuar-se, si més no a través de la memòria, i erigien palaus de pedra sobre la roca i temples de marbre, castells de paraules i complicades arquitectures de sons. «Vanitat de vanitats», va pensar, però alguna cosa molt endins d'ell mateix li deia, amb una veu petita, gairebé imperceptible, que aquella mena de follia de desig d'immortalitat potser no era només vanitat i que, en un espai recòndit en l'interior de cadascú hi romania una espurna de llum, una engruna de diamant indestructible, l'alè de Déu.

Abans de marxar de Tirana, Mr. Belvedere va voler tornar a llegir les cartes del seu oncle Jaume. Eren vint-i-una cartes que abraçaven quatre anys de la vida del Milhomes. Estaven farcides de citacions de Rûmî, l'amic de Konya, algunes de les quals havien arrelat a la memòria de Mr. Belvedere. Recordava perfectament el dia que l'oncle Jaume va abandonar el circ. Eren a la primavera de 1969 a la ciutat de Bolonya. Mr. Belvedere tenia trenta anys i el Milhomes n'acabava de fer cinquanta. L'oncle Jaume sempre havia dit que als cinquanta anys es retiraria; que a aquella edat un home havia d'haver trobat el seu veritable camí. L'oncle Jaume, a Bolonya, va conèixer Miles Gibson. Era un anglès de cabells cendrosos, alt com un sant Pau, que s'havia passat mitja vida en els països àrabs. Era arqueòleg i en aquella època investigava uns documents del segle XII dipositats a la biblioteca de la universitat de la ciutat. Com a arqueòleg s'havia interessat en les arrels de l'Islam i s'havia relacionat amb els grups místics de l'Orient Mitjà. Era un acòlit de l'ordre dels mawlawis, els dervixos giravoltants, els quals, al so de la flauta de canya, es llancen a la dansa arremolinada, anomenada samâ, fins a entrar en èxtasi. El mateix Rûmî havia cantat la samâ amb aquests mots:

> Oh dia, neix! Els àtoms dansen,
> les ànimes, folles d'èxtasi, dansen,
> a l'orella, et diré on porta la dansa.
> Tots els àtoms, en l'aire i en el desert,
> sàpigues-ho bé, són com uns insensats.
> Cada àtom, feliç o miserable,
> està enamorat d'aquest sol del qual no es pot dir res.

De la mà de Miles Gibson, el Milhomes va conèixer un grup de sufís que, a milers de quilòmetres dels seus països d'origen, estudiaven els ensenyaments del Mawlânâ. Els components del grup eren comerciants i treballadors manuals que, havent fet el vot de castedat, vivien en comunitat en una petita vil·la dels afores de Bolonya, sota la direcció d'un xeic que vetllava per la seva vida espiritual. Mr. Belvedere no va veure mai aquells homes. L'oncle Jaume va prendre la decisió d'anar a viure amb ells i un matí de maig, sota un plugim d'agulles de plata, va abandonar el circ i la família, lleuger d'equipatge i amb un somriure als llavis, disposat a servir el senyor del seu cor, l'amic de Konya.

Les primeres vint cartes constitueïen el testimoni del seu peculiar viatge interior. En cap d'elles no va comentar mai qualsevol aspecte de la seva vida exterior i mai tampoc no va fer cap referència a les notícies que puntualment el seu nebot li donava d'ell mateix, de la família o del circ. Eren lletres escrites com si es parlés a ell mateix, curulles de reflexions i de referències a la recerca de l'home interior. Les paraules de l'oncle Jaume posaven de manifest la tensió en què vivia; eren l'exponent d'una ànima que es tensava com un arc amb la sageta encarada al sol. La carta més estranya era la darrera, la vint-i-unena, en la qual el Milhomes afirmava a cada línia «no sóc ningú». També era el sol escrit on l'oncle Jaume demanava a Mr. Belvedere que seguís el seu exemple «perquè el camí és llarg i l'amic de Konya no pot esperar eternament». Era una carta trista que destil·lava l'angúnia d'algú que arriba a un cul-de-sac i s'enfronta al silenci d'un immens mur. Tot l'escrit, malgrat la coherència de cada frase, en el seu conjunt era dislocat i inconnex, com un crit en la nit, com si alguna cosa enorme i fosca estigués a punt d'encalçar l'home que escrivia, oblidant-se de tots els punts de les is i els pals horitzontals de les tes. Aquella carta torbadora acabava amb una frase que Mr. Belvedere no va saber mai si es tractava d'un pensament de Rûmî o d'un clam del seu oncle:

«Qui té una bona naturalesa se salva, qui té el cor feble es trenca.»

Com tampoc Mr. Belvedere no va saber mai que el seu oncle Jaume, el Milhomes, l'endemà d'escriure aquella frase va caure en un pou de silenci, va deixar de menjar i cinc dies després moria foll d'amor per l'amic inassolible.

19

La Lluna

Divuitena etapa

La Lluna, senyora de la nit, alimenta el mar i la terra. El seu silenci s'estén pel món ocult i governa els impulsos subconscients de l'home. Mal aspectuada, pot extraviar i provocar la confusió de la ment. En canvi, el seu somriure enigmàtic afina la sensibilitat i propicia els somnis profètics. La Lluna parla als animals i a les plantes del mar i de la terra. La seva veu es confon amb la remor del vent i afavoreix el viatge cap a les pregoneses internes, allà on l'esperit de l'home comparteix l'espai amb les pulsacions de l'Univers.

A les 12 del migdia del dia 12 d'agost, Gombó i Mr. Belvedere van pujar a l'autocar d'Istanbul. Era un vehicle modern, refrigerat, amb equip de música, pantalla de televisió i seients reclinables. L'autocar no anava ple, una trentena de persones n'ocupaven els seients sense fer gatzara. Hi havia poques dones i entre els viatgers es podia distingir la gent de la regió dels turistes occidentals, la majoria joves. Les dones, fora de dues angleses d'edat indeterminada, totes duien mocador al cap i anaven acompanyades dels seus marits. Una de les parella duia un nen d'uns sis o set anys que s'havia quedat embadalit contemplant la grandària de Gombó i la petitesa de Mr. Belvedere. A primera fila, a l'esquerra del conductor, viatjava un home sol, un vell amb una venerable barba blanca vestit amb una gel·laba blava ornamentada amb fils d'argent. El vell va ser el darrer a pujar a l'autocar i el seient li havia estat cedit per una parella de mitjana edat que va anar a seure al fons del vehicle. En entrar el vell, molts dels presents es van alçar i li van fer una inclinació de cap en senyal de respecte.

A primeres hores de la tarda l'autocar va arribar a la frontera de Grècia. La policia grega de duanes va fer baixar tothom del bus i van sotmetre l'equipatge dels viatgers a una inspecció exhaustiva, especialment les bosses i les maletes dels qui no duien passaports occidentals. Ni la petita bossa del vell de la barba blanca no es va deslliurar de l'escorcoll humiliant dels grecs. El tracte que van dispensar els policies als viatgers era clarament discriminatori. Amb males cares i gestos peremptoris, van fer passar els homes i les dones de la regió per un rigorós control, actitud que es va endolcir notablement quan va ser hora d'examinar els papers i els equipatges dels turistes occidentals. L'únic albanès o turc que es va estalviar el tracte vexatori fou el xofer del vehicle, que es va quedar assegut en un racó de l'edifici de la duana fumant sense parar un cigarret darrere l'altre.

A quarts de deu l'autocar es va aturar a Tessàlonica, en una àrea de servei, punt de reunió de grans camions i de diverses línies de transport regular, on els viatgers van disposar de mitja hora per deixondir-se. Solament el vell de la gel·laba va restar al seu lloc immòbil, absolutament abstret del món exterior, sumit en una mena d'oració catalèptica. Quan el bus va reprendre la marxa els llums es van apagar i la música fou silenciada. Gombó es va adormir com una soca i Mr. Belvedere va capcinejar fins a les petites, va lliscar cap a un son d'orella de gat i, cap a la matinada, l'ofec el va despertar. El nan estava cansat, les dificultats respiratòries accentuaven la sensació de fatiga i tenia la impressió que el seu cor començava a funcionar com un rellotge espatllat. A l'alba l'autocar va arribar a Alexandrúpolis, la darrera ciutat grega, a una cinquantena de quilòmetres de la frontera turca.

Aquí tampoc el vell de la barba venerable no va baixar del vehicle. La resta de passatgers van fer cua davant dels serveis i es van abocar al taulell de la cafeteria on un vell ajudat per un noiet barbamec va començar a servir cafès amb llet als ensonyats viatgers. Gombó, que s'havia alçat amb una gana de llop, va liquidar en un parell de minuts mitja dotzena de pastissets de cabell d'àngel, ja estantissos i a punt d'agrejar. L'home que havia cedit el seient al vell de la gel·laba va dur-li una ampolla d'aigua de la qual, per pura cortesia, el vell va tastar-ne unes gotes. Quan Mr. Belvedere va anar al lavabo es va trobar el xofer de l'autocar nu de mig cos en amunt davant del rentamans, ruixant-se la cara i el tors pelut com el d'un os bru.

El control fronterer d'Ipsala no va ser menys rigorós que el de la policia grega, amb una discriminació semblant segons els passaports dels viatgers. Potser aquí les dones foren tractades amb més miraments, com també ho va ser el vell de la gel·laba, a qui els duaners, després de donar un cop d'ull als seus papers, van fer seure en una cadira que un dels policies va anar a cercar en una de les oficines de la duana. Mr. Belvedere estava intrigat per la personalitat del vell. S'adonava de l'halo de respecte que suscitava, de la consideració que li tenien i la naturalitat amb què l'home acceptava les deferències de les quals era objecte. En tot el viatge el vell no havia obert la boca i quan li havien ofert el seient, l'ampolla d'aigua i la cadira s'havia limitat a fer una lleugeríssima inclinació de cap com a signe d'agraïment. Si no hagués estat per la pulcritud de la gel·laba i el doll de pèls blancs de la seva extensa barba, l'home hauria passat per un camperol taciturn, potser un menestral retirat, atesa la seva cara colrada i les seves mans nuoses.

No hi havia cap dubte: era una vaca. Feia poc més de mitja hora que havien deixat Ipsala i darrere un revolt pel qual la carretera s'enfilava muntanya amunt, l'autocar va fer una aturada brusca. Enmig de l'asfalt hi havia una vaca ajaguda a terra, amb les potes estirades i amb un toll de sang sota el cap. Aquella bèstia, a primera hora d'un matí gris, morta al bell mig de la carretera, era la imatge de la desolació. El xofer de l'autocar encara amb el peu al fre i amb el motor brogint, mig alçat contemplava el cadàver boví amb l'aprensió als ulls, com si esguardés el cos d'una dona nua assassinada. Llavors van aparèixer. Eren una dotzena d'homes de pell fosca, la majoria amb barba, armats amb Kalashnikovs, que envoltaren l'autobús.

Tres homes van pujar al vehicle. Van dir alguna cosa en turc i amb l'inapel·lable argument dels canons dels fusells van fer anar tothom al fons de l'autocar. El vell de la gel·laba va anar a parar darrere el seient de Gombó i Mr. Belvedere, al costat d'un noi italià que havia quedat separat dels seus dos companys. Tres o quatre homes de la partida van arrossegar el cos de la vaca fins a la cuneta i després d'haver pujat a l'autocar, el bus va reprendre el camí. Uns dos-cents metres enllà l'autocar es va ficar per una pista forestal que s'endinsava per un bosc de roures i alzines. Potser van circular una hora fins que van arribar a una clariana, prop de les restes d'una antiga serradora, on dos homes esperaven el seus companys.

Van fer baixar tothom del vehicle. Com havien fet una hora abans a la duana, els passatgers van prendre els seus equipatges i van anar passant de dos en dos davant de quatre homes que, després de quedar-se els papers dels viatgers, van escorcollar bosses i maletes. Aquí també la discriminació va funcionar. Tots els occidentals foren posats a una banda i la resta fou dividida en dos grups. Els homes de l'escorcoll no es van limitar a regirar les pertinences dels viatgers, sinó que arreplegaven tot el que els semblava de valor i ho anaven ficant dins d'un sac de xarpellera. Rellotges, joies i transistors, monedes i bitllets de qualsevol procedència anaven a parar a dins del sac.

Quan Gombó i Mr. Belvedere van ser davant del grup que feia la selecció, el nan va mantenir la mà al braç del gegant. El petit temia que Gombó s'esverés i que la seva alarma no posés en perill la seva vida. Per això quan un dels homes va tocar amb la punta de l'arma la bossa que Gombó duia penjada al coll, Mr. Belvedere es va treure la seva i, donant exemple al gegant, va donar-la a un dels homes, el qual, vist de prop, no tenia més de quinze anys. La perquisició va durar una mitja hora. Durant tota l'estona ningú no va dir res. Nou persones formaven el grup de turistes; una altra dotzena eren albanesos i la resta, turcs. El vell de la barba blanca havia restat a part, així com un jove d'uns vint-i-cinc anys al costat del qual un parell d'homes no havien deixar d'apuntarlo amb les armes.

El qui semblava el cap del grup es va avançar un pas i va començar un parlament. L'home va parlar en turc i en italià, i un altre company, que portava ulleres de miop, va traduir en anglès les paraules del líder de la partida. Pel que va entendre Mr. Belvedere, els assaltants formaven part del braç armat del Partit dels Treballadors de Kurdistan i actuaven sota la bandera –el noiet de quinze anys va desplegar un drap vermell amb una estrella de cinc puntes dins d'un cercle blanc– de l'Exèrcit Popular d'Alliberament del Kurdistan. L'home va mencionar el nom d'Abdul·lah Ocalan i va acabar dient que la sort dels ostatges depenia del govern d'Ankara. Llavors l'home va fer una cosa que va corglaçar la sang dels presoners. Es va acostar al jove que havia estat apartat de la resta de turcs i li va engegar un tret al cap, repetint la imatge del cap de la policia de Saigon disparant a un guerriller del vietcong que, a principi de l'any 68, va fer la volta al món.

Els captius, escortats per mitja dotzena de guerrillers, es van internar bosc amunt. Va ser una marxa penosa, de més de set hores, sota una pluja densa que va amarar tothom, però que no va aconseguir esborrar la visió de l'execució del jove turc –era policia, havia dit el botxí– que persistia en el fons dels ulls dels testimonis. Mr. Belvedere estava trasbalsat. Era la primera vegada que veia matar un home i s'adonava que la mort violenta, tantes vegades contemplada des de la butaca d'un cinema o a la pantalla del televisor, no tenia res a veure amb la ficció, que era una de les accions més repugnants i torbadores que un ésser humà podia cometre, que trencava de sobte l'equilibri de la natura; que s'imposava com un cop de mall monstruós que feia estremir la terra.

Gombó portava el nan a collibè. Les dues dones angleses encapçalaven la corrua de presoners, darrere el guerriller barbamec que obria el pas, i el vell de la gel·laba tancava la fila índia. La musulmana –que en el moment de l'assassinat del jove policia havia fet un esgarip que havia esquinçat els núvols– duia el seu fill en braços, eixarrancat sobre el maluc, amb el marit al darrere, que tremolava com una fulla, potser de por, potser de fred. Els qui semblaven més tranquils eren els joves italians, com si el fet d'haver esdevingut moneda de canvi entre enemics irreconciliables formés part d'un programa de viatges d'aventura.

A mitja tarda va parar de ploure. Els núvols, empesos pel vent, van començar a disgregar-se i, com castells itinerants, fugien cap a ponent. Amb tot, el sòl estava intransitable. Un fangueig llefiscós impedia la marxa i molts dels ostatges havien perdut les sandàlies. Els homes armats, distribuïts al llarg de la fila, mantenien el ritme de la caminada amb empentes i imprecacions. L'expedició va arribar al seu destí quan el sol ja era molt baix. Una estona abans, el bosc s'havia anat esclarissant i es van trobar amb un turó pelat, flanquejat al nord per un roquissar al peu del qual hi havia una cova que guardaven dos homes: un vell desarmat i un jove barbut amb una cartutxera encreuada sobre el pit, un màuser de la primera guerra mundial, i la cama embenada. En unes altres circumstàncies, els captius haurien apreciat que el panorama era magnífic. Als seus peus s'estenia un immens mar verd fosc clapejat d'ací d'allà amb taques de verd més tendre. El sol, perdent-se a l'horitzó, il·luminava l'atmosfera amb una claror grogosa i el cel, net de bromalls, tenia una intensitat d'atzur brillant.

Els captius van seure a la terra humida. El vell els va repartir crostons de pa dur i, amb un pot de llauna i un odre de pell de cabra, els va donar aigua. El vell de la gel·laba va refusar el pa i es va limitar a humitejar-se els llavis amb el pot de l'aigua. Les dues angleses, després de parlamentar inútilment amb el guerriller que semblava dur el comandament, es van allunyar del cercle col·lectiu i van orinar darrere d'uns matolls, sota la mirada divertida dels homes armats. Com si s'hagués aixecat la veda, les musulmanes a una banda i els homes a l'altre, tothom va imitar les angleses, amb excepció del vell de la barba venerable i del nan.

Mister Belvedere sentia la mullena arrapada a la pell. Gombó es mirava l'espectacle que l'envoltava, el cercle de presoners asseguts a terra i els homes armats que entraven i sortien de la cova, amb ulls de sorpresa, com si no acabés de fer-se càrrec de la situació. Els guerrillers que havien quedat endarrere anaven arribant. El cap, a qui Mr. Belvedere va sentir que deien comandant, va donar unes quantes ordres i quatre o cinc homes es van mobilitzar.

Al pujol rocós, a més de la gruta principal, hi havia dues altres balmes, a la més allunyada de les quals es veien restes d'un foc. Uns homes van començar a apilar-hi llenya i al cap d'uns minuts una gran perola era sobre les flames. Algú va anar a cercar el vell de la gel·laba i el van fer entrar a la cova gran. S'hi va estar ben bé mitja hora. Entretant s'havia fet fosc i l'aire era fred. Una mitja lluna il·luminava pàl·lidament la muntanya i les puntes enceses dels cigarrets dels guerrillers semblaven cuques de llum volant en la penombra.

En sortir de la cova, el vell de la barba blanca es va atansar a les quatre dones musulmanes i, ajupit a la gatzoneta, els va parlar.

Uns quants homes es van acostar al rotlle de les dones i el vell va acabar parlant per al grup de turcs. La seva veu, en un to molt baix, era clara i pausada. Tot el grup amb els caps inclinats endavant bevien les paraules del vell com si els anés la vida. Un alemany taciturn, a qui Mr. Belvedere havia vist traginar a l'autocar una bossa d'aparells fotogràfics, es va apropar a la rotllana i s'hi va quedar fins que la reunió es va dissoldre. En tornar es va asseure al costat dels occidentals –els tres joves italians, les dues angleses i Gombó i Mr. Belvedere– i va dir en anglès: «el vell és un home sant». Les angleses en volien saber més coses, però l'alemany, després de contestar a les dones amb monosíl·labs, es va sumir en un silenci adust, perdut en les seves pròpies cabòries.

El sopar –un guisat de xai amb naps i patates– va resultar reconfortant. Van dormir en la segona de les cavernes, sobre una estesa de palla coberts amb una dotzena de mantes, que els ostatges van compartir sense miraments. Mr. Belvedere estava febrós, havia suportat la mullena durant hores i no es podia treure de sobre intermitents esgarrifances de fred. No podia dormir. Estava assegut al costat de Gombó, que rinxolava com un ca satisfet amb la panxa plena, i mirava la ratlla de cel estrellat que es veia des de la seva posició. Assegut i repenjat a la paret de l'entrada de la cova, el guàrdia, amb el fusell entre els genolls, pesava figues. En un racó un altre home vetllava el vell de la gel·laba, del qual l'alemany esquerp havia dit que era un home sant. A Mr. Belvedere li hauria plagut parlar-hi, saber què pensava de la situació en la qual es trobaven. Pel que havia pogut observar feia unes hores, les paraules del vell havien assossegat el grup dels turcs, especialment les dones, que semblaven més inquietes. Però ningú no n'havia dit res als occidentals –els albanesos i els turcs parlaven entre ells–, com si els separés un mur invisible.

El matí del segon dia de captiveri dos helicòpters van sobrevolar la zona. Els guerrillers, que havien vist venir els aparells, van tenir temps d'encabir tothom dins la cova gran de manera que fos impossible veure ningú del cel estant. Foren uns moments tensos, amb crits i empentes i ordres peremptòries de silenci només trencat pel plor ofegat de miss Simpson, la més jove de les angleses. Els guerrillers, amb les armes a punt, no descartaven la possibilitat que un dels helicòpters aterrés a l'esplanada irregular de davant la gruta però les naus van passar de llarg. El que va impressionar més Mr. Belvedere van ser els sorolls metàl·lics dels carregadors de les armes, que ressonaven a la caverna com esgarips amenaçadors i cecs.

El comandant Shetjezi –els seus homes li deien Shet– va ordenar que els ostatges no sortissin de la raconada de les provisions, un indret ple de sacs de patates, dues piles de naps i diverses caixes de llaunes de conserva, i, per tal de calmar els ànims, va fer repartir unes mitges canyes amb un dels caires esmolats amb les quals, sota la direcció del jovenet Misha, tots els captius es van posar a pelar patates. Aquesta feina, que va tenir la virtut d'apaivagar els nervis, li fou estalviada al vell de la barba blanca, com si els guerrillers acceptessin la dignitat del personatge. Qui va fer molt poca via amb les patates va ser Gombó, que amb aquelles manasses era incapaç de fer anar la canya de la manera que calia. El petit Iuk, que no s'apartava del gegant, intentava mostrar-li com es feia movent les seves mans destres i menudes, sense estalviar-li algun reny en el seu idioma, potser una paraula gruixuda, que feia aixecar els ulls reprovadors dels seus pares.

El cap de la partida, acompanyat de l'home de les ulleres gruixudes, aprofitant el moment de calma, els va tornar a parlar. Ho va fer en albanès, turc i italià –amb resums en anglès fets pel guerriller miop–. El to de la veu i el caràcter conciliador de les seves explicacions eren els propis d'un professor d'escola; semblava talment un guia turístic exposant a un grup de viatgers les raons per les quals la visita s'havia suspès i lamentant les molèsties dels canvis de programa. Per la cara dels reunits, feia tot l'efecte que havien oblidat la brutal escena de l'assassinat del policia turc –imatge que persistia en la retina de Mr. Belvedere– i que les víctimes del segrest es decantaven a donar la raó als qui els havien capturat sota l'amenaça de les armes. «Heusací la síndrome d'Estocolm», va pensar el nan, sorprès per la transferència de responsabilitats que convertia les víctimes en còmplices dels seus botxins.

Feia més de quaranta-vuit hores que convivien amb els guerrillers i d'una manera subtil s'havia anat produint un procés d'intercomunicació. Els guerrillers parlaven amb els turcs, els turcs amb els albanesos i aquests ho feien amb els occidentals. Un corrent d'informació passava d'una banda a l'altra –«tinc un germà que treballa a Tirana», «els meus pares viuen a Bursa», «he treballat sis anys a Munic», «estudiava a París», «el meu pare va morir a la presó d'Ankara», i altres notícies personals– que revelava el rostre humà dels guerrillers, de la mateixa manera que els soldats de totes les guerres, per implacables i cruels que siguin, intenten confraternitzar amb els pobles agredits. Personalment Mr. Belvedere no sentia odi envers aquells homes, però tampoc no volia caure en el parany de mirar-se'ls amb simpatia. Desconeixia el drama del poble kurd i no dubtava que, com tots els pobles de la terra, tinguessin dret a tenir una pàtria. Però trobava la violència inacceptable i la violència que havia presenciat –la indefensió del jove policia turc, la seva cara de pànic, el tret que li esberlava el cap, la caiguda del cos com un sac inert– li impedia mirar-se el comandant Shetjezi i els seus homes com a iguals, això, si més no, mentre el seu darrer argument estigués recolzat en el canó de les seves armes. Si s'hagués trobat el comandant –deien que era professor d'Economia a la Universitat de Sofia– al cafè San Marco o al parc de Kombëtar sota els til·lers i haguessin parlat com ho va fer amb el vell Cesare Rossi, a Trieste, de la qüestió de les pàtries potser li hauria donat la raó, però ara, amb el record de la sang vessada enquistat a la ment, no podia acceptar els cants de sirena d'un home que als seus ulls mai no deixaria de ser un assassí.

La preocupació principal de Mr. Belvedere no era ni el cap dels guerrillers de l'Exèrcit Popular d'Alliberament del Kurdistan ni el desenllaç de la situació en què es trobaven. Tenia la convicció íntima que sortirien sans i estalvis d'aquella aventura i, no sabia per què, confiava en la figura del vell de la gel·laba, el xeic Ibn Al-Buni, mestre alcorànic de la mesquita del soldà Suleyman el Magnífic, que en la seva serena actitud vetllava per tots. Allò que realment l'inquietava era Gombó, la possibilitat que l'obligada inactivitat no el fes esclatar en una crisi de violència. Per això, agraïa al cel que el petit Iuk, amb el consentiment dels seus pares, no se separés del seu costat i li fes repetir una vegada i una altra els versets de l'Alcorà que el nen se sabia de memòria. També el vell cuiner –que era un pastor de la regió pròfug de la justícia per haver esberlat el cap d'un veí d'un cop d'aixada– havia adoptat el gegant i li feia traginar els troncs per al foc i les peroles. El vell Cemal, un tipus molt primari, que amb l'excepció del comandant, tractava els guerrillers a baqueta, estava admirat per la força de Gombó i s'aprofitava del seu tarannà obedient i pacífic.

Les persones que s'havien adaptat millor a les condicions de la nova vida eren les angleses: miss Simpson i la seva cosina Nelly. Les dues dones no se separaven mai i la parella no parava de fer petits serveis a qui els ho demanava. Rentaven les camises dels homes, tant les dels guerrillers com les dels captius, i cosien botons i sargien la roba. Amb la complicitat de les dones turques, havien aconseguit reservar-se un lloc on fer les seves necessitats fora de la vista de tothom. Mantenien una relació maternofilial amb els tres joves italians, a qui afaitaven cada migdia abans de dinar. Els italians, que no havien perdut l'humor, jugaven amb elles com si fossin les seves tietes solteres amb contínues insinuacions pretesament amoroses que elles agraïen amb grans riallades. El més esquerp i feréstec era el fotògraf alemany. Es deia Hans i la fotografia només constituïa el seu passatemps preferit, ja que professionalment era arqueòleg, millor dit, professor d'arqueologia de la universitat de Frankfurt. Parlava, quan es dignava a fer-ho, una dotzena d'idiomes, entre ells l'àrab clàssic, el grec modern i el rus. Els italians, per a mortificar-lo, se li adreçaven sempre com a *Herr Professor*, cosa que no li agradava gens i el feia envermellir. Mr. Belvedere, que havia tingut ocasió d'observar-lo atentament, tenia la impressió que tota la brusquedat i aspresa de l'home no era altra cosa que una cuirassa que amagava la seva pregona timidesa. El personatge més singular, però, era el xeic Ibn al-Buni. Romania assegut a l'entrada de la cova mitjana, d'on no es movia en tot el dia. A l'hora dels àpats miss

Simpson, que havia desplaçat en aquesta comesa la musulmana mare del petit Iuk, li duia el plat que el vell tot just tastava. Menjava tan poc, que semblava que s'alimentés de l'aire. A l'hora de l'oració, com si escoltés la crida d'un muetzí secret, es girava de cara a la Meca i proclamava amb una veu gairebé imperceptible que no hi ha cap més déu que Al·là i que Mahoma és el seu profeta. Era una oració curta, repetida cinc cops cada dia, que començava a l'alba i que finia quan el sol es ponia. Tot i que no havia animat ningú a seguir-lo, mig camp l'imitava, incloent-hi una bona part dels guerrillers, encara que el comandant Shetjezi hagués manifestat que, com a membres del Partit dels Treballadors del Kurdistan, ell i tots els seus homes eren marxistes. Això no privava, però, que cinc vegades al dia retrunyís en l'aire fi de la muntanya el clam *Lâ ilâha ilâ Allah,* «Al·là és l'únic Déu», com una afirmació rotunda.

El matí del sisè dia de captiveri un vent d'inquietud va remoure les files dels guerrillers. A través de les ràdios pròpies i dels transistors requisats, els havia arribat la notícia del terratrèmol que havia ensorrat centenars de cases a Istanbul, Izmit, Sakarya, Yalova, Bursa... Les informacions eren molt confuses. Es parlava de milers de morts i de ferits i les ràdios feien crides desesperades als donadors de sang. Fins ben bé passat el migdia les autoritats d'Ankara no van donar la primera versió oficial de la tragèdia. L'epicentre del sisme, el situaven a la ciutat d'Izmit i la tendència del govern era de limitar les dimensions de la catàstrofe, probablement amb el propòsit de tranquil·litzar la població. Però a aquella versió oficial s'hi oposaven les emissores de ràdios locals –la que millor captaven els guerrillers era la de la ciutat d'Edirne–, que multiplicaven per deu els afectats. No cal dir que la notícia del terratrèmol va sacsejar el grup de turcs com un cop de tralla. La majoria tenien familiars a les ciutats damnificades, circumstància que compartien amb molts dels guerrillers.

L'única persona a qui no semblava que el sisme hagués commogut gens va ser el vell pastor Cemal, el qual a l'hora habitual va recórrer a Gombó per tal que l'ajudés a encendre el foc de cada dia. Aquest, que participava del nerviosisme general, va córrer al costat de Mr. Belvedere com un infant que, a l'hora del perill, va a arrapar-se a les faldilles de sa mare. El nan li va haver d'explicar què era un terratrèmol i va haver d'aplicar-se a fons per apaivagar la inquietud del colós.

–No és la fi del món, oi, Bel?– va dir Gombó després de la llarga explicació de l'amic.

–No, Gombó, no ho és –el tranquil·litzava el nan–. Encara que tot plegat pugui tenir alguna relació amb l'eclipsi de l'altre dia.

A mitja tarda el xeic Ibn al-Buni va entrar en acció. Havia estat l'únic, si descartem el vell Cemal, a qui la notícia no havia sotraguejat. Sense alçar-se del seu lloc s'havia limitat a aixecar la mirada i havia donat un parell de llambregades circulars a l'agitació del camp. A mitja tarda es posà dempeus i se'n va anar a parlar amb el comandant Shetjezi. Els homes, acompanyats del guerriller miop, van parlamentar un parell d'hores, asseguts al fons de la cova gran, sobre una vella catifa, al costat de la màrfega on dormia el comandant.

L'alemany Hans i Mr. Belvedere eren asseguts a terra tot just a l'entrada de la gruta, des d'on contemplaven, de lluny, les negociacions dels homes. Rebotada per les parets de la cova, els arribava de tant en tant una imprecació del cap dels guerrillers. Com si s'ho digués a si mateix, l'arqueòleg va comentar «ara parlen de diners». El comandant no semblava gens content. Va fer el gest d'alçar-se un parell de vegades, però la tenacitat del xeic semblava que el tingués collat a terra. El guerriller de les ulleres gruixudes suava. Cada dos per tres es treia les ulleres i es passava un mocador per la cara i el comandant encenia un cigarret darrere l'altre.

–Els ha vençut –va dir l'alemany–. Ara caldrà que els cedeixi una part de la victòria. El vell ho sap i no hi ha pitjor enemic que l'adversari humiliat –va concloure l'arqueòleg alçant-se i dient per al seu dedins: *Lâ ilâha ilâ Allah.*

El sopar va transcórrer amb normalitat. Els turcs havien recuperat un dels transistors i amb els caps cots, fent rotllana, seguien les notícies. Semblava que s'estava produint una allau d'ajuda internacional. El vell xeic havia tornat al seu lloc i abans de sopar havia fet l'oració vespertina, més concorreguda que mai i observada amb silenci respectuós pels occidentals. Els mateixos joves italians, que els dies anteriors havien contemplat, burletes, les inclinacions dels creients sense deixar de fer comentaris sarcàstics, callaven amb un posat deferent. Mr. Belvedere procurava captar els signes del canvi. Aparentment no havia passat res. Tenia els seus dubtes sobre el resultat de les converses entre el xeic i el comandant. No acabava de compartir l'optimisme de Hans que aquella nit, per primera vegada en els sis dies que portaven de captiveri, va encendre una pipa i va estar-se més de mitja hora parlant amb miss Nelly. No ho veia gens clar. La seva mirada anava del xeic, que havia tornat al seu mutisme habitual, a l'arqueòleg, que semblava distès i que fins i tot somreia a la matrona anglesa, i, finalment, cap a l'interior de la gruta, on romania, solitari, el comandant Shetjezi.

A la matinada, abans de l'alba, els homes armats van marxar. Tothom dormia, excepte el xeic i Mr. Belvedere. Els guerrillers van contornejar el roquissar i, en fila índia, tancant la marxa el guerriller de la cama embenada i el vell Cemal, es van perdre de vista entre les alzines de l'altra banda de la muntanya. Abans de partir, el comandant kurd va donar un paquet embolicat amb paper de diari al xeic, que es va limitar a deixar-se'l sobre la falda. Quan el cap dels guerrillers es va adonar que el nan el mirava va dir, amb un somriure als llavis, *au revoir* i va aixecar el puny esquerra sense cap convicció, amb la ironia del vell soldat que emprèn la retirada.

Acabada l'oració matinal, es va produir un cert desconcert. Els ostatges estaven tan acostumats a la presència dels guerrillers que quan no els van veure es van sentir absolutament desorientats. Entraven i sortien de les coves cercant els homes armats, amb l'estranyesa pintada a la cara i presos d'una excitació pròpia d'uns escolars que se senten abandonats pels seus tutors. La fressa va despertar tothom. Les angleses semblaven decebudes i irritades com si el director d'escena les hagués apartat de la representació de cop i volta i sense explicacions. Els joves italians van reaccionar amb crits de *gori-gori* i van imitar una dansa guerrera, entre zulu i apatxe. L'arqueòleg Hans va adreçar un esguard d'intel·ligència a Mr. Belvedere, com si li digués amb els ulls «Ja us ho havia dit». El xeic es mantenia, com sempre, impertorbable. Passada la flamarada inicial de confusió i atabalament, de mica en mica, de primer els turcs i després tots els altres, tothom es va anar apropant al xeic, que encara tenia el paquet embolicat amb paper de diari sobre la falda. El vell va alçar la mà i es va fer silenci. Va cercar amb la mirada l'arqueòleg i amb un breu gest del cap li va ordenar que se li acostés. El vell li va dir unes paraules i l'alemany va córrer cap a la cova mitjana d'on, tot seguit, va sortir amb una llibreta i un llapis. Situat a uns passos del xeic, amb veu molt clara, va dir en turc, italià i anglès que cada persona o cada família li digués el nom i els diners que els guerrillers els havien requisat. Va precisar, també, que indiquessin el tipus de moneda de què es tractava.

–Gombó i Mr. Belvedere –va cridar el nan per a trencar el foc–, tres mil dòlars.

–Dino Vincola, dos-cents marcs i cent mil lires –va fer un dels italians.

–Pietro Pellegrino, cinc-centes marcs i cinquanta mil lires –va afegir el segon, i així fins que tots els presents van dir els seus noms i les quantitats requisades.

Feta la relació, que va durar més estona del compte a causa dels dubtes de la gent de la regió o de la vergonya que els feia cridar públicament les irrisòries quantitats que portaven, el xeic va obrir el paquet de sobre la falda i, assistit per l'arqueòleg, va anar repartint els diners en el mateix ordre de les anotacions de la llibreta. La sorpresa general va ser que les quantitats repartides corresponien a la meitat de les sumes declarades. «Per no ferir l'honor dels soldats», va aclarir l'alemany al nan amb una mirada de complicitat. Si no hagués estat el xeic qui hagués fet la distribució dels diners, hi hauria hagut un veritable rebombori. La gent, oblidades les armes que fins la nit anterior els havien apuntat i com si l'execució del jove policia fos una escena d'un somni, estava avalotada i reclamava la part dels diners que els faltaven i els objectes de valor que els guerrillers s'havien endut.

Els primers a marxar del camp van ser els italians i les dues angleses. A continuació, agrupats en dos blocs, els albanesos i els turcs van iniciar el descens de la muntanya i, a una certa distància, els van seguir Gombó i Mr. Belvedere, el xeic Ibn al-Buni i el *Herr Professor* Hans Müller, que tancava la marxa.

20

El Sol

Dinovena etapa

La figura benigna del Sol ofereix els seus efluvis vivificadors a una parella humana. El Sol proporciona la vida, fa possible el seu desenvolupament i penetra a l'interior de totes les coses per tal que creixin i s'expandeixin. Significa la plenitud i la consecució dels propòsits externs de l'home. Representa l'instant previ a la collita, quan els camps de blat mostren, refulgents, la seva cabellera daurada.

Gombó i Mr. Belvedere van arribar a Istanbul a primera hora de la tarda. El taxi que havien agafat a la carretera de Malkara va trigar dues hores llargues a arribar a la ciutat del Bòsfor, l'estret que separa Europa d'Àsia. La tarda els esperava amb una resplendent claror de plata. Havien fet el viatge en companyia del xeic i de l'arqueòleg alemany el qual, oblidat el protagonisme del matí, havia tornat a la seva habitual actitud sorruda i tancada. Fou un camí llarg i estrany, sense paraules. De tant en tant, Gombó, que seia al costat del conductor, es girava i es queixava que tenia gana per a tornar, tot seguit, a mirar el paisatge com un infant tafaner. Mr. Belvedere, que estava encaixat entre els seus companys de viatge, intentava distreure la fam del gegant amb bones paraules.

El xeic Ibn al-Buni va deixar els amics davant la mesquita de Suleyman el Magnífic i els altres van prosseguir el viatge entre l'endimoniada circulació de la ciutat, fins a l'hotel Afacan, del barri de Beyoglu, a l'altra banda del Corn Daurat. L'establiment, proposat per l'alemany, era de fet l'ampliació d'un antic restaurant del barri amb una dotzena d'habitacions, on anaven a parar molt pocs occidentals. El propietari, un home molt gras amb uns grans mostatxos, era un sirià anomenat Adid Husayn que coneixia de temps *Herr* Müller, a qui tractava de germà.

Mister Belvedere continuava intrigat per la figura del xeic. Durant els sis dies que havien passat junts, com aquell que diu, no li havia tret la vista de sobre. El vell s'havia passat cent quaranta-quatre hores sense moure's de lloc, amb una sola escapada nocturna, al pic de cada nit, cap a la banda que els italians anomenaven la cagadora. Per fer les cinc pregàries diàries tot just es girava un quart de volta per, havent acabat, tornar a la seva posició anterior: repenjat a la paret de la cova, assegut a terra amb les cames encreuades. Resava, meditava o simplement s'abaltia? El nan no ho sabria dir. Quan semblava que dormia, el xeic alçava els ulls inesperadament, donava una mirada semicircular i acalava la vista. El dia de la notícia del terratrèmol, el xeic havia esperat fins a mitja tarda que els kurds, enganxats a les ràdios i als transistors, païssin les informacions de la tragèdia. El seu fer havia estat d'una simplicitat esborronadora. S'havia alçat i havia penetrat cap endins de la gruta fins a asseure's al costat de la tauleta on el comandant Setjezi i el seu ajudant miop escoltaven les notícies. Simplement havia imposat la seva presència i, llavors sí, havia parlat llargament. Mr. Belvedere n'havia tret la impressió que la conversa entre els dos homes –el guerriller de les ulleres no havia obert la boca en tota l'estona– no havia estat gens fàcil. Li havien arribat a les orelles els renecs del comandant kurd, havia contemplat la seva cara aïrada i també havia observat la fi de les negociacions, sense una encaixada ni un somriure, ni cap signe d'acord mutu; per això, quan l'alemany li va dir que el xeic havia vençut, Mr. Belvedere s'havia quedat amb el dubte. Però el desenllaç del segrest, amb la fugida dels guerrillers abans de l'alba sense cap escena ni confrontació, constituïa una obra mestra de diplomàcia, com el detall dels diners i la resta del botí convertits en penyora la qual cosa salvava l'honor dels combatents. Que els homes armats no eren unes ànimes angèliques n'havien deixat perfecte constància en la persona del pobre policia turc que s'havia embarcat en l'autocar equivocat. Els kurds, a milers de quilòmetres de les seves muntanyes, amb el seu màxim líder condemnat a mort a Ankara, haurien pogut resoldre ben bé la nosa d'arrossegar una trentena d'ostatges amb el fàcil recurs de prémer els gallets de les seves eines de mort. Que no ho haguessin fet, calia agrair-ho al xeic Ibn al-Buni, el mestre alcorànic, l'home que havien deixat al peu de la mesquita més gran d'Istanbul, amb la petita bossa a la mà i la gel·laba que reclamava a crits una rentada.

A Mr. Belvedere li hauria agradat poder-li parlar de l'amic de Konya i lamentava no haver-ho fet durant el viatge en taxi. Però el nan estava malalt. Des de la mullena del dia del segrest, les dificultats respiratòries s'havien aguditzat i sentia que la febre minava les seves forces. De tant en tant, patia atacs d'esgarrifances seguits de períodes d'intensa calor. Les cames li fluixejaven i un dolor somort li burxava el pit. Què no hauria donat per poder dormir quatre hores seguides! Per això, quan *Herr* Müller va convidar a sopar els amics, Mr. Belvedere va estar a punt d'excusar-se, però a Gombó, en sentir la paraula sopar, se li va il·luminar la cara, i això va fer decantar la balança.

L'obès Adid els havia reservat la millor taula del restaurant. Era al costat de la cuina, al fons del local, prop d'un finestral que deixava passar l'esmorteïda claror del capvespre i sota un gran ventilador penjat al sostre que, mandrós, removia l'aire. Mr. Belvedere havia dormit un parell d'hores. El gegant, després d'estar-se sota la dutxa una estona inacabable, s'havia embolicat els malucs amb una tovallola i s'havia quedat arronsat al llit, adormit com una soca. El nan s'havia afaitat els quatre pèls de la barba i amb la punta humitejada d'un eixugamans s'havia rentat com un gat, com, quan de petit, al pic de l'hivern, el rentava la seva mare.

La personalitat del xeic va obrir el tema de la conversa a taula. Mr. Belvedere, que després de les hores de son se sentia molt millor, no va poder resistir la temptació de comentar les seves impressions sobre el xeic.

–Els homes de religió– va exposar l'alemany– són molt impredictibles. De vegades et trobes amb tipus que són com un volcà en activitat, sempre en moviment, bellugadissos, incansables, que no paren ni un moment, abocats a l'exterior, acudint on els demanen o corrent darrere on els porta el cor. En canvi, n'hi ha d'altres que tenen tota l'aparença d'un llac en calma. Aparentment viuen reclosos dins d'ells mateixos, impertorbables davant l'agitació del món. Però això no vol dir que els uns siguin, psicològicament parlant, més actius que els altres. Són dos tarannàs diferents que, en certa manera, responen a una distinta forma d'entendre la religió. De fet, representen dos camins tradicionals: la religió entesa com una eina per a modificar el món, per a ferlo més just i més habitable, i la religió concebuda com un camí interior, un espai de trobada entre l'home i l'esperit. Però en tots dos casos no cal fiar-se de les aparences perquè els homes de Déu acostumen a navegar entre mons siderals d'una profunditat inabastable i podria ser que l'home abocat a l'exterior tingués, alhora, una vida interior intensa i secreta i que l'altre, l'home contemplatiu, resultés que és un home d'acció admirable en cas de necessitat, com ha demostrar el xeic Ibn al-Buni que, malgrat la seva disfressa d'indiferència, ha vetllat per tots nosaltres durant els dies de captiveri.

Gombó havia arrasat la taula. La dotzena llarga de platets diversos, amb les menges més variades, Gombó els havia anat escurant l'un darrere l'altre ajudat amb bocins de cóc de pa àrab, sota la mirada atònita de l'alemany i la comprensiva contemplació de Mr. Belvedere, que menjava com un ocellet.

–L'islamisme –continuava *Herr* Müller–, com les altres religions monoteistes, posseeix una moral i una ètica externes que els creients intenten adoptar com a norma de vida. És el que en diuen *arkán al-Din*, els pilars de la religió, la sèrie de cinc preceptes que regulen la vida dels fidels: la professió de la fe, l'oració, l'almoina, el dejuni del Ramadà i el pelegrinatge a la Meca. Però tot això, per poc que un hi pensi, és solament el vestit extern de la veritable religiositat de l'ésser humà. Són fórmules epidèrmiques, com els sagraments del catolicisme, el bateig, la confirmació, la confessió, la comunió, que amaguen un sentit més profund, con la pell de la magrana cela la dolçor del fruit. El mot religió prové del terme *relegere*, «reprendre», o del mot *religare*, «tornar a lligar», que en tots dos casos vol dir restablir la relació entre l'home i l'Absolut. I aquesta relació, vulguin o no les institucions religioses, només té lloc en el cor de l'home. Aquesta via interior és la que personalitzen els místics, siguin de la religió que siguin. El misticisme està present en totes les religions del món; en el cristianisme, per figures com les de mestre Eckhart, Caterina de Siena o Teresa de Jesús; en el judaisme, pel corrent hassidin, i entre els mahometans, pels ordes sufís, amb personalitats com el mallorquí Anselm Turmeda, conegut com Abd Allàh al-Targüman, Shams de Tabrîzi, el mestre de Rûmî, Farîd al-Din,

Attar, l'autor d'*El llenguatge dels ocells*, entre molts d'altres no per menys coneguts menys importants, sense mencionar el misticisme d'arrel budista estès per l'Índia, el Tibet, la Xina i el Japó.

La menció de Rûmî havia esperonat la imaginació de Mr. Belvedere, que acabava de recordar el nom d'un altre arqueòleg, Miles Gibson, l'home que va introduir l'oncle Jaume en el camí sufí. Amb una pregunta a la punta de la llengua, el nan va deixar que l'alemany acabés.

–La universalitat de l'experiència mística fa pensar que, per damunt o per sota de les innombrables diferències religioses, hi ha un denominador comú que relliga l'ésser humà amb el principi de la Creació, digueu-li com vulgueu: Déu, Tao, Nirvana o l'Absolut. És a dir, el misteri...

Llavors Mr. Belvedere, mentre Gombó liquidava la platerada de pastissets de mel i llavors de comí, va explicar a *Herr* Müller la història del Milhomes. Va mencionar com de passada Mr. Miles Gibson i el paper que havia jugat en la vida del seu oncle, davant la sorpresa i l'estupor de l'alemany, que es va limitar a exclamar «que estranya que és la vida!» Però *Herr* Müller, intrigat per les explicacions del nan, va deixar que aquest li relatés la història de les cartes del Milhomes i la decisió que Mr. Belvedere havia pres, a la primeria d'abril d'aquell mateix any, d'anar a trobar l'amic de Konya.

–Així que sou aquí per trobar-vos amb Rûmî –va dir l'home removent-se en el seu seient, amb els ulls esbatanats i les galtes vermelles per l'emoció–. Que estranya que és la vida –va repetir.

Herr Müller va beure un got d'aigua. L'amo de l'establiment els havia servit dues tasses de cafè turc i Gombó, sadollada la seva immensa gana, resplendia amb cara de felicitat.

–Sir Miles Gibson va ser el meu mestre –va dir l'alemany amb una ombra de sentiment a la veu–. Vaig treballar amb ell a Síria, Iran i el Pakistan en diverses missions patrocinades per la UNESCO. Durant molts anys va ser conservador del museu Britànic, un home de ciència, un dels primers d'utilitzar el carboni 14 per a datar els descobriments arqueològics. En molts sentits, en va perfeccionar la tècnica i el seu nom va formar part durant uns quants anys dels candidats al Nobel. La reina d'Anglaterra, a mitjan anys vuitanta, el va nomenar cavaller. Va acabar els seus dies com a catedràtic emèrit de la universitat d'Oxford. A més d'un home de ciència, Sir Miles era un humanista, una persona que havia estudiat a fons les civilitzacions de l'Orient Mitjà. Pertanyia, encara que ell no me'n va parlar mai, a l'orde dels dervixos giravoltants i, com un més, en el secret d'una cambra, practicava la *samâ* fins a l'èxtasi. Però això, Mr. Belvedere, no és el més singular de tota aquesta història. El més intrigant i sorprenent és que vostè i jo ens hàgim hagut de trobar en unes circumstàncies especials, encanonats amb les mateixes armes en una regió de l'oest de Turquia, com si acudíssim a una cita fixada ara fa trenta anys –fixi's que jo solament en tenia catorze–, per Sir Miles Gibson a través de persones interposades. Al llarg de la meva vida he tractat moltes persones relacionades amb Sir Miles d'Europa, Àsia i Amèrica. Però tots ells eren col·legues, professors, investigadors o erudites rates de biblioteca. No m'hauria imaginat mai trobarme, perdoni, amb un lil·liputenc, com vostè diu, català d'Espanya, que no ha tingut mai res a veure amb l'arqueologia, que té, li prego que em disculpi, una vaguíssima idea dels sufís però que fa cinc mesos que camina en direcció a Konya, a la recerca de Rûmî. I el més sorprenent de tot plegat és que jo no hauria de ser aquí.

Herr Müller va fer una pausa. Gombó s'entretenia acariciant un gat d'angora, tan obès com l'amo del restaurant, que s'havia assegut en una cadira al costat del gegant i que es deixava amoixar satisfet com un petit buda pilós.

–A les darreries de maig havíem planejat amb la meva dona passar el mes d'agost a Austràlia. Havíem reunit un munt d'informació, dues agències de viatges ens preparaven els pressupostos i una d'elles havia cursat les pre-reserves dels vols. Quinze dies després, el 10 d'abril, coincidint amb el dia que el circ Gabrielli es va dissoldre, el meu matrimoni es va desfer i, per tant, el viatge a Austràlia se'n va anar en orris. No em faci explicar-li tota la penosa història del meu trencament matrimonial. El fet és que la meva dona a final de juny, enllestit l'any acadèmic, se'n va anar a Nova York, segons va dir, amb millor companyia que la meva. Quan m'havia conformat a quedar-me sol a Frankfurt, vaig rebre una trucada d'un col·lega que feia dos anys que no veia, suplicant-me que el substituís en un simposi que s'havia de celebrar a Tirana i que, per causes d'allò més complicades que no vaig acabar d'entendre del tot, no li era avinent assistir-hi. Encara ara no sé per què vaig acceptar de substituir-lo. Potser era perquè em trobava sol i l'apartament em queia a sobre, perquè no havia estat mai a Albània i les condicions que oferien els organitzadors del simposi eren immillorables, potser perquè feia mesos que no tirava una fotografia. El fet, però, és que vaig acceptar l'encàrrec i vaig pensar que ja que venia a la regió podria fer un tomb per Istanbul, tornar a visitar els vells amics, com l'Adid Husayn, i la gent de la biblioteca Fatih on, per cert, guarden preciosos manuscrits de Mawlânâ Djalâl-ol-Dîn Rûmî. Que viatgés amb autocar i no amb tren ni amb avió, també té la seva petita història feta de casualitats. Però tot plegat, són casualitats? Permeti'm que en dubti. Personalment no crec gaire en l'atzar. Fins i tot en la meva professió, que és plena de trobades fortuïtes, sempre he pensat que les circumstàncies més atzaroses obeeixen a uns designis interns, desconeguts per l'home, però tan reals i efectius com la llei de la gravetat. En aquesta història que va iniciar Sir Miles Gibson fa trenta anys, hi ha massa incògnites obertes per pensar que no tingui un sentit, encara que potser ara se'ns escapa.

Finalment, *Herr* Müller, que parlava tot seriós amb un punt de tensió a la veu, va somriure, es va reclinar endarrere i va obrir els braços per dir:

–En fi, Mr. Belvedere, ja que ens hem trobat, estic a la seva disposició.

Aquella nit Mr. Belvedere va descansar poc. Si no hagués estat pel son prim que va vènce'l de matinada, hauria passat la nit en blanc. La fugaç visió de trenta anys enrere de Miles Gibson acudia una vegada i una altra a la seva ment. Veia el seu oncle Jaume parlant a l'entrada del circ amb aquell home de cabells blancs malgrat la seva joventut, alt i escardalenc, amb els braços llargs com dos rems. Ara li sabia greu no haver prestat més atenció a aquell amic del Milhomes i s'acusava d'haver-se deixat guanyar per la timidesa o pel respecte que li va produir la cara de tots dos, tan seriosa, i no haver seguit l'impuls inicial d'acostar-se al seu oncle. El record li portava la sensació –totalment oblidada fins aquell moment– que l'anglès li va produir. Va ser una impressió instantània que només va demorar uns segons però que li va fer pensar que aquell home estava envoltat de misteri. Potser va corroborar-ho el fet que el personatge desconegut anava vestit d'una manera extravagant, amb uns pantalons que no li arribaven als turmells, una sahariana amplíssima, amb les mànigues arremangades fins a mig braç, i un mocador al coll d'un cridaner color groc canari.

Al restaurant els esperava *Herr* Müller. No havien convingut res, però tant Mr. Belvedere com l'alemany tenien la convicció que compartirien la fase final del pelegrinatge. L'home estava distès, afaitat de fresc i desprenia una suau olor de colònia. A Mr. Belvedere li flaquejaven les cames, però quan va observar el desfici de Gombó per sortir al carrer, no va tenir cor de decebre'l.

A poc a poc, van anar descendint cap al centre de la ciutat, van travessar el pont de Galata, ple de venedors ambulants que venien les coses més insòlites, des de samarretes a plats-i-olles, des de verat fregit a sabates, collarets, roba vella, tisores i ganivets, llaunes de coca-cola, pots de mel, saquets d'avellanes, revistes il·lustrades de segona mà i mil i una altra cosa; van arribar al mercat egipci de les espècies i es van adreçar cap a la mesquita de Suleyman el Magnífic. L'aspecte dissemblant de Gombó i Mr. Belvedere va retenir els venedors de postals i guies voluntaris que assetjaven el temple a la percaça de turistes. Els qui s'atansaven a l'alemany utilitzant quatre frases d'anglès rudimentari restaven perplexos davant les rèpliques en correcte turc de l'arqueòleg.

La matisada claror de la mesquita, encatifada amb centenars de peces de tots colors i l'amplitud de la nau central, donaven al conjunt una atmosfera de recolliment malgrat les dotzenes de persones que deambulaven pel seu recinte interior. Els tres amics, que s'havien descalçat a l'entrada amb gran sorpresa de Gombó, van seure a terra, repenjats a la paret sota uns versicles de l'Alcorà que *Herr* Müller havia traduït per a Mr. Belvedere. Al cap d'una estona –el nan se sentia molt millor–, guiats per l'arqueòleg, es van adreçar cap a l'annex dels serveis públics de la mesquita, els menjadors per als pobres, l'hostal, els serveis sanitaris i l'escola de teologia. Van preguntar pel xeic Ibn al-Buni i el jove que els va atendre, després de demanar el nom dels visitants, va desaparèixer escales amunt. Hi havia un silenci que es tallava. De tant en tant, algun jove travessava el vestíbul en pas de marxa, callat, sense donar una llambregada a l'heterogeni trio de visitants que s'havien assegut en un banc de fusta del costat de l'entrada. Al cap d'uns minuts el xicot de la recepció va tornar i amb un gest de la mà va invitar els amics que el seguissin.

El xeic els va rebre a la porta. L'estança no tenia més de dotze metres quadrats, amb una finestra que donava a un jardí interior sota la qual hi havia la taula de treball del xeic. Hi havia una sola cadira. En un racó, amuntegats contra la paret, es veien uns quants coixins de colors pàl·lids molt gastats. El terra estava cobert per una gran catifa que havia vist temps millors, esfilagarsada als peus de la cadira, a la zona de la taula. Totes les parets eren blanques i estaven nues, excepte un dels panys, que era ocupat per una prestatgeria plena de llibres. A peu dret l'home els va saludar, va intercanviar uns mots en àrab amb l'alemany i, després d'agafar una campaneta de sobre la taula, va anar a la porta on, mig abocat al passadís, la va fer dringar. Al cap d'un minut el xeic parlava amb algú que de dins de la cambra estant va romandre invisible.

–Em faran la mercè de compartir un te amb mi? –va dir l'home en un perfecte francès i amb una ombra de somriure als llavis.

Seien sobre els coixins, en la posició del sastre. El pobre Gombó, que no s'havia acostumat a seure a terra amb les cames creuades, se sentia incòmode i no acabava de trobar la manera de situar les seves gruixudes camotes.

–Mestre –va obrir el foc l'alemany–, Mr. Belvedere ha vingut a Turquia a la recerca de Rûmî. Fa trenta anys que el seu oncle, a través d'un mestre meu anglès, va entrar en contacte amb un grup sufí de la ciutat de Bolonya, a Itàlia i, segons les seves cartes, s'hi va estar quatre anys. Ara fa uns mesos, Mr. Belvedere va perdre la feina i va decidir fer un pelegrinatge a Konya disposat a trobar el Mawlânâ, acompanyat del seu fidel amic Gombó.

–Em permeteu una pregunta, Mr. Belvedere? –va fer el xeic.

El nan va acotar el cap en signe de conformitat i el xeic va prosseguir:

–I per què el voleu trobar, Rûmî?

–El meu oncle, sabeu?, me'n parlava a cada carta. El meu oncle sempre havia estat per a mi un segon pare. Des de petit s'havia convertit en el meu model, en l'home que a mi m'hauria agradat ser de gran. Quan ens vam separar jo tenia trenta anys i encara havia de viure la part més important de la meva vida. Durant molts anys les seves cartes van restar oblidades en el fons de la maleta. De tant en tant, recordava algunes de les seves paraules però l'evocació de la seva persona, de la seva manera de fer i d'actuar quan compartíem la feina constituïa com una mena de vel que enfosquia els seus escrits. El dia que vaig fer cinquanta anys vaig rememorar el que ell m'havia dit més d'una vegada: que a aquesta edat l'home ha d'haver trobat el seu veritable camí. Va ser precisament als cinquanta anys quan ell va abandonar el seu passat i es va encaminar cap a una vida nova. En aquella ocasió, tant el meu pare com la meva mare i, no cal dir, molta altra gent del circ, no van entendre la decisió de l'oncle i fins i tot algú va dir que estava sonat–. Però jo el coneixia massa bé i li tenia massa respecte per pensar que estava tocat del bolet, encara que no acabava d'entendre la seva determinació de deixar-ho tot i d'emprendre un nou camí. Llavors vaig tornar a les seves cartes. Les vaig llegir atentament i amb el temps vaig anar descobrint-hi la faç oculta del meu oncle. Les seves paraules, les referències constants a l'amic de Konya, m'acompanyaven allà on anés i de mica en mica vaig notar que alguna cosa dintre meu es modificava. Era com si el meu punt de vista s'hagués mogut, com si els meus ulls no veiessin exactament el món de la mateixa manera que sempre l'havien vist. D'alguna manera la seva veu, dipositada en vint-i-una cartes, em parlava d'una altra realitat, més profunda, si voleu, més real que la de la vida quotidiana. En la seva última carta, la més estranya de totes, em deia que Rûmî m'esperava, que a Konya hi havia l'amic que ell no havia aconseguit abraçar i vaig entendre que em passava el testimoni per tal que jo prosseguís la seva recerca.

Mister Belvedere va fer una pausa. Va veure un glop de te tebi sense sucre. Un somriure va aparèixer en la seva cara de nen entremaliat i va continuar:

–I aquí em teniu. Em sembla que estic malalt i em fa la sensació que com més a prop sóc de Konya, més lluny estic de trobar l'amic Rûmî.

El somrís s'havia esborrat de la cara del nan i l'ombra del dubte li enterbolia la mirada. Gombó mirava l'amic i *Herr* Müller no treia la vista de la cara del xeic, que havia escoltat les paraules de Mr. Belvedere sense fer cap gest perceptible.

–Això només ho sap Al·là, el Compassiu, el Misericordiós –va dir el xeic–. Sovint el nostre cor és un enigma per a nosaltres mateixos i no sempre és fàcil saber qui prevaldrà en la confrontació entre l'ànima, dipositària de l'experiència dels sentits, i l'esperit, la guspira de la gràcia divina. Però estic segur que us en sortireu. Intueixo que aneu molt ben acompanyat, que un Mestre Secret us guia. Jo diria que el Mewlânâ Rûmî, la pau sigui amb ell!, vetlla per vós i que acudirà puntualment a la cita. Pel que fa al vostre oncle, jo no afirmaria que al final del seu camí no hagués trobat la llum, encara que a ell li semblés que es trobava dins la fosca més absoluta, perquè, com ja sabeu, l'home ha d'anar fins al fons de la nit per a albirar el rostre resplendent de Déu i no cal descartar que Rûmî, sigui amb ell la salvació!, l'acompanyés donant-li la mà.

Llavors, girant-se cap a l'arqueòleg, el xeic va afegir:

–Pel que he entès, els àngels de Déu us han escollit per a fer de cicerone. Suposo que compreneu que és un gran honor per a vós que us hagin encomanat aquesta missió. Us escriuré uns mots per a uns amics de Konya. Tingueu confiança, perquè esteu en bones mans.

I, adreçant-se al gegant, va dir:

–I tu, Gombó, no pateixis. Estic segur que darrere la recolzada del camí, t'esperen vells amics que sabran premiar la teva puresa i la teva fidelitat. Els teus dies futurs són plens de roses sense espines.

El xeic Ibn al-Buni es va alçar. Un a un els va anar prenent de les mans i finalment els va dir:

–Que el Cel us acompanyi.

21

El Judici

VINTENA ETAPA

En aquest punt, quasi al final del camí, el Judici anuncia el pas cap a l'etapa definitiva. És l'hora de la veritat, el moment de clarificar les intencions del cor, la darrera oportunitat per a fer examen de consciència, abans de culminar l'obra proposada. Cal una gran sinceritat i un pregon sentit de la responsabilitat, ja que d'aquestes virtuts pot dependre l'èxit o el fracàs del viatge de l'home.

Les dotze hores llargues de tren foren un suplici per a Mr. Belvedere. El dia anterior s'havia passat tota la tarda a la cambra de l'hotel, retut per la febre intermitent i les dificultats respiratòries. Havia notat que se li inflaven les cames i que els llavis i la punta dels dits se li emblavien. Malgrat que no estava gens bé, no havia permès que Gombó i *Herr* Müller canviessin els seus plans de visitar Santa Sofia, la Mesquita Blava i el Gran Basar. Tot i que el propietari de l'hotel, Adid Husayn, els havia preparat un excel·lent sopar de comiat, Mr. Belvedere s'havia limitat a tastar els plats, sota la mirada atenta de l'amic alemany.

Van arribar a Konya al migdia del dissabte vint-i-un d'agost. El cel era clar i feia una calor seca. Al costat del brogit i el moviment d'Istanbul, la ciutat semblava aturada en el temps, banyada pel sol esclatant però silenciosa i discreta com una d'aquelles dones musulmanes amb la gel·laba fins als peus i els cabells amagats sota un mocador de cap, que s'esmunyien de l'estació del tren sense alçar la mirada.

Van agafar un taxi. *Herr* Müller va mostrar l'adreça del sobre que contenia la nota del xeic Ibn al-Buni al taxista i l'home, després d'assentir amb un cop de cap, va contornejar la ciutat i, al cap d'una estona, es va aturar davant d'una vil·la blanca, rodejada per un mur. Eren als confins de Konya, a l'inici de la carretera de Yarma, una zona entre residencial i agrícola amb grans extensions d'oliveres i plantacions de gira-sol. La casa feia poc que havia estat emblanquinada i refulgia, lluminosa.

Els va rebre un vell amb gel·laba, de cara colrada, amb els cabells esborrifats i les mans nuoses, molt pàl·lides. Va prendre la carta del xeic i es va perdre en el silenci de la casa. Els amics es van esperar uns minuts al rebedor, un ampli distribuïdor sense cap moble, de parets ocres.

–En nom d'Al·là, el misericordiós, sigueu benvinguts en aquesta modesta casa.

Era un home d'uns cinquanta anys, rabassut, amb un bigoti amb les puntes afuades, lleugerament tirades cap amunt. Duia pantalons i camisa, amb les mànigues fins als punys. Va dir el seu nom –Junaid Massarra– i va escoltar atentament el nom dels visitants. Després d'encaixar en silenci i d'haver escrutat els estrangers amb els seus ullets d'esparver, els va fer passar a un petit saló, on els va oferir aigua fresca.

Mister Belvedere va deixar que l'amic Hans s'expliqués. Ho va fer en turc, d'una manera pausada, aturant-se en algun moment per a trobar la paraula justa, en un turc neutre, com si exposés els termes d'un contracte. Les paraules sufí, Rûmî, Gombó i Mr. Belvedere van sorgir diverses vegades. Els tres amics seien en un sofà molt baix i l'home els observava des d'una cadira de braços. En cap moment Junaid Massarra va interrompre el seu interlocutor. Al final de l'exposició de l'alemany, el turc va somriure. Es va tocar els bigotis amb les dues mans i, en un castellà antic, va dir que la seva família procedia de Còrdova, que els seus avantpassats eren jueus conversos, captivats per la llum de l'Islam, que havien estat expulsats de Sepharat el 1492. «El meu besavi, a final del segle passat, encara guardava la clau de casa», va dir. Els va repetir la seva benvinguda i, invitant-los a seguir-lo, els va mostrar una àmplia habitació del primer pis, amb sis llits i una sala de bany annexa, que donava als darreres de la casa.

Mitja hora després seien a taula. Els va servir el vell que els havia atès a la porta i l'amo de la casa es va disculpar perquè –va dir amb un somriure– la dieta era vegetariana. Probablement Gombó ni se'n va adonar. Va menjar amb la seva golafreria habitual tot el que li van posar al davant i una bona part dels plats que li passava el nan. A l'hora de les postres –fruits secs, iogurt i mel– Junaid Massarra, en el seu castellà arcaic i insegur que pouava del fons de la memòria, va parlar dels sufís. Era clar que, tant per la tria de l'idioma com per la direcció de la seva mirada, s'adreçava a Mr. Belvedere.

–Els sufís, pròpiament dits, no constitueixen un orde ni una secta. No obeeixen a cap dogma concret ni tenen cap lloc de culte específic. Tot i que majoritàriament estan inserits en l'Islam i que, per tant, en segueixen les normes externes, com a sufís no tenen ciutats sagrades, institucions monàstiques pròpies, ni organització religiosa o civil de cap mena. El mateix terme sufí és ambigu i els seus orígens són molt incerts. Hi ha qui sosté que el mot procedeix de la paraula àrab *suf*, que significa «llana», el teixit amb què estaven confeccionades les túniques dels primers místics musulmans, com una rèplica a la indumentària dels anacoretes cristians del desert. D'altres afirmen que el mot prové de la frase *Ashab as-Safa*, o de la seva contracció *saff*, la primera fila dels dignes, dels temps de Mahoma, la pau sigui amb ell!, o que té una relació directa amb la paraula grega, *sofia*, que designa la saviesa divina i, encara, amb l'expressió cabalística jueva *ain sof* que fa referència a l'infinit absolut. Però el nom no fa la cosa. Sigui com sigui, els germans, els companys, que és la manera en què els sufís es designen entre ells, són conscients que pertanyen a una antiga tradició hermètica que es perd en els orígens de la civilització grega.

»Els sufís, de fet, apareixen en la història entorn d'un mestre, Al-Ghazali, Omar Khayyan, Attar, Inb al-Arabi, Saadi de Shiraz o Rûmî, entre d'altres de coneguts i de desconeguts, ja que no cal oblidar l'existència dels mestres secrets, persones que no han deixat cap rastre escrit, però que la influència dels quals ha estat decisiva en la formació dels germans. El sufisme més que una filosofia és una psicologia, és a dir, una pràctica de coneixement directa d'una realitat superior. Per dir-ho d'una altra manera, podríem afirmar que els sufís són pensament en acció, un pensament amb voluntat integradora de l'home total, ment, sentiment i acció, que es proposa transcendir la condició humana i unir-se amb l'Absolut.

El senyor Massarra va concloure el seu parlament i va beure un got d'aigua. Mr. Belvedere, assegut a la taula amb un escambell als peus, semblava trobar-se millor, el color li havia tornat als llavis i als dits de la mà i respirava amb menys dificultats. Gombó, saciada la gana, frisava per moure's. *Herr* Müller va proposar, sense posar-hi gaire èmfasi, la possibilitat d'anar a visitar la tomba de Rûmî, idea a la qual es va sumar el nan, encara que se sentia molt feble.

Junaid Massarra els va acompanyar amb el seu cotxe mateix, un vell Citroën dels anys setanta on tot trontollava. Abans d'arribar al Museu Mawlawî, situat en l'antic monestir dels dervixos giravoltants, els va explicar que comerciava amb seda, que estava casat i sense fills –la seva dona no se l'havia vista enlloc– i que era musulmà. No van entrar al museu. Van travessar un pati interior on hi havia la font de les ablucions i diverses tombes on, per passar a la capella del Mawlânâ, es van descalçar. El sarcòfag on reposaven les restes de Rûmî estava cobert d'un sudari de vellut recamat amb fil d'or amb els turbants del Mawlânâ i del seu fill a sobre. El conjunt produïa una poderosa impressió de lloc sagrat. A aquella hora de la tarda, no hi havia ningú a la cambra sepulcral ni a la capella adjunta, utilitzada per a dansar el *samâ*, on s'exhibien els instruments de música dels dervixos, les seves túniques, les estores per a les pregàries i diversos manuscrits il·luminats. Al costat de la porta es veia el Cossi d'Abril, el cubell ritual per a recollir la pluja d'abril, amb la creença de les seves propietats curatives.

Els quatre homes van seure a terra, a unes quantes passes de la tomba. Mr. Belvedere, que havia arribat a la fi del seu pelegrinatge, sentia que es trobava davant d'una porta tancada, que entre ell i el Mawlânâ Rûmî hi havia un dens i opac vel que els separava. El va envair una immensa tristesa. Si hagués pogut, li hauria agradat vessar el doll de llàgrimes que li oprimia el cor. Per uns instants va sentir que el seu oncle Jaume l'acompanyava i la sensació de tenir el Milhomes al seu costat va apaivagar el seu dolor. Tothom restava en silenci. Ni Junaid ni Hans deien res. Gombó, enmig d'aquells homes callats, potser forçat per la reverent atmosfera del lloc, tampoc no parlava i esperava, obedient, l'oportunitat d'estirar les cames.

Mister Belvedere va tornar a la finca del senyor Massarra amb l'ànima als peus. «No l'he trobat», es deia a ell mateix i sentia la recança d'haver comès un error o d'haver deixat de fer alguna cosa essencial, que, ni en un cas ni en l'altre, sabia què era. El record del Milhomes l'acompanyava. Sentia la presència del seu oncle dins del cotxe, dret davant d'ell, amb el seu inefable somriure, molt llunyà i present alhora, en una estranya modificació del temps. Li feia la sensació d'anar en un altre automòbil, més gran que el que travessava la ciutat de Konya, el seu pare seia davant, al costat del conductor, i el Milhomes i ell compartien el seient del darrere. Tornaven de l'enterrament de Nen el Dandi i l'oncle Jaume estava afligit amb el mentó sobre el pit, abatut per la pèrdua de qui havia estat el seu millor amic, el seu germà adoptiu. El nan es va aixecar i davant d'ell, tal com li semblava veure ara el seu oncle, tustant-li el genoll, li va dir:

–No estiguis trist, tiet, sempre em tindràs a mi.

Dues llàgrimes van aflorar als ulls del Milhomes –semblants a les que ara li rodolaven galtes avall– i l'oncle, amb un somriure compungit, va respondre:

–Ja ho sé, Manu, ja ho sé.

I llavors, canviant l'expressió del seu rostre va encetar la tornada de la cançoneta pueril que era com un himne que els unia, com una contrasenya secreta entre tots dos:

–Quan el pare no té pa,
la canalla, la canalla,
quan el pare no té pa,
la canalla, fa cantar!

I Mr. Belvedere, dins del cotxe del senyor Massarra, va entonar la tonada, amb la veu de l'oncle acompanyant-lo, davant la sorpresa de l'alemany i la mirada inquisitiva del turc clavada en el mirall retrovisor de l'automòbil.

La febre el tenia atuït. No havia tingut esma per baixar a sopar i un metge, amic de l'amo de la casa, l'havia anat a visitar. Tampoc no dormia. S'estava reclinat al llit, repenjat sobre un parell de coixins. En els ulls de *Herr* Müller va veure que tot s'acabava. La tènue claror del capvespre es filtrava per la balconada oberta. Devia fer calor, però el nan tenia fred. Va preguntar per Gombó.

–És amb els cavalls. S'ha passat tota la tarda a l'estable. Està tranquil i el senyor Massarra m'ha dit que, si no teniu cap inconvenient, ell se'n pot fer càrrec.

La immensa còrpora de Gombó es va projectar sota el marc de la porta. Estava entresuat, amb el pit panteixant-li, com si hagués vingut d'una correguda. Els ulls li brillaven i el seu rostre revelava la impaciència de l'infant que vol explicar una troballa.

–Bel, Bel –va esclatar el gegant–, he trobat la Belle Louise! És aquí, Bel, amb una colla de germans i germanes. I saps què, Bel?, m'ha reconegut. Li he donat un grapat de gra i, saps Bel?, m'ha llepat la mà. I no és més vella, sinó que sembla que s'hagi rejovenit. Quina alegria, Bel! El senyor Junaid m'ha dit que si vull podré cuidar-la cada dia. Tot això és molt gran, Bel, i l'euga té molt camp per córrer.

El nan mirava Gombó amb una gran dolcesa. Recordava el país de les roses sense espines que havia pronosticat el xeic d'Istanbul, que ara se li apareixia com un veritable home de Déu. Aquella remembrança li va fer pensar que res no s'havia perdut definitivament i que encara Rûmî podia acudir a la cita. El record de la fi de la Belle Louise li va enterbolir la mirada.

–Ja ho sé, Bel, que no li he de donar sucre. Et juro per ma mare que no ho faré.

Hi ha una hora en la nit, entre les tres i les quatre de la matinada, en què sembla que tot s'alenteixi. És l'hora més freda, el punt culminant que separa l'ocàs de l'albada. És un llarg moment màgic –més poderós que el misteri del capvespre, quan la foscor arrabassa terreny a la llum–, durant el qual els éssers de la nit són en el seu moment àlgid i la mort senyoreja la vida. És una hora de prova, quan les escletxes que menen a l'altre món esdevenen esvorancs xucladors. Les estadístiques dels hospitals ho confirmen i els bruixots en donen fe: la Parca arreplega en aquells moments la major part de la collita.

En aquella hora Mr. Belvedere no dormia. Una au nocturna puntejava el silenci de la nit amb un gemec gairebé humà, intermitent i tenaç, com si un ferrer insomne i cansat martellegés l'enclusa. Gombó clapava profundament. A l'altre extrem de l'habitació Hans també dormia. Mr. Belvedere s'aferrava a la dèbil esperança de trobar l'amic. Havia arribat a Konya i s'havia trobat les portes del castell tancades i barrades, l'amic absent. Una idea el burxava. Li feia la impressió que havia oblidat alguna cosa, que havia deixat endarrere la clau que obria totes les portes. Potser calia, es va dir, regirar les butxaques de la memòria. Tornar enrere i mirar-se al mirall dels últims cinc mesos, els darreres cinc anys, les últimes cinc dècades.

Ton pare no té nas,
ta mare és xata,
ton germanet petit,
té el nas de patata.

El veia com si fos ara mateix. Eren a l'eixida de la casa de Gràcia, el pare lligava les mongeteres més altes que ell a les canyes, la mare feia el sopar a la cuina i l'oncle Jaume el sostenia sobre el genolls i cantaven. El pare havia remugat alguna cosa contra l'oncle i la mare havia tret el cap per la finestra de sobre la pica. Ell reia i se sentia immensament feliç.

Van ser aquells jocs, aquelles cançons, la complicitat compartida el que el van lligar a l'oncle Jaume. Alguna cosa indefinible es va forjar entre ells dos, van segellar un pacte d'afecte perpetu, quan només tenia quatre anys.

Deu anys després el tendríssim brot de l'estima s'havia convertit en un roure frondós d'amor. Van ser deu anys de reg diari, de beure l'aigua beneïda de la paraula de l'oncle, el codi gravat amb el foc de l'afecte que li permetia contrastar totes les altres paraules que li arribaven, dels pares, de l'escola, del carrer. Va créixer –el poc que va créixer– amarat pel sol del seu oncle.

Sempre el va admirar. Va ser comunista quan l'oncle era comunista; va ser lliurepensador quan l'oncle es reia dels dogmes de l'església; va ser panteista quan l'oncle afirmava que Déu i l'univers eren una mateixa cosa; va estimar els humils quan l'oncle sostenia la radical noblesa del poble; es va decantar per la lectura perquè l'oncle assegurava que la ignorància era el pitjor dels mals; va estimar l'art perquè l'oncle declarava que l'art és la màxima manifestació de l'home en aquesta Terra; va començar a mirar-se el món d'una altra manera el dia que l'oncle Jaume va fer taula rasa del seu passat i va decidir seguir el camí de l'Esperit.

Naturalment, també estimava els seus pares. El seu primer record era molt imprecís i s'esfilagarsava en les remotes boires del temps: estava a la falda de la seva mare, potser pentinant-lo, i el renyava per dur els genolls bruts de terra. Recordaria tota la vida l'olor d'espígol de la mare, un aroma lligat a les tardes lluminoses de tardor, quan la mare cosia a l'eixida i ell jugava assegut a terra amb un tren fet amb capses de llumins. El pare no li havia aixecat mai la mà. Els clatellots, les bufetades, els calbots i els bolets eren moneda corrent al seu carrer, no hi havia minyó que, un dia o altre, no hagués rebut una bona allissada. El màxim que li havia fet el seu pare era fúmer-li algun crit, de vegades l'havia castigat a no sortir al pati de casa, encara que amb una mirada severa en tenia prou per afirmar la seva autoritat. La figura del pare de la seva infantesa estava estretament lligada a un diari de tarda, *El Noticiero Universal*, aquell *Ciero* que molts dies li anava a comprar al quiosc de la plaça del Nord. El veia assegut a l'ombra, amagat darrere el diari, amb els camals dels pantalons que apareixien per sota el periòdic, amb les espardenyes de betes negres als peus. Els diumenges d'estiu el pare comprava una síndria. La posaven en un cubell d'aigua amb trossos de gel i se la menjaven per postres. El pare la partia a taula; abans, però, en tatxava un bocí, una petita piràmide vermella, i l'hi feia tastar. Era un joc que es repetia cada diumenge. Tothom feia veure que esperava el seu veredicte. «És bona, Manu?» preguntava son pare i, quan ell deia que sí, que sí que era bona, el pare partia la síndria i en llescava dos trossos per a cadascú.

Sobre el bufet del menjador hi havia la fotografia dels pares i l'oncle, feta molt poc temps després de casar-se, uns anys abans de la guerra. A l'esquerra de la foto hi havia la mare, amb unes trenes entortolligades sobre les orelles, amb una brusa blanca de mànigues curtes bufades i lligades als braços amb unes cintes fosques, potser blaves o vermelles –la fotografia era en blanc i negre–; duia una faldilla acampanada fins a la ratlla dels genolls i les cames nues, amb unes sabates de xarol de taló; sostenia una mandolina i en el seu rostre refulgia un esclat de felicitat. Al costat s'hi veia al pare, cofat amb un barret de tirolès guarnit amb una ploma; duia pantalons curts amb tirants amples i uns mitjons fins a mitja cama; aguantava sobre el pit un acordió petit, d'aquells que havien popularitzat els trios de tango, mig obert, com una rèplica a l'ampla somriure de la seva cara. Al costat del pare, l'oncle Jaume lluïa un canotier, una corbata de llaç i la camisa tirada sobre els pantalons; estava una mica apartat de la parella, de perfil a la càmera, com si els oferís un solo de saxofon. Era una foto que respirava benaurança, feta molts anys abans que la família adoptés el nom artístic de Belvedere, prèvia a les amargors de la guerra i a les humiliacions de la postguerra, els obscurs temps del racionament i la por.

Quan el Milhomes va decidir cremar les naus i va anar a enclaustrar-se entre un grup de sufís, a Bolonya, una llavor va rompre l'escorça en l'interior de Mr. Belvedere i la planta va començar a créixer. Ho va fer molt lentament, al llarg dels anys. Cada matí, quan el nan es mirava al mirall, l'espill li tornava la imatge d'ell mateix. La pell marcava els límits del seu contorn. No tenia dubtes de qui era ni de com era. Les emocions, les sensacions i els pensaments alimentaven la seva vida interior. Per a sentir-se viu, psicològicament viu, li calia sentir l'escalf de la digestió, la fiblada del sexe, l'esgarrifança del temor, la brisa de la pietat o la ventada de la indignació. Però tot allò eren estímuls externs, incitacions dels sentits, que provocaven una resposta codificada. Els primers efectes de l'arbre que l'oncle Jaume va plantar dintre d'ell foren que Mr. Belvedere va començar a observar-se per dins. Molt aviat va adonar-se que les seves reaccions eren mecàniques, que, si fa no fa, responien a un catàleg de reflexos condicionats pel caràcter i la suma d'experiències acumulades. La simple visió de la seva manera de fer, de sentir i de pensar, va produir petits canvis insospitats. Entre l'estímul extern i la seva resposta hi havia un espai buit, una terra de ningú que, amb el transcurs del temps, es va anar eixamplant. A poc a poc va descobrir que no sempre reaccionava com un autòmat. Que, de vegades, allò que en altre temps l'hauria enfurit, ara es diluïa en el seu interior com un terròs de sucre en les aigües tranquil·les del seu esperit. Sense proposar-s'ho conscientment, es va adonar que canviava, que l'home atent als processos interns era un altre. Tenia la mateixa cara, la mateixa altura, el mateix nom i la mateixa professió, però no era ben bé idèntic al Mr. Belvedere de deu o quinze anys enrere. Molt poca gent es va adonar dels seus canvis; els pares perquè la vida els havia separat d'ell, la gent del circ perquè estava tan pendent d'ella mateixa que no tenien ulls per a mirar realment els altres. Potser, solament el vell Enrico Gabrielli va captar alguns símptomes de la transformació. Mr. Belvedere ja no s'enfurismava per les patotes que el vell li feia quan jugaven a cartes; la mateixa passió d'antany de vèncer l'Enrico davant del tauler d'escacs havia amainat i no era rar el dia que el nan, fentse el distret, deixava guanyar l'altre. Procurava no donar-li peixet per a no humiliar el vell, però si podia, de tant en tant, feia veure que no veia l'escac i mat a la tercera jugada i permetia que l'Enrico li mengés la dama o li acorralés el rei i el vencés amb grans riallades. El riure del seu contrincant l'omplia de joia, era un goig molt més subtil i profund que quan, temps enrere, els seus endimoniats cavalls negres –sempre jugava amb les negres– feien una mortaldat entre les files blanques del contrincant, davant la mirada astorada i compungida del vell.

Quan el dissabte 10 d'abril de 1999 l'Enrico Gabrielli va tirar la tovallola i va dissoldre el circ a l'esplanada dels til·lers de Sagunt, Mr. Belvedere no es va preocupar gens per ell. En aquell temps sortia a la pista amb Gombó, i el gegant, sempre necessitat de protecció, el seguia com la seva ombra. A migdia, mentre es congriava una tempesta, seien en un racó tot contemplant la desbandada dels remolcs i dels carruatges. Gombó estava trist i preocupat. El vell Enrico s'havia comportat com tot un home i els havia pagat fins a l'últim dia de feina. Ben administrats, disposaven de diners per a resistir tres o quatre mesos llargs; aquest, per tant, no era el problema. L'angúnia de Gombó obeïa al fet que, sense el circ, no sabia què fer. Havia passat els darrers nou anys aixoplugat en una gran família, que ara veia dispersar-se com un exèrcit derrotat. Per això, quan Mr. Belvedere es va alçar i va veure els ulls suplicants del gegant. Li va dir:

–No pateixis, Gombó, a partir d'ara vindràs amb mi.

D'això feia vint setmanes. Havien travessat mig Europa i eren a l'avantsala de l'Orient. Havien recorregut milers de quilòmetres i havien conegut una pila de gent. En Salvador, patró de la taverna del port de Borriana; en Tom, l'aprenent de fetiller, tirador del Fa, que va robar-los els diners; la Isabel, la noia que va compartit llit amb Gombó i que va trobar l'amor a Roccavione, a Itàlia; en Gelabert, el pintor d'ànimes de Sitges; en Joan el mariner, l'electricista de la Barceloneta, que va matar un home a Pernambuco; Isaac el Cec, el vell talmudista, que va tornar a Girona des dels confins dels temps; els joves que al parc de la Devesa els van fer menjar un pastís farcit de droga; en Benjamin Malaussène, assetjat per la seva tribu, perquè no volia fer més de boc emissari; l'Stan Laurel, que plorava els seus amors desgraciats a la terrassa d'un hotel de Niça; en Giuseppe Bianco, el noi escapat de casa, que va substituir la Isabel en l'espectacle, que els va robar i que va provocar una batussa en una casa de meuques; en Salvo Montalbano, el comissari lector de novel·les policíaques; en Bernard, el gitano de Perpinyà, que venia amulets i tortugues curatives; en Lucas, l'exmaquis que regentava una taverna a Gènova; en Carlo Pensotti, el lil·lipuntenc de Venècia, que els va trobar allotjament a la ciutat; Miss Daisy Barker, l'exactriu de les mil històries, que fugia de la mort; en Marco, el patge amant de l'anciana, que esperava l'herència; en Cesare Rossi, el vell filòsof del cafè San Marco de Trieste; l'Haxhi Volnik, el fals bibliòfil albanès, que havia estat a punt de matar-los a Dubrovnick; el comandant Shetjezi, cap de la partida de guerrillers kurds, que havia assassinat un home amb tota la sang freda; el petit Iuk, que havia ensenyat a pelar patates a Gombó amb un tros de canya; el xeic Ibn al-Buni, el misteriós mestre alcorànic de la mesquita de Suleyman el Magnífic, que havia negociat amb èxit l'alliberament dels hostatges; l'Adid Husayn, el sirià propietari de l'hotel i del restaurant d'Istanbul, que havia saciat la immensa gana de Gombó; el senyor Junaid Massarra, descendent d'una família del vell Sepharat, que els acollia generós a casa seva; i, per últim, el professor d'arqueologia Hans Müller, que dormia plàcidament a uns metres de Mr. Belvedere, antic deixeble de Sir Miles Gibson, l'anglès que havia introduït el Milhomes entre els sufís i que, desviant-se del seu camí, acompanyava Gombó i Mr. Belvedere en l'etapa final del seu pelegrinatge.

El nan els havia anat reveient un a un, com si els contemplés des d'un pati de butaques. Sabia que es deixava el personatge més important de tots, la Mort, la figura de cara pàl·lida que havia vist a la coberta de popa del Ligúria, sota les estrelles, rumb a Durrës, Albània, però no volia evocar-lo perquè l'altre no s'ho prengués com un repte i amb un cop de godalla no tallés els fils que l'unien a la vida.

«Ha estat un estrany pelegrinatge», va pensar Mr. Belvedere. I va tenir la visió que tot plegat havia estat una recopilació de la seva pròpia vida, sota la impecable mirada de la mort. La corrua d'homes i dones que s'havien trobat en el seu camí constituïen una àmplia mostra dels neguits, les il·lusions i les defallences de la humanitat i, en certa manera, representaven el cor que acompanya l'acció dels personatges principals que es debaten en l'arena del teatre. Unes veus, un cant, que contrasten les paraules del drama; els fonaments que apuntalen el castell de la solitud radical de l'home.

Perquè Mr. Belvedere estava sol. Quan unes hores abans s'havia assegut a terra davant la tomba de Rûmî, tot i que estava acompanyat dels seus tres amics, s'havia sentit l'home més sol de l'Univers. El silenci de la capella era una pàl·lida rèplica del silenci interior que l'havia envaït. En aquells moments es va esfondrar la seva darrera esperança, la quimera d'una il·lusió secreta es va fer bocins, l'alta torre dels seus somnis es va enrunar de sobte. El vel que el separava de l'amic de Konya no es va alçar i l'aire glaçat del cosmos va penetrar en les seves venes. Si no hagués estat per l'alè del Milhomes, que va sentir molt a prop de la seva galta, s'hauria esfondrat ineluctablement. Va ser aquella presència el que el va mantenir serè, que va preservar un àtom d'esperança. Era una engruna minúscula, la sospita de la llunyana llum d'una ínfima flama que cremava en el fons de la nit com una tremolosa estrella que palpitava en els confins de la creació. El convenciment que l'oncle Jaume l'acompanyava en aquella hora de temença mantenia el seu cor erecte, dempeus davant el desconhort i la tribulació de l'home que crida el seu nom cara a les muntanyes i l'eco es nega a respondre.

22

El Món

ETAPA FINAL

El Món es desplega davant de la mirada de l'home i li ofereix tots els elements per a la seva realització personal. Expressa el creixement i el desenvolupament de tota cosa viva, plantada a la terra o arrelada en el cel. Així l'ésser humà que disposa de tots el mitjans per a concloure la seva obra. És el moment de la integritat i la transcendència.

El metge havia tornat un parell de vegades. Era un home gran, que vorejava la seixantena, d'aspecte molt pulcre, que en cap moment no va dir res. Havia auscultat el pit de Mr. Belvedere, li havia pres la temperatura, i, totes dues vegades, li havia posat una injecció que havia permès que el nan dormís quatre hores seguides, sense somnis de cap mena.

Per la textura de la llum, Mr. Belvedere va deduir que eren a l'hora baixa. A través de la balconada oberta se sentia la xerradissa dels ocells. Una brisa suau movia les cortines i feia una calor dolça, discretament en retirada. A prop del llit, assegut en una butaca i sota un llum de peu, Hans Müller llegia un llibre amb cal·ligrafia àrab. El llegia al revés, de dreta a esquerra, com si hagués començat pel final.

–Em sap greu haver-vos desviat del vostre camí –va dir Mr. Belvedere al seu acompanyant.

–No patiu, el meu camí... –l'alemany va fer un gest indefinit amb la mà i va precisar– el meu camí no anava enlloc. Fa tres mesos jo era un home casat. Vaig arribar a aquesta situació com suposo que hi arriben milers de persones. Amb la ignorància total del que és el matrimoni, la convivència continuada amb una altra persona, el fet de compartir una colla d'hores amb un estrany. Em vaig casar en aquella edat en què els amics i els col·legues et comencen a mirar com un conco potencial. Tenia trenta-sis anys i fins aquell moment no havia viscut acompanyat d'ençà que, en acabar la carrera a vint-i-quatre anys, vaig abandonar la casa de la mare. El meu pare va morir quan jo tenia tres anys. Pràcticament no el vaig conèixer. Si no fos per les fotografies de la mare i dels seus records de postguerra, dubtaria que el meu pare hagués existit mai. Era un home malalt, amargat per la guerra. Quan vaig néixer, tenia més de quaranta anys i era una persona que es passava les nits en blanc. Com molts altres de la seva generació, en la seva vida hi havia un esvoranc, un buit profund, un abans i un després de la guerra, que pesava damunt d'ell com una llosa. La mare no em va explicar mai els fantasmes que perseguien el meu pare. Ella era una dona culta i molt emprenedora. La vídua Müller no es deixava acoquinar per les adversitats, i de professora d'anglès i de francès va passar a regentar una acadèmia d'idiomes pròpia. La incipient prosperitat econòmica dels anys seixanta propiciava l'aprenentatge de les llengües estrangeres. Era una dona forta, que va procurar que el seu fill únic anés a les millors escoles. A casa, encara que el terme ha passat de moda, va imposar una educació prussiana, d'una rigidesa total. Era un dona de blanc o negre, sense matisos. Com era d'esperar, sota la seva influència, vaig sortir no gaire ben preparat per a la vida. El món de la meva adolescència i primera joventut em semblava hostil, una amenaça. Em vaig refugiar en l'estudi; el món de l'arqueologia, que suposava un viatge permanent cap el passat, m'estalviava la nosa d'enfrontar-me amb el present, amb el món contemporani. La universitat es va convertir en el meu cau, una llodriguera on s'amagava la meva ànima solitària. Coincidint amb els temps que vaig col·laborar amb la UNESCO, vaig conèixer l'Erika Scheel, sociòloga, especialitzada en el Tercer Món. Mai, entre ella i jo, no hi va haver un amor sobtat, un *coup de foudre*, sinó una amistat reposada, d'evolució lenta. Era una dona que havia tingut, abans de conèixe'ns, les mil i una històries, però mai no havia tingut gaire sort amb els homes. N'estava decebuda, una mica escarmentada. Les seves relacions sentimentals no havien durat mai més de tres mesos. Potser per això es va fixar en mi, en la meva raresa, en la meva ineptitud per triar un bon restaurant, en la meva incapacitat per distingir un vi d'anyada d'un vi de taula qualsevol. Ni com a amant no era cap gran cosa. Ella tenia trenta-tres anys i volia ser mare. Quan ens en vam anar a viure junts vam fer un pacte: si venia un fill ens casaríem. El fill, però, no va venir mai i tanmateix ens vam casar. Va ser un casament basat en un doble fracàs, el d'ella com a mare i el meu com a company sexual competent.

L'Erika perseguia un somni, creia que el fetitxisme d'unes signatures al jutjat matrimonial canviaria les coses. Però el miracle no es va produir. Les nostres vides reals estaven cada dia més separades. Dormíem junts, sopàvem junts i passàvem els caps de setmana i les vacances l'un al costat de l'altra, però la nostra vida psíquica anava per altres camins. Molt aviat ella va començar a fer petites escapades, una suma d'aventures clandestines que, a mesura que passava el temps, esdevenien menys privades. Els col·legues em contemplaven amb commiseració burleta. Algun amic m'aconsellava que li pagués amb la mateixa moneda, però aquest no era el meu estil i, en realitat, no hauria sabut com ferho. El dia 10 d'abril era dissabte i la gent del departament ens havíem de reunir per preparar els exàmens de juny. Teníem previst dedicar-hi una bona part del dia. A la una del migdia havíem acabat i em va fer mandra seguir-los al restaurant de la cantonada. A quarts de dues vaig arribar a casa. A la taula de la cuina hi havia restes de menjar i quan vaig anar a l'habitació me la vaig trobar amb un jovenet negre. El noi era damunt d'ella d'esquena a la porta i no em va veure. La que sí que em va veure va ser l'Erika, que em va mirar per damunt l'espatlla del jove amb uns ulls de foc. Mai no li havia vist una mirada com aquella. El seu esguard tenia el fulgor de l'odi, el menyspreu i la burla. Va ser com si em pegués una sonora bufetada. No vaig dir res, vaig ajustar la porta i la parella va continuar la seva frenètica abraçada. Me'n vaig anar de casa i només hi vaig tornar per recollir les meves coses.

Hans Müller es va quedar mirant el buit. Havia fet el seu llarg parlament d'una manera clara, precisa, amb un to de veu neutre, sense una ombra de dramatisme. Mr. Belvedere havia seguit les explicacions de l'amic sense deixar de pensar que cada home era un laberint de racons obscurs, de paranys amenaçadors, on la fera del dolor espera amb les urpes esmolades. Tot i les recents hores de son, el nan estava afeblit, presoner d'una persistent lassitud, encara que tenia el cap clar i les portes de la seva consciència eren obertes de bat a bat. L'amic arqueòleg va continuar:

–Quan l'altre dia ens vam trobar, em podeu ben bé creure, no anava enlloc. La meva vida havia arribat a tancar un cercle i quan vaig veure morir aquell pobre xicot turc vaig pensar que no m'hauria fet res estar en el seu lloc. Després us vaig conèixer. Us mirava a vós i el vostre company Gombó amb una estranyesa genuïna, em semblàveu personatges sorgits d'un somni. Quan després em vàreu explicar la vostra relació indirecte amb Sir Miles Gibson i em vàreu parlar de l'objecte del vostre viatge, el singular pelegrinatge a Konya, alguna cosa dintre meu es va esquerdar, com si s'obrís una escletxa en el mur que m'encerclava. El vostre propòsit, la determinació amb què l'havíeu emprès, la paradoxa d'un viatge per a trobar un home que fa més de set-cents anys que és mort, va representar per a mi una forta sotragada. Vaig pensar, i encara ho penso ara, que seria un privilegi acompanyar-vos, que la meva vida, qui sap?, en sortiria enriquida amb la vostra original experiència.

Gombó va aparèixer al llindar de la porta. Duia les espardenyes a la mà, els camals dels pantalons arremangats fins a mitja cama i els braços i els peus bruts de fang.

–Els gira-sols m'han mirat, Bel; tot el camp ha mogut el cap per mirar-me.

Era dret als peus del llit, amb els seus ullets vius i resplendents, la cara entresuada. Mr. Belvedere, amb un somriure maternal, alçà un braç i assenyalà la porta de la cambra de bany. El gegant, contenint el doll de paraules que li omplia el pit, va fer un signe de resignació i, com un minyó obedient, va anar a ficar-se sota la dutxa. Ni Hans Müller ni Mr. Belvedere no van dir res. A través de la porta ajustada sentien el xarboteig de l'aigua i la veu de Gombó que repetia, una vegada i una altra, la tornada d'un fado. Mr. Belvedere feia anys que coneixia aquell fragment de cançó. Era una de les poques reminiscències que pervivien de la infantesa de Gombó, que el colós extreia del bagul de la memòria en moments de pena o de joia intensa.

–Vols que t'ho expliqui, Bel?

–Explica, explica –va respondre el nan.

Gombó, engavanyat dins d'una gel·laba que li venia estreta, s'havia assegut en una cadira baixa a l'altra banda del llit, d'esquena a les primeres ombres de la tarda, que s'apagava més enllà del balcó.

–Era al camp de blat de moro esbrossant els marges. La feina era dura perquè tot estava molt ressec. El senyor Massarra m'havia dit que ho deixés tot ben net i m'hi mirava molt per no deixar-hi ni una mala herba. Feia molta estona que hi treballava. Quan m'hi vaig posar els gira-sols miraven cap a una altra banda. Però tot d'una, Bel, els gira-sols em miraven amb les seves cares rodones brillants com el sol. I saps què, Bel?, les cares reien. Em miraven i reien. Però no creguis que se'n reien de mi, sinó que reien perquè estaven contentes de veure'm.

Gombó va callar, es mirava les mans, grosses i poderoses com si cerqués entre els dits les paraules per explicar la seva alegria; Mr. Belvedere li va preguntar:

–T'hi trobes bé, aquí, Gombó?

–Sí, molt –va respondre el gegant–. Molt, Bel –va repetir i va afegir:

–El senyor Massarra m'ha dit que hi ha molta feina a fer i que si vull em podré quedar a la casa. També m'ha dit que l'euga no és la Belle Louise, sinó la seva cosina, i que es diu Cuma, que vol dir divendres, el dia que va néixer, i que és molt delicada perquè va venir al món en un dia sagrat. M'ha ordenat que la cuidi, que li doni de menjar juntament amb els altres cavalls, que procuri no amanyagar-la gaire perquè és una femella molt presumida i que no convé que es converteixi en un sac de vanitat. Saps, Bel? el senyor Massarra m'ha fet ajudant major del senyor Omar, que viu allà baix, prop dels estables, amb la dona i els seus tres fills. El petit Adnan, que és un patufet que m'arriba al genoll, m'ensenya a parlar com ell. Saps, Bel? ja sé dir *evet* i *hayir*, «sí» i «no», *merhaba* i *ismarladik*, «hola» i «adéu», i *günaydin*, «bon dia», i,i,i, bé ara no me'n recordo del bona nit. L'Adnan m'ha dit que... –va assenyalar el capvespre i va fer un gir circular amb el dit (dia), va obrir la mà amb els dits estesos i el polze replegat sobre la palma (quatre) i es va tocar els llavis (paraules). Després d'haver imitat els gestos de l'infant, va dibuixar un ampli somriure de felicitat.

La nit de l'endemà havia de ser especial. Mr. Belvedere havia passat molt mal dia, enfebrat, amb accessos intermitents de taquicàrdia, en un ofec continu. Tenia la pell de la cara lívida, apergaminada, els ulls enfonsats i els llavis color de malva. A mitja tarda havia tornat el metge –el vell silenciós que es desplaçava sense remoure l'aire–, i li havia posat una injecció que l'havia deixat abaltit, com suspès entre dos sons.

–El senyor Massarra us prepara una sorpresa.

Li havia dit Hans en dur-li el tassó de brou que Mr. Belvedere ni tan sols no va tastar.

–Els mawlawîs dansaran per vós el *samâ*.

Embolicat en una flassada, Gombó el va traslladar en braços al gran saló de la casa i el va dipositar com si fos un ocell ferit en un racó del sofà, entre coixins de colors vius on contrastava el seu rostre de cera. Hans i Gombó seien al seu costat.

Els dervixos van entrar a la sala vestits de blanc, símbol de la mort, amb un mantell negre que representa la tomba i cofats amb un alt capell de feltre, imatge de la pedra tombal. Eren set homes. El darrer en aparèixer va ser el senyor Massarra. Vestit com els altres dervixos, però amb un turbant negre lligat al capell, símbol de la seva dignitat de xeic. El xeic representa Mawlânâ, el punt d'unió entre l'intemporal i el temporal. Tots el dervixos van saludar Mr. Belvedere amb una lleu inclinació de cap. El xeic es va asseure en una catifa vermella que evoca el sol de ponent, el sol que difonia els seus raigs en el cel de Konya quan Rûmî va morir. Al seu costat seuen dos dervixos, el flautista i el timbaler. Entretant, la resta de dervixos també s'han assegut a terra. El xeic, amb veu poderosa, fa les lloances del Profeta.

> Ets tu, l'estimat de Déu, enviat del Creador...

I tot seguit recità la crida a la dansa.

> Vine, vine, siguis qui siguis, no importa
> si ets infidel, idòlatra o adorador del foc.

> Vine, encara que hagis violat el teu jurament
> centenars de vegades, vine una vegada i una altra.

El flautista toca una música lenta i solemne. El xeic alça les mans dels genolls i pica a terra. Els timbals se sumen a la melodia de la flauta. El xeic i els dervixos s'aixequen. Fan tres voltes a la sala. Cadascun d'ells, en un indret determinat, es gira cap el seu company i tots dos s'inclinen profundament i tot seguit reprenen la ronda solemne en sentit contrari a les busques del rellotge. Les tres voltes simbolitzen les tres etapes que acosten a Déu.

> Per aquell que és vivent en la llum de Déu,
> la mort de l'ànima carnal és un benefici.

Al final de la tercera volta, el xeic torna a seure sobre la seva catifa, i els dervixos, en un racó de la sala. Els músics canten a cor i quan acaben, els dansaires deixen caure, amb un gest triomfal, el mantell negre i apareixen vestits de blanc, com alliberats del seu embolcall carnal per a una segona naixença.

> El *samâ* és un camí i una porta vers al cel.

El xeic s'aixecà, i el cap dels dervixos, seguit dels dansaires, avancen cap a ell, s'inclinen i li besen la mà dreta. Amb aquest gest sol·liciten permís per dansar. El xeic els dóna el seu consentiment besant-los el capell.

> La nostra mort són les nostres noces amb l'eternitat.

Els dervixos, amb els braços plegats i les mans sobre les espatlles, es posen a girar lentament, i després estenen els braços a banda i banda, com unes ales, la mà dreta girada cap al cel, per a recollir-ne la gràcia, i el palmell de l'esquerra vers la terra, per escampar-hi l'energia del Cosmos fosa amb el seu amor.

En cadascuna de les meves fibres, s'hi troba el meu Amat.
En cada partícula del meu ésser, hi parla el meu Amat.

Giravolten entorn d'ells mateixos, giren al voltant de la sala. Aquesta volta representa la unió en la pluralitat, simbolitza el cercle de l'existència, des de la roca fins a l'home. Figura també la llei de l'univers, els planetes que giren al voltant del sol i al voltant d'ells mateixos.

L'Amant brilla com el sol,
l'enamorat gira com un àtom.

Els dervixos bescanvien tres salutacions que simbolitzen els tres graus de la fe, i els timbals evoquen les trompetes del Judici. El cercle de dansaires s'ha dividit en dos semicercles, l'un representa l'arc de la davallada de les ànimes en la matèria, i l'altre, l'arc de pujada de les ànimes vers Déu.

És per això que giren el firmament, el sol i la lluna,
per tal que allò que és secret esdevingui manifest.
Oh dia, aixeca't, els àtoms dansen,
les ànimes dansen de joia.

Les dues primeres danses es fan en comú i la tercera individualment. A l'inici de la quarta dansa entra el xeic. Aleshores el ritme canvia i esdevé molt ràpid. El xeic dansa girant sobre una línia recta ideal, al centre del cercle, representa el sol i la seva irradiació.

El Rei del pensament sense neguit
tot dansant se n'ha anat
vers l'altre país,
el país de la llum.

La sala principal de casa del senyor Massarra havia esdevingut un lloc sagrat. El so de la flauta de canya, el *ney*, i el ressò dels timbals confosos amb el giravoltar dels dervixos creaven una rèplica de l'Univers, un misteri vivent.

Un esclat de llum va explotar en el cor de Mr. Belvedere. Els seus peus, les seves cames, tot el seu cos, no van poder contenir-se i es va alçar. El xeic, tot i que giravoltava com un remolí, el mirava fixament, invitant-lo a la dansa. Mr. Belvedere es va sumar als dervixos giravoltants. Va estendre els braços i va començar a girar entorn d'ell mateix. Girava i girava recorrent el caire d'un petit cercle, al bell mig dels altres dansants. Llavors va començar a créixer. A cada volta que feia la seva altura augmentava un dit. I va anar creixent fins que va arribar a la mida d'un home normal, jove, ben plantat, amb el rostre serè i la mirada intensa. Un sol interior l'il·luminava. Se sentia lliure, alliberat de tota inquietud. Amb el cor resplendent. Curull de la joia de l'amor més pur perquè dempeus, sobre la catifa del xeic, hi havia Rûmî, que contemplava Mr. Belvedere amb un somriure radiant. Unes paraules, com campanades en la nit, van retronar dintre d'ell.

> Tu i jo, alliberats de nosaltres mateixos,
> estarem units en l'èxtasi,
> joiosos i sense vanes paraules, tu i jo.

Fora del cercle màgic de la dansa, Hans Müller i Gombó retenien les mans de Mr. Belvedere. Restava ajagut al sofà i la seva pell havia recobrat el suau color de la fruita madura i els seus ulls brillaven amb la intensitat del sol matinal. Una extremitud va recórrer tot el seu cos abans que la flama de la mirada s'apagués dolçament. En aquell mateix instant, en el moment que els dervixos clamaven *Hû*, és a dir, «Ell». Mr. Belvedere i Rûmî, l'Amic i l'Amat, es fonien en una abraçada.

Nota de l'autor

He d'agrair a Silvaine Calvetti la informació, facilitada cap a la meitat de la redacció d'aquest llibre, sobre el recurs de fer precedir cada capítol amb una carta del Tarot. Aquest procediment havia estat utilitzat anteriorment per William L. Gresham en la seva magnífica novel·la *Nigthmare Alley*, publicada als EUA el 1946. William L. Gresham (Baltimore, 1909 – Nova York, 1962) va utilitzar el Tarot en la seva obra d'acord amb un ordre arbitrari imposat per la mateixa novel·la. Així mateix, la descripció que fa de cada carta és del tot subjectiva. En el meu cas, he respectat l'ordre dels arcans i he de confessar que també m'he pres la llibertat de descriure les cartes d'acord amb la meva pròpia interpretació. Ho he fet així amb el convenciment que tots els sistemes oraculars o endevinatoris permeten múltiples lectures, tantes com intèrprets, per més codis que la tradició hagi establert i consolidat.

Com el lector ja s'haurà adonat, he utilitzat personatges històrics sense cap respecte cronològic al costat d'altres de ficció de creació pròpia o emmanllevats d'altres escriptors, com ara Daniel Pennac i Andrea Camilleri, als quals demano respectuosament les seves disculpes alhora que manifesto la meva sincera admiració per la seva obra.

He utilitzat també fons documentals de diversos textos, *El cant del sol*, de Rûmî, publicat per J.J. de Olañeta i traduït per Esteve Serra, *The way of the Sufi*, d'Idries Shah, i *Le livre du dedans*, de Rûmî, publicats en versió castellana per Editorial Paidós. A tots ells, editors i traductors, les més expressives gràcies.

J. A.

Índex